dtv

Als Beyla eines Sonntagmorgens aus ihrer Berliner Kellerwohnung auf die Straße tritt, sieht sie gerade noch das Auto aus einer Parklücke ausrangieren. Warum bemerkt der Fahrer die Frau nicht, die vor seinem Wagen erschrocken zur Seite springt und unter die Räder der Straßenbahn gerät? Die Tote entpuppt sich als Beylas Nachbarin Charlotte, allerdings scheint außer Beyla niemand das Auto beobachtet zu haben. Raushalten lautet die Devise, aber ganz raushalten kann sie sich nicht, denn Charlottes Tante überläßt ihr deren Wohnung im dritten Stock. Aus ihrem Küchenfenster kann sie nun Albert beobachten, dessen Klavierspiel über den Hinterhof zu ihr dringt. In diesen rätselhaften Mann verliebt sie sich Hals über Kopf, genießt ihr Glück und die Ausflüge in seinem roten Flitzer. Leider weicht Albert ihrem Drängen aus, Beyla von sich zu erzählen, erfindet statt dessen höchst erotische Geschichten. Zuerst gibt sie sich damit ja noch zufrieden, doch dann will sie mehr ...

Julia Franck, geboren 1970 in Berlin (Ost), gilt als eine der talentiertesten jungen Schriftstellerinnen. 1995 Preisträgerin des »Open Mike« der LiteraturWERKstatt Berlin. 1998 Alfred-Döblin-Stipendium. 1999 Stipendium der Stiftung Niedersachsen. 2000 in Klagenfurt ausgezeichnet mit dem 3SAT-Preis. Außerdem erschienen: ›Der neue Koch‹ (1997), Roman; ›Bauchlandung. Geschichten zum Anfassen‹ (2000); Erzählungen und Veröffentlichungen in Anthologien und Zeitschriften.

Julia Franck

Liebediener

Roman

Deutscher Taschenbuch Verlag

Ungekürzte Ausgabe
August 2001
Deutscher Taschenbuch Verlag GmbH & Co. KG,
München
www.dtv.de

Umschlagkonzept: Balk & Brumshagen
Umschlagfoto: © Thorsten Greve
Satz: KCS GmbH, Buchholz/Hamburg
Gesetzt aus der ITC Galliard 10/12˙
Druck und Bindung: Druckerei C. H. Beck, Nördlingen
Gedruckt auf säurefreiem, chlorfrei gebleichtem Papier
Printed in Germany · ISBN 3-423-12904-2

Von der Straße her hörte ich das ungeduldige Vor- und Zurücksetzen eines Autos. Als ich meinen Briefkasten öffnete, fiel mir ein Stapel Werbezettel entgegen. Und nachdem ich die Zeitung nicht gefunden hatte, sie auch auf keinem der anderen Kästen oder dem Boden liegen sah, wollte ich zurück in meine Wohnung. Dort stand noch mein Fahrrad. Es war Mitte April, Ostern, und ich war auf dem Weg zur Familie meines Bruders, die im Treptower Park hinter dem Ehrendenkmal Eier verstecken wollte. Ich war spät dran. Es ärgerte mich, daß die Zeitung wieder geklaut war, und ich hatte nicht zum ersten Mal meine Nachbarin Charlotte im Verdacht, von der ich wußte, wie gerne sie mal etwas mitnahm, das ihr nicht gehörte (die Diebin). Ich knüllte die Werbezettel zusammen und warf sie in den Karton, der unter den Briefkästen stand. Um in meine Wohnung zu gelangen, mußte ich vom Hausflur noch einmal auf die Straße treten. Wie die meisten Kellerwohnungen hatte sie den Eingang an der Vorderfront des Hauses, und eine schmale Treppe führte zu ihr hinab.

Die Kastanienallee war leergefegt. Genau vor meiner Tür, im Schatten des Hauses, den die Morgensonne warf, entdeckte ich ein nagelneues, zumindest glänzendes, kleines rotes Auto, in dem ein Mann saß, der sich abmühte, aus seiner Parklücke zu kommen. Ich nehme an, es war ein Ford, in dem er saß, so gut kenne ich mich mit Autos nicht aus, er stieß immer wieder an die Stoßstangen der Wagen vor und hinter ihm. In meiner Erinnerung hat er mittelblondes bis dunkles Haar, aber ich bin mir nicht mehr sicher, ich kann mir nicht mehr sicher sein.

Unten in meiner Wohnung herrschte Dämmerlicht, und ich konnte kaum etwas erkennen, so düster war es. Im Frühling und Sommer wurde der Gestank in meiner Wohnung besonders schlimm, ich nahm ihn nur in den ersten Minuten wahr, wenn ich von draußen reinkam, wie jetzt. Ich dachte an die Zeitung und ärgerte mich wieder. Erst Tage später fiel mir ein, daß Ostern gewesen war und also keine Zeitung im Kasten hatte sein können. Ich schämte mich dann, nicht nur, weil ich Charlotte im Verdacht gehabt hatte, sondern vor allem, weil ich mich dabei ertappte, noch immer an die Zeitung zu denken. Ich legte die Tüte mit den Schokoladeneiern auf den Tisch und stieg auf den Stuhl, um die Fensterluke zu öffnen. Die Fenster saßen dicht unter der Decke, und so wurde beim Lüften nur die obere Luftschicht bewegt, während die untere unberührt klamm blieb. Die Pflastersteine strömten eine staubige, riechende Hitze aus, die sich in die Kühle meines Kellers mischte. Von innen roch es nach Schimmel, von draußen nach Urin, das war ich gewohnt und fühlte mich nicht unbedingt wohl, aber zu Hause darin.

Die Abgase des roten Autos schwelten über dem Pflaster und wurden durch die offene Luke in meine Wohnung gedrückt. Der Mann war noch immer damit beschäftigt, aus seiner Parklücke zu kommen. Trotzdem ließ ich die Luke offen, der Mann hupte zweimal kurz hintereinander, ich konnte nur die obere Hälfte seines Kopfes erkennen, er sah sich um, es schien gerade so, als warte er auf etwas. Ich reckte mich, um den Mann besser sehen zu können. Er schlug mit beiden Händen auf das Lenkrad und raufte sich die Haare. Dann starrte er in die Richtung meines Hauses, als lauere er auf jemanden, dem einer der beiden Wagen gehören würde, die ihn einklemmten. Jeder seiner Gesichtsmuskeln schien angespannt. Aber weit und breit konnte ich keinen Menschen sehen, dem die Aufregung galt. Ich stieg wieder vom Stuhl, nahm Tüte, Sonnenbrille und Schlüssel – den Rucksack mit Jonglierbällen und Picknickdecke hatte ich auf dem Rücken behalten – und trug mein Fahrrad die steinerne Treppe zur Tür hinauf. Wieder hörte ich die Autohupe, lang und anhaltend, er ließ sie nicht mehr los. Das Licht blendete von einem der Fenster des gegenüberliegenden Hauses, ich rückte die Sonnenbrille zurecht, weißes Frühlingslicht, braun gefärbt. Der Mann hatte wütend ausgesehen, das amüsierte mich. Ich schloß die Tür hinter mir ab, und als ich mich umdrehte und gerade mit den Achseln zucken wollte, um ihm zu zeigen, daß mir kein Auto gehörte und ich nicht diejenige war, auf die er wartete, er also keineswegs mich meinen könne, da hatte er sich längst abgewendet, setzte zurück – und hatte es geschafft. Mit einem Hops sprang er aus der Parklücke. Ich bin sicher, sein Auto berührte die Frau nicht einmal. Sie hatte die Straße überqueren wollen, wenige Meter vor ihm, ich meinte, er habe sie nicht gesehen, so, wie er aus seiner Lücke sprang – den Kopf vielleicht noch nach hinten gewendet, um sich zu vergewissern, daß von dort kein Auto die Straße heraufkam, oder er sah mich an –, aber als es ihn mit einem Satz nach vorne warf, sprang sie vor seinem Auto davon, zur Straßenmitte. Die Straßenbahn quietschte in der Kurve. Der dumpfe Aufschlag war kaum hörbar. Der Mann mußte viel Zeit durch das Ausparken verloren haben, er hatte es gewiß eilig. Er hielt nicht an. Einen Moment nur, meine ich, wurde sein Auto langsamer, einen gedehnten Moment, aus dem heraus er davonfuhr, hinter ihm: eine Sekunde Stille.

Vielleicht hatte er eine Kassette im Handschuhfach gesucht oder sich nach einer Zigarette gebückt, die ihm brennend aus dem Mund gefallen war, weil ihn die Mühe ums Ausparken aus dem Rhythmus gebracht hatte und er in Gedanken schon dort war, wo er hinwollte.

Die 50 stand, aufrecht, unerschütterlich, gelb, der letzte Waggon hing noch in der Kurve. Aus der Entfernung beobachtete ich, wie der Straßenbahnfahrer ausstieg, dabei fast über das emporragende Bein der Frau stolperte, wie er sich hinunterbückte zu ihr, die Frau war teilweise vom Bug seiner Straßenbahn verdeckt, wie er sah, daß die Räder seiner Straßenbahn ihre Brust unter sich gezogen und fast unter sich begraben hatten, wie er zurück in sein Fahrerkabäuschen stieg, sich in seinen Sessel setzte und die Straßenbahn wenige Meter rückwärts fahren ließ. An den Fenstern klebten neugierige Gesichter, gierig, etwas zu sehen, was ihnen das plötzliche Bremsen erklären könnte. Aber es waren auch Kinder darunter, die sicher nur zu ihren Ostereiern wollten. Im ersten Waggon hatte sich der Vorfall schon herumgesprochen, das sah ich deutlich, man verständigte sich mit den Händen, gab Zeichen durch die dreckigen Scheiben der Straßenbahn, die Menschen im Innern der Waggons waren aufgestanden. Der Fahrer stieg ein zweites Mal aus, er beugte sich über die Frau, die quer auf seinen Schienen lag. Ich ging näher heran. Verklebt ihre Locken an Arm und Hals, quer über den Bauch, und manche hingen noch an den stählernen Rädern, drei Meter entfernt, und flatterten im Wind. Die Frau war blutüberströmt. Ihr Blut stand in den Schienen. Der Straßenbahnfahrer stieg in seine Straßenbahn zurück, er öffnete das Schiebefenster zwischen seinem Kabäuschen und dem Fahrgastabteil, beugte den Oberkörper vor und bewegte seine Lippen, auf die Entfernung konnte ich nicht hören, was er sagte, es war möglich, daß ihm die Stimme kaum gehorchte, ein Fahrgast trat ihm entgegen und hielt ihm ein Telefon hin, der Fahrer, noch immer gebeugt, schob das Telefon mit der flachen Hand von sich weg. Wahrscheinlich rief der Fahrgast dann selbst die Polizei.

Erst jetzt ließ der Fahrer die Türen frei und den Menschen ihren Lauf. Ich sah, daß er selbst aus der Straßenbahn kletterte, sich dabei an der Metallstange festhielt, weil seine Beine plötzlich zu kurz waren, um ohne Schwierigkeiten den Boden zu berühren, ich sah, wie er es schaffte, aus der Straßenbahn herauszukommen, nicht mehr zu der Frau zu gehen, sondern die Straße zu überqueren, zur anderen Seite, wo er sich auf den Rinnstein setzte, seine Mütze wieder auf die Koteletten drückte, die Arme über den Knien verschränkte und von dort aus die Menschen beobachtete, die seine Straßenbahn verließen, als gebe es etwas umsonst, oder vielleicht auch, als seien sie deportiert und nun endlich angekommen. Unsicher, was sie die ganze Zeit erwartet hatte, taumelten sie aus den Öffnungen der Waggons. In ihren Gesichtern weder Angst noch Hoffnung, nur Ungewißheit.

Einer von ihnen trat eher schüchtern vor, ein Kind hing an seiner Hand, er zögerte, er sei Arzt, brachte er heraus, seine Frau stieß ihm in die Seite und sagte: »Ah geh, hilf doch!« Sie sah weder ihn noch die Verletzte an, sie schaute vom Geschehen weg, immer die Straße hinunter, als suche sie etwas, nur an dem Ellenbogen, mit dem sie nach ihrem Mann stieß, war erkennbar, daß sie mit ihm sprach. Das Kind ließ seine Hand los und nahm die der Mutter. Dem Arzt wurde von einer Frau, die neben der Straßenbahn mit ihrem Auto gehalten hatte, ein Verbandskasten gegeben, er hockte sich neben die Verletzte und öffnete ihn. Mit Gummihandschuhen tastete er über den Leib der Frau, er stammelte, er sei Kinderarzt, keineswegs Unfallarzt. Seine Frau unterbrach ihn und sagte, das tue jetzt nichts zur Sache, dabei ging ihr Blick noch immer die Straße hinunter, er solle nur was tun, keiner habe nach seinem Fach gefragt, aber der Kinderarzt begann zu erzählen, wo er seine Ausbildung gemacht habe, im Christopherus-Krankenhaus in Tutzing, das praktische Jahr, und daß er sich für die Kinderärzterei entschieden habe, weil er kein Blut sehen könne, nicht so gut jedenfalls. Ich sah ihn an, er war blaß. Das sei ihm erst zu spät aufgefallen, murmelte er, »zu spät, zu spät«, er sah sich hilfesuchend nach seiner Frau um, die hinter ihm stand und nicht mal seinen Blick erwidern wollte, dabei verlor er das Gleichgewicht, so daß er mit einem Knie auf dem Arm der Verletzten aufstieß, er gewann sein Gleichgewicht zurück, ohne daß seine Frau etwas bemerkt hatte. Seine Hände suchten auf dem Leib, immer wieder zwischen dem Blut und den vom Hals und oberhalb abgeschabten Fetzen, die Leute wandten sich ab, er meinte, er suche einen Puls, und kurz darauf sagte er, der sei »wahnsinnig schnell«. Danach blies er aus Verlegenheit seine Wangen auf.

Mir roch es nach Blut und einem Parfum, Thé vert von Bulgari, das mich an Charlotte erinnerte. Seinen Kopf hielt der Kinderarzt merkwürdig steif, als habe er Angst, der Verletzten zu nahe zu kommen, er sagte, eine Mund-zu-Nase-Beatmung komme nicht in Frage, wegen der Ansteckungsgefahr, Mund-zu-Mund erst recht nicht. Das Blut wollte nur heraus, nicht mehr hinein, nicht mehr zurück, so sehr der Kinderarzt tastete, seine Handschuhe waren rot, und ihre Locken, früher blond, klebten an seinen Handschuhen, und an den Hosen. Die Arme waren mit Blut beschmiert, er wollte sie in den Leib stecken, oder mit ihnen die Verletzte umarmen, er trug ein kurzärmliges Hemd, und auch dieses Hemd, vorher gelb, war blutgefärbt. Seine Hände versuchten umsonst, die Wunden zuzuhalten. Ich wollte dem Kinderarzt sagen, daß er keine Angst zu haben brauche, die Frau hatte keine ansteckende Krankheit, soweit ich wußte, nicht, ich kenne die Frau, sie ist meine Nachbarin, wollte ich sagen und konnte es nicht, noch war ich mir nicht sicher, das Gesicht war kaum erkenntlich, aber ihre Schuhe, ich musterte ihre Schuhe, die kannte ich nicht an ihr, ich redete mir ein, es sei eine fremde Frau, ich kannte Charlotte, solche Schuhe mit Absätzen hatte sie nicht. Die Sirenen wurden lauter. Es kamen drei Feuerwehrautos, Polizei und ein Krankenwagen, viel zu viele für die eine Frau. Die meisten Menschen suchten das Weite, obwohl die Kinder jetzt bleiben und die Feuerwehr beobachten wollten, wurden sie fortgezogen, in Ostergestrüppe und zu Lamm und Limonade, vermutete ich. Hunger hatte ich keinen, aber ich mußte ständig an die Klöße denken, die meine Schwägerin machen und in den Treptower Park mitbringen wollte, ich würde zu spät kommen, ihre Kinder waren gefräßig. Der Kinderarzt stand auf, er stützte sich auf seine Frau, die gerade stand, wie ein Strommast, aber (jetzt vorwurfsvoll) von ihm wegsah.

Die Frau verstarb noch am Unfallort, auch mit Mund-zu-Mund-Beatmung hätte der Kinderarzt ihr nicht helfen können. Der Unfallarzt, der mit dem Krankenwagen eingetroffen war, wußte gleich Bescheid, er beugte sich kurz zu ihr hinunter, untersuchte etwas, stand wieder auf und gab noch dem Kinderarzt die Hand, der gerade machen wollte, daß er davonkam, mit seiner Frau und dem Kind, das man vergessen hatte, wegzuschicken.

Ich hörte, es habe keine Zeugen gegeben, niemanden außer dem Straßenbahnfahrer, der noch immer auf seinem Rinnstein saß und dort von zwei Beamten verhört wurde, der sich beileibe nicht erinnern konnte, wie die Frau vor seine Räder geraten war, er knetete seine blaugraue Mütze in den Händen, wie vom Himmel gefallen, so sei sie ihm erschienen, das gab er noch am Unfallort zu Protokoll. Man konnte es am nächsten Tag in der Zeitung lesen. Keiner der Fahrgäste hatte etwas sehen können. Die Frage, ob jemand weitere Personen im Umfeld gesehen habe, verneinten sie zuerst, bis einer mit dem Finger auf mich zeigte. Ich wurde befragt, wo ich zum Unfallzeitpunkt gewesen sei und was ich gesehen habe. Ich behauptete, ich sei aus meiner Haustür getreten, da war es bereits passiert, in dem Augenblick, wohl genau in dem Moment, als ich mich umdrehte, nachdem ich die Tür abgeschlossen hatte.

Warum ich das gesagt hatte? Aus Faulheit wohl, ich log häufig, daran hatte ich mich gewöhnt, meistens, wenn es unwichtig war und ich weiteren lästigen Fragen aus dem Weg gehen wollte. Wahrscheinlich hatte ich Durst. Nach der Befragung ging ich an der Straßenbahn vorbei, ließ die wenigen verbliebenen Menschen hinter mir und schob mein Fahrrad hinüber auf die Sonnenseite der Straße. Die Kastanienallee war breit, wochentags laut und viel befahren, feiertags wirkte die Straße verlassen. Die Kastanien, die früher die Straße gesäumt hatten, waren vielleicht vor fünfzig Jahren während der Berliner Blockade gefällt worden. Man wird Brennholz gebraucht haben. Eine hatten sie übriggelassen, die hatte vorne an der Bäckerei gestanden, sich im Laufe der Jahre mehr und mehr über die Fahrbahn gekrümmt, bis sie im letzten Herbst gefällt worden war. Der Stumpf steckte noch im Boden, wegen ihm mußte ich an die Kastanien denken. Mein Durst wurde stärker, und ich dachte an meinen ältesten Bruder, zu dem ich wollte, der mit seiner Familie in Treptow wohnte. Er hatte mich eingeladen, seine Frau wollte Klöße machen, sie war Thüringerin, sie machte zu jeder Gelegenheit Klöße, mein Bruder liebte ihre Klöße, ich hatte keinen Hunger. Ich hatte noch keine eigene Familie, keinen Freund, kein Kind. Mein Bruder glaubte, mit mir stimme etwas nicht. Dabei stimmte mit mir alles, aber je mehr ich versuchte, ihn davon zu überzeugen, desto verdächtiger machte ich mich. Wir kamen aus einer großen Familie, und meinem Bruder gefiel das. Besonders an Feiertagen. Er versteckte sich und sein Unbehagen über mein Alleinsein hinter seinen Kindern und sagte, seine Kinder wünschten sich das, das Ganze und Gemeinsame.

Vor dem Zeitungsladen auf der Sonnenseite stand die Zeitungsfrau, die klein war und kein Kopftuch trug. Ihre Stimme war ein wenig heiser, sie rauchte viel, während sie hinter ihrem Ladentisch saß oder in der Tür lehnte und mit den Kunden schwatzte, sie trank auch, manchmal heimlich, und nur dann sprach sie arabisch, dann aber ausschließlich, und dann tat sie auch noch so, als verstehe sie uns Kunden nicht. Am Ostersonntag stand sie vor ihrem Laden, hatte die Arme verschränkt und streckte die Hand nach mir aus, als ich, bloß nickend, mein Fahrrad an ihrer Hand vorbeischieben wollte. Was passiert sei, befragte sie mich, und ob ich es gesehen hätte. Ich sagte ihr, jemand sei überfahren worden, und sie meinte sogleich, ich hätte es mit eigenen Augen gesehen. Aber ich schüttelte den Kopf, nein, darauf bestand ich, ich hatte nichts gesehen, gar nichts. Daraus machte sie sich wenig, aus meinem Kopfschütteln, nichts eignete sich für ihre Geschichten besser, nichts, als wenn sie die einzige Zeugin des Unfalls kannte. Die Zeitungsfrau wollte mich in den folgenden Tagen noch öfter befragen. Ich blieb bei meiner Geschichte. Später erfuhr ich, daß sie anderen erzählte, am Ostersonntag hätte sich eine Frau vor die Straßenbahn geworfen, und ich hätte es gesehen. Aber an dem Vormittag ließ sie mich gehen und unterhielt sich weiter mit einer alten Frau.

Mein Hals fühlte sich trocken an. Ich stieg auf mein Fahrrad und ließ getrost die Tüte gegen das Vorderrad schlagen, ich glaubte zu hören, wie die Schokoladeneier zerbrachen, knack, schnack, so ging es, ich paßte nur auf, daß die Tüte nicht in die Speichen geriet und mich zum Umfallen brachte. Ich fuhr schnell, die Sonne blendete, trotz Sonnenbrille, ich fuhr am Weinberg vorbei, unten dann im Slalom durch die Touristen, die in Gruppen und einzeln vom S-Bahnhof hinüber zu den Hackeschen Höfen liefen. Ich bremste, bog links in die Dircksenstraße ein – der Kinderarzt hatte so einen albernen Kragen an dem gelben Hemd gehabt, rosa und gelb gestreift, wie bei Babysachen, vielleicht paßte er seine Kleidung gern den Patienten an, oder aber seine Frau, die seinen Anblick nicht ertragen konnte, kaufte ihm die Hemden, weil sie wußte, was gut für ihn und was richtig war, das hatte man vorhin nicht überhören können. Auf dem Gehweg fuhr ich, weil ich Kopfsteinpflaster nicht mochte. Von Kopfsteinpflaster wird einem das Gehirn zu sehr geschüttelt, es stößt innen an die Rinde, ein sehr unangenehmes Gefühl. Mit der Frau hätte er es schwer gehabt, sie hatte ein Kleid an. Ein Kinderarzt im Kleid. Aber man erkannte es kaum, vor lauter Blut. Sie hatte ein Kleid aus Blut an. Und vorher war es hellblau gewesen, aber das hatte man nicht mehr sehen können.

Beim Alcaparra hielt ich an, ich sagte mir, erst trinke ich was, und dann kann ich immer noch die S-Bahn nach Treptow nehmen. Ich setzte mich draußen an den kleinen runden Tisch, den Rucksack behielt ich auf, ich könnte ja gefüllten und gegrillten Tintenfisch essen, wenn ich Hunger bekommen würde, und große Kapernbeeren, die noch Stiele haben und die es für vier Mark auf einem Extrateller gibt. Als die Kellnerin kam, bestellte ich einen Mangosaft und eine Karaffe Leitungswasser. Ich beobachtete, wie Autos ein- und ausgeparkt wurden. Die Menschen, die zu den Autos gehörten, waren gut gekleidet. Ostersonntag.

Sie alle hatten keine Probleme mit dem Ausparken, das ging einfach, ruckzuck, da war ich mir sicher. Später holte ich mir von drinnen eine Zeitung. Ich blätterte im ›El País‹, versuchte das Spanisch zu verstehen und dachte an die tote Frau, fragte mich, wer sie gewesen war, und vor allem hatte ich immer wieder den Mann vor Augen, den Mann in dem Ford, den es ohne mich nicht geben würde, ohne meine Beobachtung, zumindest nicht im Zusammenhang mit ihrem Tod. Den Ausdruck seines Gesichts hatte ich mir besonders gut eingeprägt, und je öfter ich an ihn dachte, desto bekannter erschien er mir, obgleich der Ursprung dieses Ausdrucks, das Gesicht an sich, an Schärfe verlor. Die Frau hieß Charlotte, ein Auge war nicht richtig zugeklappt, als sie da lag, aber es sah nirgendwohin, man konnte die Iris nicht sehen, Charlotte wohnte in meinem Haus, im Seitenflügel, links, dritter Stock, da wohnte sie schon, als ich vor drei Jahren in die Kellerwohnung zog – ich muß mich verbessern: sie hatte dort gewohnt –, fast waren wir Freundinnen geworden. Sie erinnerte mich an ein Mädchen, mit dem ich als Kind gespielt hatte, in einem anderen Hof. Ich bin in Kellerwohnungen aufgewachsen. Wir sind oft umgezogen, weil mein Vater die Miete nur zögerlich zahlte und es Streit mit den Vermietern gab. Nach einer Kellerwohnung kam die nächste, mal war es Moabit, mal Neukölln, mal Wedding oder Spandau. Ein Zuhause gab es da nicht, nur eine diffuse Sehnsucht nach etwas, von dem ich nicht wußte, was es war, aber meinte, es hätte mit Bleiben, mit einem Dach über dem Kopf und mit Vertrautheit zu tun. Das Bleibende, woran ich mich gut erinnere, das war das Gluckern in den Rohren, da wurde allerhand transportiert, Wärme mit Öl und Wasser, Trinkwasser, Waschmaschinenwasser, rauf und runter, Fäkalien und Abwaschwasser, daß es nur so rauschte, und in der Nase immer der schimmlige Geruch, den die Keller gemeinsam hatten. Wir waren vier Kinder: meine Brüder und ich. Ich war froh, wenn es in einem Haus, in das wir zogen, auch Mädchen gab. In aller Regel wohnten die Familien der anderen Kinder in besseren Wohnungen, weil ein Haus meist nur ein oder zwei Kellerwohnungen hatte. Ich war ein dreckiges Kind. Gerne ging ich mit den anderen Kindern hinauf in ihre guten Wohnungen, die immer sauber und hell waren, in denen die Muttis gute Kleider trugen und die Vatis gute Arbeit hatten, oder andersherum, und wo die Kinder allein waren, Einzelkinder, die sich tagsüber langweilten und freuten, wenn man ihnen Gesellschaft leistete. Auf die Frage, wie lange ich Zeit zum Spielen hätte, antwortete ich gern: »Bis nach dem Kaffee«, natürlich ging es mir nicht um die Zeit, ich wollte sicher sein, Brause und ein Stück Kuchen zu bekommen, bevor ich zurück in unseren Keller mußte, ohne dort erwartet zu werden. Es war meinem Vater gleichgültig, wann wir nach Hause kamen, wenn einer mal fehlte, merkte er es selten. Bei uns gab es keine Mutti und auch nichts Ähnliches. Nur Kinder. In der Lahnstraße, in dem Haus, in dem auch das Mädchen wohnte, an das mich Charlotte erinnerte, schliefen wir zu viert im hinteren Raum, meine drei Brüder und ich, weil mein Vater den vorderen Raum für sich allein beanspruchte: dort sang er und trank, und manchmal leistete ihm eine Frau Gesellschaft. Ich haßte meine Brüder. Ich wünschte mir eine Schwester und dachte an das Mädchen, an das mich Charlotte später erinnern sollte, das drei Etagen über mir schlief, in einem großen Zimmer für sich allein, mit Pferdepostern an den Wänden und einer Barbiepuppe im Bett. Ich wünschte mir, bei ihr schlafen zu können, zwischen uns Barbie, die ich klauen und verstecken würde, unter der Decke mit den rosa Spitzen, die lästigen Hände meiner Brüder loszuwerden, mit denen sie sich gerne lustig machten. Das Mädchen würde sagen, ich stinke, und sich die Nase zuhalten. Das tat sie oft, wenn sie mich sah, aber sie spielte trotzdem mit mir.

Vor drei Jahren zog ich in die Kastanienallee, in das Haus, in dem Charlotte wohnte. Ich brauchte diese Freundin von damals nicht mehr, ich hatte andere. Ich beachtete Charlotte wenig. Manchmal hielt sie mich fest, um mir etwas von sich zu erzählen. Als Charlotte mir vor etwa vier Monaten eine Tüte mit meinem Einkauf aus dem Hausflur geklaut hatte, da fühlte ich mich geehrt, denn es gab mir das Gefühl, man sehe mir meine frühere Armut nicht mehr an, und ein bißchen auch, ich sei nicht mehr das Mädchen von damals, weil Charlotte nicht das Mädchen von damals war. Und Charlotte starb, bevor ich sie als Freundin hätte vermissen können.

Das Eis im Mangosaft störte mich, es war mir unangenehm, daß die Eiswürfel beim Trinken an Lippen und Zähne stießen, sie knackten und platzten, das Geräusch stellte mir die Haare auf, ich nahm die Eiswürfel mit den Fingern aus dem Glas und ließ sie möglichst unbemerkt auf den Boden unter mich fallen. Danach leckte ich die Finger ab. Der Mann am Nebentisch sagte, ich hätte da was verloren, und er zeigte unter meinen Stuhl und lachte und fand sich komisch. Ich goß den Rest Saft mit Wasser auf und antwortete dem Mann, er könne die Eiswürfel haben, wenn er wolle, ich fand es ungehörig, daß er lachte, seine Zahnlücken zeigte, und dadurch, daß ich es ungehörig fand, war ich mir schlagartig sicher, daß es Charlotte war, die ich soeben hatte sterben sehen.

Im Alcaparra war das Münztelefon kaputt, ich fragte die Bedienung, ob ich den Geschäftsapparat benutzen dürfe. Ich rief meinen Bruder an, der mit seiner Frau und den Kindern auf mich wartete. Die Kinder hatten schon ihre Schuhe an. Ich stützte meinen Arm auf den Zapfhahn und steckte die Nase in meine Armbeuge, ich prüfte, ob sie nach Thé vert von Bulgari und nach Blut roch, ich war mir nicht sicher. Mein Bruder befahl, ich solle mich beeilen, die anderen Brüder seien schon längst da. Ich gehorche ungern. Ich roch das Blut, nicht in der Armbeuge, wo, konnte ich nicht sagen, aber der Geruch war da. Zu meinem Bruder sagte ich, ich hätte es mir anders überlegt, ich wolle nicht mitkommen. Er war enttäuscht, behauptete, er habe sich schon so was gedacht, meine Launen seien zuverlässig. Bei mir dachte ich, daß er sich unwohl fühlt, wenn ich ihn mit seinem Mitleid für mich allein lasse. Ich legte auf, ging zu meinem Tisch zurück, nahm den letzten Schluck aus meinem Glas, legte Geld auf den Tisch und ging. Nach wenigen Metern auf dem Fahrrad fiel mir ein, daß ich die Tüte mit den Schokoladeneiern liegengelassen hatte, aber ich kehrte nicht noch einmal um.

In der Kastanienallee konnte ich weit und breit keine Straßenbahn sehen, Charlottes Leiche war beseitigt, nur ein Polizeiwagen stand da, aber vielleicht gehörte er zu einer anderen Angelegenheit. Ich stieg von meinem Fahrrad und schob es über die Straße. Man hatte Sand gestreut, rötlichen feinen Sand, der sich zwischen die Schienen gelegt hatte und teilweise schon an die rechte Straßenseite geweht war. Es war albern, aber mir fiel ein, daß ich die Schuhe doch kannte, es waren meine eigenen, ich hatte sie Charlotte vorgestern geliehen, sie wollte damit zu ihrer alten Tante. Sonst trug sie keine hohen Schuhe. Vielleicht war sie gestolpert. Über meine Absätze. Ich ging wie zufällig über die Stelle, ich wollte so tun, als existierte sie nicht, trotz des rosaroten Sandes. Der Sand knirschte ganz fein unter meinen Ledersohlen. Ich sah, daß der Sand an einigen Stellen noch feucht war, vielleicht bildete ich es mir ein, ich weiß gar nicht, ob man es diesem Sand ansieht, wenn er feucht wird. Als ich bei meiner

Kellertür anlangte, merkte ich, daß mir der Geruch von Charlottes Parfum und ihrem Blut noch in der Nase hing. Er hatte sich an den Innenwänden festgesaugt. Es kam mir hoch, ich beugte mich vor und wollte mich übergeben, konnte aber nicht, es wäre eh nur Mangosaft gewesen, mehr war da nicht, dann schloß ich die Tür auf.

Ich habe einen Menschen getötet. Ich habe diesen Menschen nicht gekannt. Und ich stellte mir außerdem vor, daß mich plötzlich, gegen meinen Willen, vielleicht nur durch einen Zufall – den, daß ich die Frau umgebracht hatte – etwas mit dem Leben der Frau, der Toten, verband. Hatte ich sie gesehen? Ihre Haare, gefielen sie mir? Ihre Beine, sah ich sie noch? Und sah ich sie neben mir oder erst hinter mir und wie sie vor mir davonsprang? Und wenn ich sie nicht sah, wo war sie dann, und mein Denken, was hatte ich dann noch davon, und von ihr, und vom Denken und vom Sehen, und wie hatte sie sich bewegt? Und wenn ich sie nicht mehr sah, sie gesehen hatte, aber nicht mehr erinnern konnte, mir nicht mehr einfallen wollte, wie sie ausgesehen hatte und daß ihre Haare blond und das Kleid blau gewesen waren? Wenn ich sie nicht mehr sah, wo war dann ich? Und er? Wen konnte ich fragen? Würde er liegen wie ich, und sehen, wie ich, und seine Augen die Welt absuchen, die ihm umgekippt war? Vielleicht wußte er es nicht. Einen Augenblick ungedacht, und ich erschrak, erst über mich, dann für ihn, so muß es gewesen sein. Sein Auto war rot, ich hatte keins, sein Auto hatte sie erschreckt, seins, nicht meins.

Und es war gewiß keine Absicht, daß ich die Frau getötet hatte, ganz sicher nicht, denn ich kannte sie nicht, so mußte ich annehmen, ich konnte sie nicht hassen, konnte überhaupt nichts für und gegen sie, nichts, denn alles, was mich mit ihr verband, war ihr Tod. Mag sein, sie war mir aufgefallen, erst, dann zugefallen, wie es sich mit Zufällen so verhält, vom Himmel gefallen, auch mir. So verhielt es sich doch? Einfach, ganz einfach. Das hatte ich gedacht. Eine unaufmerksame Sekunde war das, nichts weiter.

Bis zu jenem Sonntag hatte ich nicht über das Verhältnis zwischen mir und dem Tod nachgedacht, auch nicht denken wollen, nein, ich wollte lieber nicht so oft an den Tod denken (wer denkt schon gern daran?), und also gab es kein inniges Verhältnis zwischen ihm und mir, ganz und gar keins. Mir war kein Mensch so nah, daß ich seinen Tod vor allen anderen Toden in der Welt fürchtete. Auch war ich für mich selbst keine Todessehnsüchtlerin, so wichtig schien mir mein Hier und Jetzt und Sein nun auch wieder nicht. Sicher hatte ich schon hin und wieder an ihn gedacht, wie einige wohl, und bald festgestellt, daß ich zu einfach dachte, um ihm auf die Schliche zu kommen, ich dachte (natürlich) in Zeit- und Raumkoordinaten, die mich nach einem Danach und einem Dahinter fragen ließen (Blödsinn, so was). Was war hinter dem All? Was geschah mit meinen Gedanken, dem hier und dem dort, die ich so mühsam gesammelt hatte, wohin sprengten sie, nachdem ich mit dem Atmen aufgehört hatte? Zerfielen sie wie organische Stoffe in Moleküle? Wurden wiederverwertet, recycelt? So etwa hatte ich gedacht, nicht aber in bezug auf die Frau. Und auch nicht in bezug auf einen Liebsten. Die persönliche Bedeutung eines Todes hatte in mir bislang keinerlei Inhalt gehabt, und daher war der Tod nichts als eine Worthülse und also kaum existent gewesen. Insofern war ich unberührt. Mit dem Glauben tat ich mich schwer, was es mir bald unsinnig erscheinen ließ, weiter in der Sackgasse meiner Denkmöglichkeiten zu verharren.

Aber ich träumte nachts von Menschen, die ich jagte, und die starben auf der Jagd. Ich jagte sie mit Geschrei, das tat ihnen besonders weh. Die Gejagten wurden zu Jägern, und lag einmal einer von uns auf dem Asphalt, wurde ihm das Geräusch, die Innereien, entnommen: Hunde kamen und weideten. Doch bevor es verspeist war, wachte ich auf. Immer wieder traf ich einen Menschen, den ich noch nicht kannte, im Traum aber begehrte. Von Nacht zu Nacht wurde mir der Mensch in seinem Wesen vertrauter. Ich mochte seine krumme Nase und auch die Ohren, die sich vom Kopf wegbogen. Ich nahm an, er hatte mittelblondes Haar, aber ich konnte mich täuschen. Nach drei Nächten erst sah ich, daß der Mann aus dem roten Ford Ähnlichkeit mit meinem neuen Gefährten hatte, das brachte mich auf die Idee, ich könnte ihn lieben.

Neben den Briefkästen hing eine Pappkarte mit schwarzem Rand, ein einzelner Name stand unter der Anzeige, ich glaube, mehr Verwandte als die Tante gab es nicht. Die Beerdigung sollte am Freitag sein. Ich beachtete die Anzeige nicht weiter. Die Beerdigung ging mich nichts an, schließlich hatte ich Charlotte kaum gekannt. Selbst der Mann aus dem roten Auto mußte in der Zeitung über die Todesanzeige hinweggelesen haben, ihm sagte der Name nichts, vielleicht das Datum, aber bestimmt nicht der Name. Am Mittwochnachmittag klingelte es an meiner Tür.

»Sie sind doch Beyla? Ich hoffe, ich störe nicht«, fragte die Dame und stieg die Stufen zu mir herab. »Wolf, ich bin die Tante von ...«, sie reichte mir die Hand, ich nickte: »Ja, ich weiß, wir haben uns mal vor ein paar Monaten gesehen«, das war im Winter, sie war in Charlottes Begleitung gewesen. Ich zeigte auf einen Stuhl.

»Was soll ich denn jetzt mit ihrer Wohnung machen? Und mit ihren ganzen Sachen? Kann ich was damit anfangen?« Sie setzte sich. Ich wußte nicht, was ich sagen sollte. Mit beiden Händen hielt sie die Handtasche auf ihrem Schoß fest. An ihren Fingern steckten mehrere goldene Ringe, vielleicht waren es alles Erbstücke, und Charlotte hätte sie eines Tages tragen müssen. »Charlottes Möbel, die ganzen kleinen Dinge, die sie so gesammelt hat, sehen Sie, ich habe dafür keine Verwendung. Das ist was für junge Menschen: Blumenvasen, die in Tüten an der Wand hängen, und Rosen, die I love you sagen, wenn man sie anfaßt – das gefällt jungen Menschen, solchen wie Ihnen.«

Ich wollte ihr nicht widersprechen, zuckte nur mit den Schultern und zeigte auf die Wasserflasche (vielleicht war sie durstig?), aber die Dame schüttelte den Kopf. Sie wirkte zart, ihre großen vorstehenden Augen und der lange Hals, auf dem ihr kleiner Kopf saß, ließen mich an ein Insekt denken. Die kurzen kräftigen Arme standen in einem merkwürdigen Mißverhältnis zu dem schmalen Körper. Charlottes Tante schien das Knacken des Stuhls, auf dem sie saß, nicht zu hören. Die Brille beschlug, sie mußte sie abnehmen. Ich bemerkte, daß sie weinte. Die schmalen Lippen quollen auswärts: sie habe gehofft, das Mädel werde sich um sie kümmern, wo sie jetzt langsam gebrechlich werde. Und nun das. Ihr Busen, lang und birnenförmig, hing auf den kleinen Kugelbauch. »Ein Unglück, das ganze Geld, und daß alle so früh sterben müssen. Davon hat ja keiner was.«

Ich legte der Tante meine Hand auf die Schulter und reichte ihr ein Taschentuch. Sie umfaßte mit beiden Händen meine Hand. Ich spürte einen kalten Gegenstand zwischen meinem und ihrem Handteller, und als sie ihre Hände löste, entdeckte ich in meiner Hand einen Schlüssel. Ich sah sie fragend an.

»Schon gut«, sagte sie. Ihre Tränen versiegten. Sie stand auf und sah sich nach einem Mülleimer um. Ich nahm ihr das Taschentuch ab.

»Sehen Sie«, sagte sie zu mir, »ich bin alt, was soll ich mit Charlottes Sachen? Wenn ich mir Ihre Wohnung hier ansehe (sie hatte sie nicht angesehen), könnten Sie doch gut etwas Neues brauchen. Wie wäre es, wenn Sie nach oben ziehen?« Sie fragte es zögernd, als falle es ihr nicht leicht, um etwas zu bitten, oder als habe sie nie um etwas bitten müssen und wisse nicht, wie das geht.

Ich wollte ihr antworten, der Schlüssel in meiner Hand war unangenehm kalt, er paßte nicht zu mir. Ich streckte ihr den Schlüssel entgegen und wollte sagen: Nein, das geht nicht, niemals würde ich Charlottes Wohnung betreten, aber sie nahm mir den Schlüssel nicht ab, sondern hielt sich den Zeigefinger dicht vor die Lippen und sagte: »Beyla, sagen Sie nichts, noch nicht, überlegen Sie es sich gut. Ich habe ein ganzes Haus voller Möbel und Krempel. Behalten Sie einfach Charlottes Sachen, Sie können damit machen, was Sie wollen«, die Tante stieg die erste Stufe nach oben zur Tür, drehte sich nach mir um und vergewisserte sich: »Wir sehen uns am Freitag?«

Ich ging hinter Charlottes Tante die Treppe hinauf und blieb in der offenen Tür stehen, ich sah, wie sie die Kastanienallee hinunterlief und immer kleiner wurde. Irgendwo mußte der Fahrer des roten Autos stecken, möglich, er trank ein Bier, vorne im Schwarz Sauer oder in einem anderen Stadtbezirk, oder er schlug eine Zeitung auf, und obwohl ich an nichts anderes denken konnte als an Charlotte und diesen Mann – vielleicht genoß er den Tag (oder weinte in sein Kissen, mehr in Sorge um sich als um den getöteten Menschen, und überlegte, wem er sich anvertrauen könnte), und obwohl ich Nacht für Nacht von dem Mann und Charlotte geträumt hatte, in der letzten Nacht mehr von ihm als von ihr, war ich mir sicher, daß ich nie in Charlottes Wohnung gehen würde. Den Schlüssel legte ich in die steinerne Fensternische und rührte ihn die nächsten Tage nicht mehr an. Ich hatte ein schlechtes Gefühl. Es kam mir vor, als hätte ich Charlotte nicht gekannt. Ich schämte mich, daß ich den Schlüssel überhaupt genommen hatte. Ihr Schlüssel sollte aus meiner Wohnung verschwinden, er gehörte mir nicht, ich wollte nichts von ihm, er sollte nur schnell weg. Wie wäre es, wenn ich zur Polizei ginge und sagte, was ich gesehen habe? Aber das hätte Charlotte nicht lebendig gemacht, und finden würden sie den Autofahrer kaum, das mußten sie nicht, soll-

sehen. Ich nahm in der letzten Reihe Platz. Die beiden Männer gingen ganz nach vorne und setzten sich. Der Dunkelhaarige drehte sich nicht um. Mit dem linken Fuß half ich dem rechten aus dem Schuh. Am Hacken hatte sich eine Blase gebildet. In meiner Handtasche fühlte ich das glatte Metall des Sicherheitsschlüssels. Die Blase an meinem Fuß mußte sich geöffnet haben, sie brannte.

Charlottes Tante nahm vorne links allein Platz, ich überlegte, ob das recht war, sie dort ganz allein zu lassen, und ob sie sich nicht vernachlässigt fühlte und sich jeden Augenblick umdrehen würde, um nach mir oder einem anderen vertrauten Gesicht Ausschau zu halten, ich fand mich plötzlich egoistisch mit meiner kleinen Furcht, nicht dazuzugehören. Die Tante drehte sich um, sie winkte den beiden Männern zu. Die Männer grüßten zurück. Ein paar Gäste schienen sich zu kennen (vielleicht aus Hausbesetzerzeiten?). Erleichtert stellte ich fest, daß eine junge Frau, deren Kragen hell im Zwielicht leuchtete, neben der Tante Platz nahm. Ich erinnerte mich, daß es bei meinem Vater keine Trauerfeier gegeben hatte, denn er wollte keine und war nie in einer Kirche gewesen. Seine Beerdigung lag ungefähr sechs Jahre zurück. Und da meine Brüder ihn schon lange vor seinem Tod nicht mehr sehen und kennen wollten, hatte ich allein zum Friedhof gehen müssen.

Mein Vater war als junger Mann Opernsänger gewesen. Er durfte an der Deutschen Oper in der Bismarckstraße nur im Chor singen (wenn überhaupt): Bariton. Ein Bariton mit einer starken Zuneigung zu Glenfarclas. Ein Bariton, der sich schnell um Stimme und Stelle gesoffen hatte. Sicher, er war ein einsamer Mann gewesen, aber das waren viele, und das war kein Grund zur Verurteilung, nur war er deshalb wohl an meine Mutter und die Mutter meiner Brüder geraten (alle beide lockere Personen, die mit

Kindern nichts am Hut hatten). Nachdem die erste ihre drei Söhne bei ihm abgestellt hatte, war meiner eigenen Mutter dieser Platz für ihr Kind gerade recht gewesen. Als mein Vater starb, hatte ich ihn drei Jahre lang nicht gesehen. Ich hoffte, ihm auf seiner Beerdigung ein Stück näherzukommen. Ganz unerwartet fand ich mich von Sentimentalität ergriffen, aber umsonst.

Charlottes Tante mußte dem Pfarrer wenig Text gegeben haben. Ein zwanzigköpfiger Chor hatte sich um den Sarg versammelt und wartete auf seinen Einsatz. Der Pfarrer endete mit »möge Charlotte in unseren Gedanken weiterleben«, und auf den letzten Worten saßen die ersten Schläge des Kyrie. Die Gesichter der Choristen wurden ernst. Mit Charangos stolperten sie in die Misa Criolla, die anderen südamerikanischen Instrumente, Quenas und Sonajeros, wollten sie schamlos durch alberne Rasseln und Töpfchen ersetzen. Ich versuchte mich abzulenken. Von dem dunkelhaarigen Mann in der ersten Reihe konnte ich bloß den Hinterkopf sehen.

Daß mein Vater gestorben war, hatte ich damals von dem älteren Ehepaar erfahren, bei dem mein Vater die letzten Jahre zur Untermiete lebte. Nur das Ehepaar und ich kamen zur Beerdigung. Ich sah, daß die Frau sich mehrmals mit Tempotaschentüchern die Augen auswischte. Nach jedem Schneuzen warf sie das benutzte Taschentuch in den Drahtabfallbehälter, der an dem Friedhofsgärtnerhäuschen angebracht war, neben dem wir standen und warteten, und die Frau nahm ein neues Taschentuch aus der Packung. Auch ihr Mann begann zu schluchzen, er fragte seine Frau, ob sie ein Taschentuch für ihn habe, aber sie hatte bereits die ganze Packung verbraucht, und das letzte, das sie noch in der Hand hielt, war schon naß. Der Mann wandte sich an mich und fragte, ob ich ein Taschentuch für ihn hätte. Ich schüttelte bedauernd den

Kopf, ich habe nie Taschentücher bei mir. Seine Frau bot ihm an, ihr letztes mit ihm zu teilen. Er lehnte ab.

Der Chor für Charlotte war peinlich. Besser, ich schloß die Augen und erinnerte mich weiter an die Beerdigung meines Vaters. Ich sollte als erste hinter der Urne gehen, nach mir das Ehepaar. Und als wir uns in Bewegung setzten, hörte ich, wie hinter mir die Frau zu ihrem Mann sagte, er möge sich nicht so kindisch benehmen, und aus dem Augenwinkel nahm ich wahr, wie sie versuchte, ihm mit ihrem Taschentuch die Augen auszuwischen. Aber ihr Mann wollte das nicht, er schlug ihren Arm fort. Ich hatte nichts gesehen. Ich wollte mich auf den Trauerzug konzentrieren. Es erschien mir komisch, daß die Urne von den zwei fremden Männern vor mir hergeschaukelt wurde. Fremd war auch die Gesellschaft des Ehepaars, das ich nur einmal zuvor gesehen hatte und das meinen Vater (hoffentlich) näher gekannt hatte als ich, dem ich aber seitens der Friedhofsleitung und des Bestattungsinstitutes vorgezogen wurde. Jeder nahm vor den anderen eine Haltung ein, die er um nichts verlassen würde, meine war die der Tochter, und ich erinnerte mich, daß ich mich damals fragte, wie die auszusehen habe, die Überlegung belustigte mich, weil ich zwar Bilder von Töchtern vor mir sah, auch von trauernden – aber an mir konnte ich nichts Töchterliches entdecken, wenn man davon absah, daß ich zu seiner Beerdigung kam und wußte, daß er mein Erzeuger war, und daß ich ihn gefürchtet hatte, besonders in seinen Anfällen von Jähzorn, einem Jähzorn, der auch ausbrach, wenn er nicht trank. Zuletzt hatten meine Brüder und ich uns eine Art Sport daraus gemacht, ihn zu provozieren – und jetzt war es nur komisch, daß mein Vater vor mir in dem Töpfchen sein sollte (das Kyrie neigte sich), so komisch, daß ich unmittelbar anfing zu lachen. Ich erschrak über mein Lachen. Es war mir unangenehm, daß ich lachte, als Fremde vor Fremden, also versuchte ich, das Lachen zu unterdrücken, ich preßte die Zähne aufeinander und die Augen zusammen, ich schnappte nach Luft.

Das Gloria für Charlotte begann.

Ich dachte auch nicht, daß mein Vater ein armseliges Leben gehabt habe, das hätte ich auch nicht wissen, nur ahnen können. Ich lachte nicht über die Abwesenheit, die er uns mit seiner Trunkenheit beschert hatte, denn die fand ich weder lustig noch tragisch. Ich konnte keinen Vater vermissen: Ich hatte kaum einen gehabt. Aber daß es einen gegeben hatte, den ich so nannte, dessen Name auf meiner Geburtsurkunde geschrieben stand, rechtmäßig, eine Urkunde, die zeitlebens zu mir gehörte, ohne daß ich sie ablegen oder verleugnen könnte, und daß die Überreste des Mannes an diesem Tag vor mir hergetragen wurden, das hatte mich in eine Anspannung versetzt, die mich lachen machte. Die Beerdigung war der Schlußpunkt hinter unserem gemeinsamen Leben. Und mein Bauch krampfte sich zusammen, die Pobacken kniffen, ich wand mich. Die Männer, die die Urne meines Vaters vor mir hertrugen, schienen nichts zu bemerken. Ich versuchte angestrengt an etwas Trauriges zu denken, etwas Trauriges. Etwas Trauriges? Mir fiel nichts ein. Ich lachte mehr. In der Wegbiege wandte ich mich seitlich, damit das Ehepaar mein Gesicht nicht sehen konnte, dabei traten jetzt Tränen aus meinen Augenwinkeln, die man auch umdeuten konnte. Ich wußte, daß wir gleich bei der Grabstelle ankommen würden, und bemühte mich um Fassung, vergeblich.

Als das Credo begann, wurde das Publikum unruhig. Mir war sehr nach Aufstehen und Rausgehen zumute. In einer der vorderen Reihen schrie ein Säugling. Ich sah, wie der dunkelhaarige Mann seine Jacke anzog. Eine Choristin schaute das Publikum mit großen Augen an und schlug bedeutungsvoll auf ihre winzige Trommel. »Aufhören! Aufhören!« wollte ich rufen, traute mich aber nicht. Ungeachtet der Musik reihten sich die Sargträger auf und hoben den Sarg an. Sie bemühten sich um Langsamkeit, während sie ihn durch den Mittelgang hinaustrugen. Meine Ferse brannte. Mit den Zehen schleifte ich den Schuh bis zum Mittelgang, dort wartete ich. Als der Sarg an mir vorbeigetragen wurde, glitt unmittelbar vor mir eine Blume vom Sargdeckel, sie fiel auf den Steinboden, der hintere rechte Sargträger trat, ohne es zu merken, auf die Blüte, ich wollte mich bücken, aber Charlottes Tante kam mir zuvor. Sie blickte auf, entdeckte mich und kniff mir freundlich in den Unterarm.

»Schön, Sie zu sehen, Beyla«, sie lachte, obgleich ihre Augen und Wangen naß waren, und sie tat das so herzlich, daß ich den Schlüssel in meiner Tasche losließ. Trotz des Schmerzes mußte ich meinen Schuh wieder anziehen. Die Glocken läuteten.

Kaum hatte ich als eine der letzten die Kapelle verlassen, mußte ich erkennen, daß der Chor uns folgte. Vorsichtig versuchte ich, die Menschen vor mir zu überholen. Dabei hielten mich die Gräber rechts und links des Weges in Schach. Hinter mir schrie der Bariton ein letztes Mal auf, um schließlich ohne Klavierbegleitung (das Klavier hatte man in der Kapelle lassen müssen) zu erlöschen. Ich neigte mich zur Seite, um die Ursache des Staus auszumachen. Vorne wurde Charlottes Sarg in die Grube gelassen. Ich wollte nicht neugierig erscheinen. Der Reihe nach traten die Gäste auf das Holzbrett und warfen Erde auf die weißen Blumen. Die Töpfe, in denen sich die Erde befand, erinnerten mich an die Gefäße, in denen man als Akrobat sein Talkum findet.

Als ich endlich an die Reihe kam, niedergedrückt vom Warten vortreten mußte, um nichts weiter zu tun, als

Charlotte ein wenig Erde ins Grab zu werfen, waren beide Töpfe links und rechts von mir leer; ich wagte es nicht, einen der Totengräber um Erde zu bitten, mit den Fingerkuppen ertastete ich die letzten Krumen, die Nägel kratzten leicht an dem blanken Metall, und ich nahm diese letzten Krumen aus dem Topf zu meiner Linken und stellte mir vor, eine Handvoll Erde auf die Blumen fallen zu sehen.

Auf dem Grabstein stand oberhalb von Charlottes Namen auch der ihrer Tante: Hedwig Wolf, geb. 21. August 1929, das Gold war schon etwas gedunkelt, und es fehlte noch das Todesdatum. Die Tante stand traurig (weil lebendig?) vier Meter abseits. Sie mußte damit gerechnet haben, vor ihrer Nichte zu sterben, vielleicht hatte sie gedacht, Charlotte würde sich in diesem Fall nicht an das Geburtsdatum ihrer Tante erinnern können oder es gar aus Kostengründen weglassen. Vielleicht hatte die Tante Charlotte einfach die Ausgaben ersparen wollen und deshalb vorgesorgt. Charlottes Daten leuchteten in Hellgold, am 29. September wäre sie sechsundzwanzig geworden. Charlottes Tante schüttelte Hände, ich ging zu ihr hinüber (gewiß verzog sich mein Gesicht vor Schmerz über die offene Blase) und legte flüchtig den Arm um ihre niedrige Schulter. Die Tante war klein. Auch Charlotte war klein gewesen. Heute lachte ich nicht. Der Tag erschien mir trocken. Ich glaubte sogar, daß ich heute nicht mehr am Grab meines Vaters lachen würde. Gerade als ich der Tante den Schlüssel geben wollte, kam der dunkelhaarige Mann und nahm sie in den Arm, ich wandte mich ab. Trotzdem mußte ich hören, wie er sein Beileid flüsterte. Ich entfernte mich und wartete vor dem Friedhofstor, bis die anderen kamen und man gemeinsam ins Enzian ging.

Dort stand ich unschlüssig in der Tür und schaute mich um. Ich hatte Charlottes Tante aus den Augen verloren, ich wollte ihr nur den Schlüssel geben und schnell verschwinden. Die Menschen redeten viel. Ihren Stimmen fehlten die Höhen. Eine männliche Stimme hielt die anderen zusammen, sie lag unter allen und stützte sie, aber ich konnte ihren Inhaber nicht ausmachen, zu viele bemühten sich um diese Stimme, und sie tat sich jedem zu. Der Sprecher konnte schwer in der Mitte aller sitzen, denn es gab keine Mitte zwischen ihnen. Die Musiker machten sich am Buffet zu schaffen. Mit flinken Händen griffen sie zu, stopften sich noch im Stehen das eine oder andere in den Mund, kosteten, ob es schmeckte. Gefüllte Eier, Käsespieße, luftgetrockneter Schinken, saure Gurken, Matjes. Ich sah mich um und traf ein Paar Augen, zwei braune Augen, die sich an mir festhielten, so daß ich hineingefallen wäre, hätte ich nicht gleich wieder weggesehen.

Charlottes Tante saß am Ecktisch vor dem Fenster und winkte mich zu sich, sie bat, daß ich mich neben sie setzte, und hieß dafür einen älteren Mann, ein Stückchen von ihr wegzurutschen. Ich sollte den Anorak ausziehen. Kaum saß ich, stellte sie mir die junge Frau zu ihrer Rechten vor, die schon in der Kapelle neben ihr Platz gefunden hatte. Sie war von der Hausverwaltung. Ich gab ihr hinter dem Rücken der Tante die Hand. Zwar kannte ich sie nicht, aber ich lächelte ihr höflich zu. Die Frau beugte sich jetzt weit über den Tisch, um mich trotz der Tante noch gut sehen zu können, sie klapperte mit den Wimpern, als hoffe oder erwarte sie, daß ich etwas fragen würde. Ich blickte in die Runde, drüben saß der Mann mit den braunen Augen und der Stimme, er war im Gespräch, es war seine Stimme, die unter den anderen lag, und hin und wieder schaute er herüber, seine Augen zogen mich an, so daß ich unvermittelt wegsah.

»Frau Wolf sagte mir, Sie möchten gerne die Wohnung

übernehmen?« Die junge Frau von der Hausverwaltung lächelte, ihr Kragen war gesteift. Ich sah zu der Tante, die an meiner Stelle freundlich nickte.

»Im Grunde suche ich nichts Neues – wissen Sie, ich hab mich an Keller gewöhnt.«

»Sie haben zu wenig Geld?« fragte die junge Frau, und ihre Stimme klang milde.

»Das ist es nicht«, sagte ich.

»Nein«, fiel mir Charlottes Tante ins Wort, »das ist es nicht, sie sorgt gut für sich allein«, sagte sie zu der jungen Frau, und zu mir: »Charlotte hat mir viel von Ihnen erzählt.« Die Tante zwinkerte mir vertraulich zu, ich war unsicher, denn ich hatte keine Ahnung, wovon sie sprach und woran sie dachte. Die Frau von der Hausverwaltung wartete auf eine Erklärung.

»Ich habe Arbeit«, bestätigte ich, »ich bin nicht reich, aber ich habe Arbeit.«

»Und was für eine!« Die Wangen von Charlottes Tante leuchteten. »Sie ist Clown, wissen Sie, die kennen Sie doch aus dem Zirkus, ja, sie ist im Schaustellergewerbe.«

Ich spürte, wie mein Blut ins Gesicht schoß und sich der Hals verengte, daß es nicht mehr abfließen konnte und in den Ohren rauschte. Sie war mir nicht peinlich, meine Arbeit als Clown, aber ich mochte sie immer weniger, und es war mir unangenehm, daß mich andere dafür bewunderten und manche beneideten, wo ich seit Monaten darüber nachdachte, wie ich die Arbeit am besten wieder los wurde. Ich war kein gelernter Clown, ich war Artistin und hatte in Châlons vor allem Pantomime und Akrobatik gelernt, aber Pantomimen waren nicht gefragt. Ich selbst hätte nie gesagt: Ich bin Clown. Ich hatte es einmal versucht, aber ich fand keinen Gefallen daran, eher Abscheu. Wenn es sein mußte, sagte ich: Ich arbeite als Clown. Daß Charlottes Tante davon wußte, konnte ich nicht ahnen, und es gehörte nicht zu den Dingen, über die ich mich ausgerechnet auf Charlottes Beerdigung unterhalten wollte. Ich kannte die neugierigen Fragen und mochte sie nicht.

Die Frau von der Hausverwaltung lachte: »Nicht wahr!« rief sie aus, »aber das ist ja fantastisch«, sie deutete mit der flachen Hand einen Schlag auf die Brust an, als wolle sie schwören, bei Gott, »ich wollte als Kind auch Clown werden. Ach, jedesmal, wenn ich mit meinen Eltern im Zirkus war, bettelte ich danach, daß ich auf eine Zirkusschule gehen darf. Ja, wirklich, lachen Sie nicht.«

Ich lachte nicht.

»Sie sind so ein richtiger Clown? Mit Kostüm und Schuhen und all dem Schabernack?«

Ich nickte. Ich spähte hinüber nach den braunen Augen. Ich wollte nicht erklären, was mich von derjenigen unterschied, für die sie mich hielt.

»Und in welchem Zirkus, wenn ich fragen darf?« wollte sie wissen.

»Sarrasani«, behauptete ich und genoß ihren Gesichtsausdruck. Hier wurde ich nicht rot, obgleich es eine Lüge war, aber ich kannte diese Lüge aus meinem Mund, es war meine Lieblingslüge. Die Freude an dieser Lüge überdauerte selbst die Freude an dem Beruf. Auch ich hatte als Kind einen Traum gehabt. Nicht, Clown in irgendeinem Stadtzirkus zu werden, wo ich über Jahre an demselben Ort spielen müßte, sondern zu einem Wanderzirkus zu kommen. Ich dachte mir, wenn ich an einem Zirkusausgang Rad schlagen würde, käme eines Tages der Direktor heraus und würde mich einfach mitnehmen. Vom Neuen Zirkus hatte ich noch keine Ahnung, von den Schulen in Châlons-sur-Marne und Rosny-sous-Bois konnte ich noch nichts gehört haben, weil es sie noch gar nicht gab. Als Kind kannte ich nur einen: Sarrasani. Für mich unterschieden sich Menschen in Liebhaber von Sarrasani und Krone. Roncalli stand ein bißchen außerhalb dieser Konkurrenz. Leider gehörte Sarrasani zu den klassischen Zirkussen, in denen die Arbeit als Clown noch schrecklicher war als in einem kleinen wie meinem. Aber die Leute, die mich nach meinem Zirkus fragten, wußten es nicht, keiner bisher wußte es. In den anderen Ohren klang Sarrasani berühmt, klang schön, klang groß – und war mir zu einem Wort geworden, das sich gut gebrauchen ließ, weil es jeder glaubte, ohne lang darüber nachdenken zu müssen. Jetzt nickte die Frau von der Hausverwaltung zufrieden, und ich konnte die Wohnung nicht mehr ablehnen, da sie sich soeben für mich als Mieterin entschieden hatte. Ich bekam ein Stück Apfelstrudel mit Sahne, er wurde mir über den Tisch gereicht, und ich stieß wieder auf die braunen Augen. Sein Mund sah weich aus. Ich probierte von der Sahne. Ich spürte den Blick des Mannes auf mir. Seine Augen ließen mich nicht los. Vielleicht sahen sie traurig aus, vielleicht entschlossen, das konnte ich nicht entscheiden. Sie zogen mich an. Ich versuchte, meine Aufmerksamkeit auf den Apfelstrudel zulenken.

»850«, die Frau von der Hausverwaltung flüsterte.

Ich nickte, überlegte aber noch, was sie damit meinte.

»Ist Ihnen das zuviel?« Sie zupfte an der Spitze ihres gestärkten Kragens.

»Nein«, sagte ich, weniger, weil ich nein meinte, als um ihre Fragen abzuschalten, ihre Stimme klirrte in meinen Ohren. Ich lächelte und sah wieder hinüber. Er antwortete auf mein Lächeln, ganz leicht nur, mit der einen Hälfte des Mundes, und ohne die Entschlossenheit und das Traurige in seinen Augen aufzugeben. Das Traurige traf mich (so ganz als Frau). Er hatte dunkleres und längeres Haar, aus dem die Ohren hervorsahen. Seine Augen faßten mich an, sie faßten mich ein wie ein Metall einen Stein, sie berührten meine Haut, innen an den Armen, unten an den Schulterblättern, dann über den Schultern.

»Frieren Sie, Beyla, möchten Sie meine Jacke?« fragte die junge Frau und drehte sich auf ihrem Stuhl, um mir hinter dem Rücken der Tante ihre weiße Strickjacke zu reichen. An der Jacke waren goldene Knöpfe. Nein, die wollte ich nicht anziehen. Ich schüttelte den Kopf. Sie nannte mich Beyla, obwohl sie mich erst kennengelernt hatte, ich wußte nicht mal ihren Familiennamen, niemandes Namen kannte ich hier, außer den der Tante, Wolf, sie hieß genauso wie Charlotte, vielleicht war sie die Schwester von Charlottes Vater und hatte nie geheiratet, oder aber Charlottes Eltern waren nicht verheiratet gewesen, was ich mir nicht vorstellen konnte, weil sie aus ganz anderen Kreisen kam als ich. In ihren Kreisen war man verheiratet. Die Frau von der Hausverwaltung sagte also Beyla zu mir. Aber als Mieterin gehörte ich wohl schon längst in den Besitz der Kirche und damit in ihren. Nein, ein Schäfchen wollte ich nicht sein, insbesondere keines mit Knöpfen.

»Vielen Dank«, sagte ich, »schon vorbei.« Und tatsächlich war meine Gänsehaut verschwunden. Ich aß Strudel. Es waren Rosinen in dem Strudel, die durch das Backen groß und weich geworden waren und die ich nicht mochte, ich versuchte, sie unauffällig in die Serviette zu spucken. Charlottes Tante sagte, sie friere schon seit Tagen, das liege am Alter und an der Trauer. Da helfe keine Strickjacke, nicht wahr? Ich mochte sie, die Tante von Charlotte. Aber ich fror nicht. Ich sah wieder hinüber. Der Mann unterhielt sich mit seiner Tischnachbarin, einer Frau, deren Haut etwas dunkler war als die der meisten Europäerinnen. Wenn sie lachte, zeigte sie weiße Zähne, und auch ein bißchen oberes Zahnfleisch. Ihre Lippen hatten eine dunkle Farbe, fast violett, ich vermutete, daß sie ihre Lippen nicht schminken mußte. Sie war hübsch.

Sie hatte auch hübsche Brüste, deren obere innere Viertel aus dem Ausschnitt guckten, daß bestimmt nicht nur mir die Idee kam, hineinzubeißen. Ihre Haut schimmerte. Der Mann unterhielt sich zwar mit ihr, mußte auch die Brüste und die schönen Zähne gesehen haben und die dunklen Lippen, aber er hielt sich daran nicht auf, sondern suchte wieder meinen Blick. Ich wunderte mich und freute mich auch. Er hörte ihr offenbar nicht gut zu, denn er mußte nachfragen, was sie eben gesagt hatte, obwohl sie ohne jeden Akzent sprach, das konnte ich hören, er fragte: »Wie bitte? Ach so«, das sagte er, sah wieder zu mir, und da erschien er mir mit einem Mal bekannt, wie er die Augenbrauen eben noch fragend zusammengezogen, dann aber erstaunt in die Höhe gezogen hatte, wie dabei die Ohren ruckartig nach hinten sprangen, wie er mir sein Gesicht zuwandte, mich aus den schwarzen Augen ansah. Woher, konnte ich nicht sagen. Er hatte längere und dunklere Haare als der Mann im roten Ford, der fiel mir ein, aber ich schob den Gedanken weg. Dieser hier war anders. Er fixierte mich. Ich dachte mir, daß er mir nur bekannt erschien, weil ich ihn schon mehrmals angesehen hatte (und er mich) und die Wiederholung daraus eine Erinnerung machte. Die Nähe zu Charlotte und ihrem Tod, hier auf ihrer Beerdigung, die würde die Verbindung in meinen Gedanken erzeugt haben. Ich mußte daran denken, daß ich am nächsten Tag Probe haben würde, nachmittags und abends Vorstellung, und das die kommenden sechs Tage lang, ohne Pause. Es war auch möglich, daß mich der Mann an einen Clown erinnerte, den ich vor vier Jahren bei einem Gastauftritt in Rom kennengelernt hatte, ich weiß noch, wie er hieß: Osvaldo. Aber Osvaldo war nicht nur Clown, sondern auch ein Betrüger. Er hatte den Zirkus um Geld betrogen und die Zuschauer um ihren Spaß. Danach mochte ihn keiner mehr. Ich auch nicht. Nein, an

Osvaldo erinnerte der hier gar nicht. Ich spürte meinen Magen. Der Kellner fragte, wer Kaffee oder Espresso trinken wolle. Die Tante schlug uns Grappa vor. Ich nahm an. Espresso und Grappa, beides doppelt, so brauchte ich nicht mehr zu fürchten, daß ich vor Glück über die Aufmerksamkeit der braunen Augen einfältig vor mich hin grinsen würde, und selbst wenn ich es täte, es hätte mich nicht mehr gestört.

Die Scheinwerfer brannten auf meiner Haut, in der Schminke taten sich Risse auf, darunter glühte meine Haut, in weißen Flocken rieselte die Schminke vom Haaransatz auf das Kostüm, gleich würde es soweit sein, und erste Brocken würden sich von den Wangen lösen, aber es mußte mir egal sein, wir hatten nicht mehr viel Zeit, in zehn Minuten war die Probe zu Ende. Noch ein Tusch. Die Chefin verlangte eine Wiederholung, verließ aber gleich nach ihrer Anweisung das Zelt, sie hatte Besseres zu tun, als uns beim Üben zu beobachten. Ich lief in den großen Schuhen durch die Manege, stolperte, in meinen Gedanken lag vor mir Charlotte, ich fiel auf das Gesäß, das gepolstert war, und federte, schaute mich um (sah ihr Blut), zog Grimassen, der erste Schminkbrocken fiel ab, ich zog noch stärkere Grimassen, ich rollte auf den Rücken, die Scheinwerfer blendeten von oben, ich kniff die Augen zusammen (und dachte, vielleicht hat Charlotte die Sonne so gesehen, auf dem Rücken liegend wie ein Käfer), ich schaukelte auf dem Rücken und versuchte umständlich aufzustehen, die Trommel verfolgte jeden meiner Schritte, es war heiß unter Kostüm und Schminke, Schweiß rann mir von den Schläfen (immerhin war es kein Blut), ich streckte mein dickes Gesäß in die Höhe (sie hatte nicht mehr aufstehen können), machte einen Handstand (war weder auf die Beine noch auf die Hände gekommen), versuchte (keinen Versuch mehr), und das sollte mühsam aussehen (aus, die Mühe), wieder mit den Beinen auf den Boden zu gelangen, strampelte, die Trompete setzte ein, ich nahm Schwung, landete sicher auf den Beinen, machte weitere Schritte nach vorne und ließ mich, wie ungeschickt, der Länge nach vorwärts auf die Nase fallen, es roch nach Sand und Blut, die Nasenwände waren schwer von Blut, streckte den Kopf hoch, spannte den Bauch an und ruderte mit den Armen, das Becken federte zum Aufklatschen meiner Hände, dann gab ich erneut Schwung, saß, die Kapelle verstummte, eine Minute, in der ich Zeit hatte, alle Zuschauer von meiner unermeßlichen Clownstraurigkeit zu überzeugen, dann setzte das Saxophon ein und unterstrich sie, Krokodilstränen rollten über die abgebröckelte Schminke, und wenn alle lachten, wußte ich, daß ich gut gewesen war. Jetzt lachte niemand, außer dem Praktikanten, der die Scheinwerfer bediente, dabei einen Joint rauchte und eine Laugenbrezel aß, der kicherte. Außer ihm und den Musikern befand sich keiner im Zelt. Es war zwei Uhr, und die Musiker freuten sich bestimmt, daß sie Schluß hatten und noch Zeit haben würden, gegenüber im Pennymarkt etwas einzukaufen, um dann nach Hause zu gehen oder was weiß ich. Auf mich warteten zu Hause die gepackten Kartons, die ich nachmittags mit einer Freundin in Charlottes Wohnung tragen wollte. Ich wischte mir mit dem großen karierten Taschentuch, das ich auch für andere Zwecke in meiner Hosentasche trug, über die Stirn, die ganze Zeit lag Charlotte vor mir, auf dem Boden, auf der Straße, und hin und wieder sprang sie davon, in ihrem hellblauen Kleid, und ich sah mit den Augen des Mannes, der sie gesehen haben mußte, ihre blonden Locken, sie hatte ihn gewiß nicht bemerkt, gewiß nicht. Gewiß? Zumindest das Quietschen der Straßenbahn muß er gehört haben, spätestens da muß ihm etwas aufgefallen sein, er könnte im Rückspiegel etwas gesehen haben (da sieht man doch hin und wieder hinein?), aber er ist weitergefahren, vielleicht wurde er kurz langsamer, war irritiert über irgend etwas, oder hatte nur die Kassette, die er vielleicht vom Boden aufgehoben hatte, in die Öffnung gedrückt. Aber er mußte es wissen. Je länger ich an ihn dachte, desto sicherer wurde ich mir. Wie sich einer fühlt, der sich denkt, heute habe ich einen Menschen in den Tod gejagt? (Ich sollte mich korrigieren, das klingt sehr willentlich, dabei hat er es mit Sicherheit nicht gewollt.) Ich versuchte meine Tränen zu trocknen, ließ mir Zeit, war froh, daß keine Kinder da waren und ich noch ein bißchen auf der Matte sitzen konnte. Der Praktikant stellte die Scheinwerfer aus. Es wurde kühl. Und Zuschauer hatte sie gehabt, wie sich die Menschen aus der Straßenbahn gedrängt hatten, vor Ungeduld stolperten, sie zu sehen, und sie lag auf dem Rücken, konnte nicht einmal mehr den Arm schützend über das Gesicht legen, nicht einmal das eine Auge schließen, das blind in die Gegend starrte. Über sie haben sie sich gebeugt, über sie, dabei vielleicht nicht einmal die Sonne verdeckt, die in ihr Gesicht prallte, der Kinderarzt hatte seine Arme nach ihr ausgestreckt, die Hände auf sie gelegt, mit Angst und Ekel, und alle haben ihr zugesehen, wie sie starb, ohne Respekt, mit ihren nackten Augen in ihren offenen Körper geschaut, sich höchstens aus Angst abgewendet oder aus Ekel, meist aber hielt sie die Neugier, fesselte sie an der sterbenden Charlotte, ließ sie ihren Tod verschlingen, ihre Rückenlage ausnutzen, und sie haben sie schließlich erst allein gelassen, als sie tot war.

Und ich stand dabei. Auch ich. Nur der Mann in dem Ford hatte sich entfernt (diskret?).

Wie vom Himmel sei sie gefallen, das hatte der Straßenbahnfahrer gesagt. Ich schüttelte den Kopf und sah nach oben, wo ich in der Kuppel des Zeltes einen Punkt Himmelblau sehen konnte. Vom Himmel gefallen. Wie hoch ist der Himmel?

Ich fuhr mit dem Fahrrad vom Zirkus nach Hause. Seit dem Ostermontag hatte es drei Wochen wenig geregnet, der rote Sand lag noch immer zwischen den Schienen – wo sollte er auch hin? Ich schloß mein Fahrrad im Hof an und ging hinunter in meinen Keller. In jeder Ecke stapelten sich Bananenkartons mit meinem Hausrat. Da meine Freundin mir nicht gesagt hatte, wann genau sie mir helfen kommen würde, und ich nur wußte, daß ihre Schicht beim Radio um zwei endete, begann ich schon einmal allein, die Kisten in den dritten Stock zu tragen.

In Charlottes Wohnung öffnete ich das Küchenfenster. Staub stand in den Sonnenstrahlen. Ein einziges Mal war ich vor zwei Tagen gemeinsam mit der Tante in Charlottes Wohnung gewesen. Die Tante hatte mir alles gezeigt und nur einen Karton mit Papieren aus der Wohnung genommen. Wenn ich noch Fragen hätte oder mir unsicher sei, ob ich tatsächlich alles wegwerfen könne, was von Charlotte noch da war, dürfe ich sie jederzeit anrufen. Vielleicht würde sie noch einmal vorbeikommen. Im großen Zimmer hingen tatsächlich Blumen in Plastikbeuteln an der Wand. Allerdings waren die Rosen aus Plastik und konnten nicht verwelken. Der Mechanismus funktionierte noch: I love you. Ich nahm das Gehänge von der Wand, stopfte es in eine Tüte und brachte es zum Müll.

Vor der Kellertür wartete meine Freundin. »Ich würde nicht in die Wohnung einer Toten ziehen«, begrüßte sie mich und grinste.

»Ich schon, die ist im dritten Stock und richtig hell«, dabei umarmte ich sie und nahm ihr die dünne Jacke ab.

»Du hättest schon längst eine richtige Wohnung haben können – ich dachte, du fühlst dich wohl in solchen Kellerlöchern.«

»Ich fühl mich wohl mit Veränderungen.«

»Aaah. Bist du nicht schon oft umgezogen? Ich erinnere mich allein an drei Umzüge.«

»Deshalb ja, ich mag das. Warum grinst du überhaupt die ganze Zeit so unverschämt?«

»Rat mal.«

»Du hast den Job beim Jazzradio.«

Meine Freundin schüttelte den Kopf.

»Oder den beim Hessischen?«

Die Freundin schüttelte wieder den Kopf. »Ganz was anderes! Sei doch nicht so einfallslos.«

»Ich dachte, darum dreht sich gerade alles bei dir.«

Die Freundin rollte die Augen, als zweifelte sie an meinem Verstand.

»Sag schon«, forderte ich sie auf.

»Ich bin schwanger.«

Ich sah auf ihren flachen Bauch. Ihr Mund hatte sich vom linken zum rechten Ohr vergrößert, die Augen: Schlitze. Ich spürte, daß ich mich freuen sollte. Ich mag Kinder, aber ich freute mich ganz und gar nicht. Mit der Freundin bin ich zur Schule gegangen. Wir haben uns häufig aus den Augen verloren und sind uns immer wieder begegnet. Die letzten zwei Jahre hatten wir viel miteinander zu tun, weil ich wieder in Berlin wohnte und wir gute Gespräche über Männer und Leibesübungen führen konnten. Daß sie glücklich mit ihrem Freund war, wußte ich. Aber jetzt hatte sie mich übertroffen. Nicht, daß ich ihren Freund hätte haben wollen. Ich drückte ihr eine Tüte mit der Bettdecke in die Hand, dabei quälte ich mir ein Lächeln heraus und konnte sie kaum ansehen. Während ich durch den Raum lief, überlegte ich, womit wir am besten anfangen sollten. Meine Freundin erzählte, wie sie es gemerkt hatte. Und daß ich die dritte sei, die davon erfuhr. Und die Vitamine. Wie die Eltern reagieren würden. Das Ultraschallbild. Und ohne Übelkeit, bisher, bis jetzt, noch wisse man nicht, und die ersten drei Monate, da könne viel passieren. Und wie der Freund geguckt habe.

»Ja, was hat der gesagt?« unterbrach ich sie.

Sie zuckte mit den Schultern, das Lachen kroch aus ihrem Mund, und sie antwortete: »Er wundert sich. Der wird sich schon daran gewöhnen. Muß er. Ich glaube, er ist sich nicht sicher. Ich aber. Meine Freude reicht für zwei, soll er sich doch Gedanken machen, kann er ja.«

Ich hob eine Kiste an und ging an der Freundin vorbei zum zweiten Ausgang, durch den man über den Hof in den Seitenflügel gelangt. Meine Freundin lief hinter mir her und redete weiter. »Man kann sich ja kein Leben lang Zeit lassen, davon werden die Kinder auch nicht besser. Ich habe mir schon einen Namen überlegt, aber nur für einen Jungen. Ich verrat ihn lieber nicht. Das soll Unglück bringen. Außerdem, wer weiß, nachher wird's ein Mädchen. Welche Namen gefallen dir denn?« Jetzt rief sie fast hinter mir her, wir durchquerten den Hof. Ich machte, daß ich die Treppen hochkam. Auf der zweiten Treppe kam uns das Nachbarsmädchen in Hausschuhen entgegen. Ich glaube, außer dem Nachbarsmädchen und Charlotte kannte ich niemanden im Haus. Mein Eingang zum Keller war separat zur Straße gewesen, nur für die Post habe ich den Haupteingang vorne herum benutzt und für den Müll die Türen zum Hof. Charlotte hatte ich selten getroffen, aber häufig das kleine Nachbarsmädchen, das mit seiner Mutter im Dachgeschoß wohnte. Das Nachbarsmädchen war elf oder zwölf und inserierte schon länger in Jugendzeitschriften, um Brieffreunde zu finden. Es schreibe gerne, hatte es mir mitgeteilt, es hatte mir auch stolz erzählt, daß es einmal an einem Tag acht! Briefe aus dem Kasten geholt habe – keiner sei für die Mutter, alle für das Mädchen gewesen. Heute freute ich mich, das Nachbarsmädchen zu treffen. Das Nachbarsmädchen ging manchmal mehrmals am Tag zum Briefkasten, besonders wenn es früh Schulschluß oder Ferien hatte. An Tagen, an denen der Postbote ausnahmsweise nichts in ihren Kasten gesteckt hatte, habe ich das Nachbarsmädchen auch schon mal nachmittags vor den Briefkästen getroffen. Dann fragte es, wobei es seiner Stimme manchmal einen nebensächlichen Ton gab: »War die Post schon da?« Wenn ich ja sagte, tat es so, als sei es nur eine Spaßfrage gewesen, fragte aber wenige Wochen später bei derselben Gelegenheit wieder. Das Nachbarsmädchen hielt sich am Geländer fest, um mich vorbeizulassen. Es konnte noch nicht wissen, daß ich nicht allein war und meine Freundin sich mit der Bettdecke eine Treppe tiefer befand.

»Was machst du?« fragte es.

»Ich trage meine Sachen nach oben, ich ziehe um.«

»In Charlottes Wohnung?«

»Ja.«

»Weißt du, daß Charlotte tot ist?«

»Ja«, sagte ich und ging weiter, das Nachbarsmädchen folgte mir.

»Sie ist bei einem Unfall gestorben«, teilte mir das Nachbarsmädchen mit und fingerte in seinem Pferdeschwanz. Ich stellte die Kiste vor Charlottes Wohnungstür ab.

»Genau vor dem Haus«, sagte das Nachbarsmädchen. Ich suchte in meiner Hosentasche nach dem Wohnungsschlüssel und sperrte die Tür auf. Der Flur war noch immer so leer wie bei Charlotte, nur drei graue Müllsäcke standen dort, in die ich vor zwei Tagen ihre Anziehsachen gepackt hatte. Die Tante hat mir gesagt, ich solle sie zur Altkleidersammlung bringen, und das wollte ich auch tun. Während ich die Kiste in die Wohnung trug, hörte ich, daß das Nachbarsmädchen nicht die Treppen hinunterging, es wartete an der Wohnungstür auf mich. Als ich zur

Tür kam, erreichte meine Freundin den letzten Treppenabsatz und begrüßte das Nachbarsmädchen.

»Na, wer bist du denn?« fragte sie, und ich hörte ihre Mütterlichkeit. Eine Freundlichkeit, die sie jetzt noch einmal ganz neu entdeckte.

»Ich heiße Nina«, dabei sah das Nachbarsmädchen in meine Richtung, als wisse es nicht, ob es das Richtige gesagt habe.

»Das ist meine Freundin«, ich nahm meiner Freundin den Sack mit der Decke ab und brachte ihn in das hintere Zimmer.

»Kann ich euch helfen?« fragte das Nachbarsmädchen und lächelte künstlich. In dem Alter übt man gewolltes Lächeln, wenn man es nicht schon kann.

»Wolltest du nicht zum Briefkasten?«

»Doch, schon«, antwortete das Nachbarsmädchen, »aber ich glaub nicht, daß jetzt noch Post kommt«, es sah auf die Swatchuhr, die sein Handgelenk umspannte. In letzter Zeit sah das Nachbarsmädchen am ganzen Körper aufgedunsen aus, durch das T-Shirt, das in meinen Augen etwas eng war, konnte man die weichen, kleinen Spitzen erkennen, die noch keinerlei Hügel unter sich bargen, sondern einzeln aus der Ebene seines sonst flachen Oberkörpers stachen, seine Handgelenke aber konnte man fast fleischig nennen. Ich schlug ihm vor, daß es die leichten Sachen nehmen könnte. Ich spürte den Blick der Freundin und sagte zu ihr: »Du natürlich auch, nur die leichten Sachen. Oder willst du lieber gar nicht tragen?«

»Doch, doch«, grinste sie, »Treppensteigen ist gut für die Beckenmuskulatur.«

Die beiden trugen Lampen, Bilder, Stühle, den Wäschekorb und den Wäscheständer, dann waren sie auch schon erschöpft und ließen sich in Charlottes Sessel fallen. Meine Freundin erklärte dem Nachbarsmädchen, daß sie ein Baby bekomme, und das Nachbarsmädchen sagte, daß es an ihrer Stelle das Baby nach seiner besten Freundin benennen würde, genau so, und der Name sei ja nun wirklich schön. Ich brachte den letzten Karton und stellte ihn auf einen Stapel zu den anderen. Wann es denn komme, wollte das Nachbarsmädchen wissen. Die Freundin sagte dem Nachbarsmädchen, es würde im Januar geboren. Das Nachbarsmädchen blickte auf und sah, daß ich im Zimmer stand. Es zeigte auf eine Schachtel Kekse, die auf dem kleinen Tisch von Charlotte lag. Das Nachbarsmädchen fragte, ob es von den Keksen einen haben könne. Ich sagte ihm, sie könnten soviel davon essen, wie sie wollten. Ich sagte ihnen nicht, daß es Charlottes Kekse gewesen waren und daß ich noch nicht dazu gekommen war, Charlottes Sachen aus der Wohnung zu entfernen. Das Nachbarsmädchen und meine Freundin aßen Kekse, die Krümel schlugen sie sich von den Hosen, und sie schwiegen glücklich. In wenigen Minuten hatten sie alle Kekse aufgegessen. Danach erschraken sie, die Kekse waren genau aufgegangen, es gab keinen letzten. Sie entschuldigten sich gleichzeitig. Mir machte das nichts aus. Ich verschränkte die Arme. Ich wünschte mir, die beiden würden bald gehen, damit ich allein anfangen könnte, mich in der neuen Wohnung zu Hause zu fühlen. Das Nachbarsmädchen stand auf. Es bewegte sich wie ein Roboter, mit steifem Hals und steifem Körper. Wahrscheinlich hatte ich mich in der Pubertät nicht anders bewegt. Es ging zum Fenster. Es hatte ein Hohlkreuz, und wie es so am Fenster stand, ließ sich von der Silhouette her nicht entscheiden, ob es Mann, Frau, Mädchen oder Junge war. Es zog sich das Zopfgummi aus den Haaren und schüttelte die Haare. Selbst seine Ellenbogen waren rund.

»Mensch, hier sieht man ja, was all die anderen Leute in ihren Wohnungen machen«, sagte es. »Bei uns oben sieht man nur Dächer und Himmel, ganz schön langweilig.«

»Könnt ihr nicht nach vorne rausgucken?« fragte ich.

»Zur Straße? Doch, aber die Menschen sehen aus wie Puppen, winzige kleine Köpfe haben die, und die Autos sehen wie Spielzeugautos aus. Tut mir leid mit den Keksen.«

»Du mußt dich nicht immer wieder entschuldigen.«

»Doch, ich muß ja immer daran denken, jetzt haben wir dir alle Kekse aufgegessen.«

Meine Freundin stand auf, sie mußte zur Toilette.

»Egal. Und du hast den Unfall von Charlotte nicht gesehen?« Ich war erstaunt, daß mir diese Frage einfiel und ich sie (auch für mich überraschend schnell) an das Nachbarsmädchen richtete.

»Nein«, sagte das Nachbarsmädchen und drückte seine Lippen aufeinander. Dabei kräuselte sich das Kinn. Das Nachbarsmädchen sah angestrengt aus dem Fenster. Gegen das Licht sah man seine Pickel am Kinn. Fast wollte ich fragen »Wirklich nicht? Schau mich mal an«, aber ich tat es nicht, ich kannte das Nachbarsmädchen zu wenig, und meine Freundin kam von der Toilette zurück. Die Freundin klatschte in die Hände und umarmte mich. Sie flüsterte mir ins Ohr: »Ich freue mich ja so.« Ich wartete, bis sie mich losließ, und sagte, ich müsse jetzt weitermachen. Unten sei noch mein Bett und der große Tisch. Die Freundin griff nach dem Handgelenk des Mädchens, sah auf dessen Uhr und sagte: »Klar, ich helfe dir. Ich muß dann aber um sechs weg. Kann ich mal kurz telefonieren?«

Ich nickte und sah mich nach dem Telefon um. »Ich hoffe, es ist noch nicht abgestellt.«

Die Freundin nahm den Hörer ab, horchte und wählte dann.

»Puh«, stöhnte das Nachbarsmädchen, »ich glaube, ich

kann nicht mehr, außerdem kommt meine Mutter bald nach Hause, ich glaube, ich geh mal besser wieder nach oben.«

»Ja. Ich danke dir. Warte, ich bringe dich zur Tür.« Ich ging hinter dem Nachbarsmädchen den langen Flur entlang, vor der Tür drehte es sich zu mir um.

»Und, krieg ich was dafür?« Es lächelte wieder sein künstliches Lächeln. An diese Frage hatte ich seit Jahren nicht gedacht, vielleicht seit Jahrzehnten nicht. Ich weiß, daß es eine gewöhnliche Frage ist, die Kinder stellen, wenn sie jemandem einen Gefallen tun, manchmal vorher, spätestens hinterher. Meine Spielkameraden hatten keine Schwierigkeiten, so zu fragen. Ich war nicht feige. Ich wollte mich nur nicht schämen. Und es gibt Leute, die ihren Kindern auf diese Weise das Arbeiten beibringen wollen, Eltern, die ahnen, daß es kein anderer und keine Not ihren Kindern beibringen wird, die ihren Kindern Geld geben, wenn sie den Müll runterbringen, den Hund Gassi führen oder gar staubsaugen. Als Kind hatte ich mir oft befohlen, diese Frage zu stellen, denn ich brauchte Geld, und dringend brauchte ich Geld, für Schulhefte, Tampons und Geburtstagsgeschenke brauchte ich Geld und hatte keins. Aber ich traute mich nicht. Ich war mir zu sicher, daß unsere Armut verachtenswert war. Ich wollte nicht, daß man denkt, ich tue nur dann jemandem einen Gefallen, wenn ich etwas dafür bekomme. Also tat ich Gefallen um Gefallen, angespornt von dem Verlangen nach Geld oder zumindest Anerkennung, und ging meistens leer aus, denn die wenigsten Erwachsenen dachten von allein daran, mir etwas zu geben. Einmal schenkte mir eine Nachbarin von uns, die ebenfalls in einer Kellerwohnung wohnte, ein Stück Seife. Das meinte sie gut. Ich sah es dem Nachbarsmädchen an, Seife konnte es bestimmt nicht gebrauchen, Kleider auch nicht, ich wußte, daß seine Mutter wohlhabend sein mußte, das Nachbarsmädchen hatte mir einmal erzählt, seine Mutter sei Anwältin.

»Was willst du denn?« fragte ich das Nachbarsmädchen. Es überlegte.

»Weiß nicht, vielleicht Geld.«

»Und was machst du dann mit dem Geld?«

»Weiß nicht.«

»Briefmarken kaufen?«

»Quatsch, die bekomme ich doch von meiner Mutter!« Es war amüsiert, wie ich so etwas nur glauben könnte. »Andere Mädchen in meinem Alter haben viel teurere Hobbys«, erklärte es mir.

»Was denn zum Beispiel?«

»Reiten, Tennis ...« es überlegte, »manche rauchen auch Zigaretten.«

»Naja, das ist kein Hobby, das wissen die Eltern bestimmt auch nicht.« Ich sah in meinem Portemonnaie nach, es ging mich nichts an, was es mit seinem Geld machte. Ich hatte trotzdem gefragt, aus Neugier. Ich gab ihm einen Zehnmarkschein.

»Ich jedenfalls rauche nicht, ehrlich«, sagte das Nachbarsmädchen und nahm mir den Schein schnell aus der Hand. Es bedankte sich und lief die Treppen hinauf, es nahm je zwei Stufen auf einmal, was merkwürdig aussah und wofür es sich wohl anstrengen mußte.

Meine Freundin hatte ihren Freund erreicht und half mir, schnell, bevor sie losmußte, Vitamine, Ultraschall und Telefongespräche beschäftigten sie, also war sie unermüdlich, das Bett und den Tisch in die neue Wohnung zu tragen. »Auf bald«, hauchte sie, wir küßten uns auf die Wangen, und ich schloß die Tür und war sehr froh, endlich meine Ruhe zu haben und zu duschen.

Meine neue Wohnung hatte alle Fenster zum Hof hinaus. Es stimmte aber nicht, was das Mädchen von oben gesagt hatte, man konnte nicht viel sehen. Als es dunkel wurde, öffnete ich ein Fenster, die Mücken, die auf den Scheiben saßen, kamen herein und setzten sich auf die hellen Wände. Es waren die ersten Mücken, die ich in diesem Jahr sah. Ein Nachtfalter taumelte kopfüber in Charlottes Deckenstrahler, dort knisterte er, und dann roch es. Ich beugte mich aus dem Fenster, aber unten liefen keine Köpfe durch den Hof, die ich von oben hätte sehen können. Die Luft war staubig, sie war dick, und Flieder klebte darin. Ich hatte das Blühen gesehen, unten neben den Mülltonnen, in die ich Flaschen und gefüllte Tüten aus Charlottes Wohnung gebracht hatte. Selbst jetzt, da es draußen dunkel war, konnte ich wenig sehen, weil die Leute gegenüber Jalousien vor ihren Fenstern hatten, nur durch die oberen Ritzen schien Licht. In der Wohnung darunter waren zwar alle Fenster offen, aber es schien niemand da zu sein, die Fenster blieben dunkel, und keiner stand dahinter. Bei mir gab es weder Jalousien noch Vorhänge, Charlotte wird beides nicht gebraucht haben. Ich ließ die Fenster offen.

Ich setzte mich in Charlottes Sessel. Drei von den sechs Tagen Vorstellung hatte ich schon geschafft, drei mußte ich noch machen, dann würde ich einen Tag frei haben und wieder sechs Tage durcharbeiten. Bis vor einem Jahr hatte es noch einen zweiten, einen echten Clown gegeben, aber man hatte ihm gekündigt, weil man nicht länger zwei bezahlen konnte. Ich hätte Glück, hatte die Sekretärin gesagt, daß ich bleiben dürfe. Der andere Clown hatte kurz vor der Pensionierung gestanden. Ich holte meinen Kalender und rechnete nach, wieviel Zeit noch bis zur Sommerpause blieb. Ganze neun Wochen bis Anfang Juli. Ich überlegte, ob ich einen Freund anrufen sollte, um von meinem Umzug zu erzählen, aber mir gefiel die Stille. Von meinen Sachen hatte ich noch nichts ausgepackt, außer dem Handtuch, das ich nach dem Duschen benutzt hatte.

Ich stand auf und ging in das kleine Zimmer. Charlottes Bett war nicht gemacht, der Lichtschalter neben der Tür funktionierte nicht, wahrscheinlich mochte sie auch kein Deckenlicht, dachte ich, und fand auf der Kommode eine kleine Tischlampe, die ich anknipste. Es roch nach Charlotte in dem Zimmer. Auf der Kommode stand zwischen vielen anderen Dingen auch der Flakon mit dem Thé vert, ich nahm ihn und roch daran, aber das war es nicht allein, was den Geruch nach Charlotte in dem Zimmer ausmachte. Ich ging zum Bett, hob die Decke und roch an ihr. Wahrscheinlich war es das Bett, in dem Charlottes Geruch am stärksten hing. Charlotte hatte keinen wirklich guten Geruch, ihr Schweiß roch ein bißchen säuerlich, nach Katzenpisse, würde ich sagen, ein wenig nur. Oft haben Raucher so einen Schweißgeruch, aber Charlotte hatte selten geraucht, sie hatte manchmal gekifft, das gehörte wohl zum Hausbesetzen. Ich öffnete auch im kleinen Zimmer, sie wird es vielleicht das Schlafzimmer genannt haben, das Fenster und setzte mich auf ihr Bett. Neben dem Kopfkissen lagen zwei benutzte Papiertaschentücher. Ich machte die Klemmleuchte an, die Charlotte am Fensterbrett über ihrem Bett befestigt hatte. Auch vor dem Bett lagen einige zusammengeknüllte Papiertaschentücher und Zeitungen. Ich stand auf und öffnete einen Karton, in dem ich meine Bettwäsche vermutete und auch fand. Als ich Charlottes Bettdecke abzog und mir wieder ihr Geruch entgegenschlug, entschloß ich mich, das gesamte Bettzeug wegzuschmeißen, raus damit. Ich rollte es zusammen, stopfte es in eine Mülltüte und brachte den Sack hinunter zur Mülltonne. Wieder oben, legte ich meine Decke und meine Kissen auf das Bett. Zwar roch meine Decke jetzt nach Keller, aber besser nach Keller als nach Charlotte, dachte ich und breitete die Decke über dem Bett aus. Der Hinterhof war hellhörig, ich kannte das von Freunden, die in Hinterhäusern wohnten, ein Hof ist wie der Bauch eines Instruments, er hat Klanglöcher, durch die Stimmen fallen, und Wände, an denen sich die Stimmen kehren, Daumen, die an Saiten zupfen, sich auf sie legen, reiben, gibt es nicht, nur Rufe und Resonanz, nein, auch keine Resonanz, in den meisten Fällen keine. Es gibt sehr stille Höfe, aber auch solche, in denen man beständig Zeuge des Lebens anderer Menschen wird. Von irgendwo konnte ich ein Radio hören, Musik mit Sprechern dazwischen. Aus der Wohnung gegenüber glaubte ich ein kleines Kind schreien zu hören, und ich hörte Geräusche von Tellern und Töpfen, mit denen hantiert wurde, vielleicht aus der Wohnung neben mir oder unter mir. Ich lehnte mich aus dem Fenster. Über Eck konnte ich in meine neue Küche sehen.

Die anderen Wohnungen schienen genauso geschnitten zu sein, mit Küche und Bad im Vorderhaus und den Zimmern im Seitenflügel. Im Stockwerk unter mir brannte Licht in der Küche, und durch das offene Fenster zog weißer Qualm zu mir herauf. Ich sah, wie ein Mann mit einem Topf an die Spüle trat, er ließ Wasser in den Topf, es hörte auf zu dampfen. Es roch nach verbranntem Fleisch. Dem Mann klemmte der Telefonhörer zwischen Kopf und Schulter. Er sagte etwas, dann stellte er den Topf ab und ging aus der Küche. Ich wollte ihn nicht aus dem Blickfeld verlieren, lehnte das Fenster an und ging durch das große Zimmer hinüber in Charlottes Küche, von wo aus ich mir einen Blick in seine Zimmer versprach. Das Küchenfenster ließ sich nicht öffnen. Ich hätte mich hinausbeugen müssen, um eine gute Sicht in seine Wohnung zu haben. Eins von den kleinen Oberfenstern stand offen, Charlotte mußte es noch geöffnet haben, als es vor wenigen Wochen anfing, warm zu werden. Ich hörte ein männliches Lachen, aber ich konnte nicht wissen, ob es von dem Mann unter mir kam. Mit aller Kraft riß ich an dem Fenster, umsonst, es blieb verschlossen. Wieder hörte ich das Lachen. Ich wollte es sehen. Also versuchte ich, zwischen die Fensterrahmen zu spähen, der Lack hatte wohl das Fenster verklebt. Ich suchte in meinem Werkzeugkasten einen flachen Schraubenzieher, mit dem ich zwischen das Holz gelangen wollte, aber ich fand keinen. Daher nahm ich ein großes Messer, mein Brotmesser, und versuchte, damit den Lack aufzuschneiden, versuchte die Fenster auseinander zu treiben – der Lack hielt, unbekümmert, er wollte sich nicht lösen, das Messer bog sich, als könnte es brechen.

Erschöpft ging ich zurück ins große Zimmer und setzte mich wieder in Charlottes Sessel, einen sehr alten Sessel, den sie mit einem Spannbettlaken überzogen hatte. Charlotte war nicht arm, im Gegenteil, sie hatte mit dem Verlust ihrer Angehörigen mindestens drei Erbschaften gemacht, soviel ich weiß, vielleicht waren es auch mehr. Aber sie schämte sich für das Geld, vermutete ich, denn sie mochte es, in Kleidern herumzulaufen, von denen sie behauptete, sie kämen aus dem Secondhandladen, und hatte es auch gemocht, in einem besetzten Haus zu wohnen, nur mit Rucksack und Schaumstoffmatratze, das war ihre Art von Abenteuer. Eine Weltreise über eineinhalb Jahre hat sie auch gemacht. Sie konnte sich ohnehin nicht entscheiden, ob und wenn ja, was sie studieren wollte. Auf der Beerdigung hatte mir die Tante erzählt, daß Charlotte häufig von mir gesprochen habe, und es sei ein Trost für sie gewesen, zu wissen, wie unzufrieden ich mit der Bezahlung am Zirkus und zunehmend auch mit der Arbeit selbst war. Die Tante war der Meinung, Charlotte wäre froh darüber gewesen, daß ich nun in ihrer Wohnung wohnte und ihre Sachen, die sie so mühsam zusammengetragen hatte, benutzte, auch von ihren Tellern aß und ihr Besteck nicht weggeworfen wurde, denn sie soll Geschirr und Besteck gesammelt haben, auf Flohmärkten und bei Haushaltsauflösungen. Die Tante sagte das so. Sie wollte vergessen, daß Charlotte nichts recht gewesen sein konnte, weil es ihr nicht recht gewesen sein konnte, zu sterben, sonst hätte sie selbst dafür gesorgt. Die Tante wollte auch das Gefühl haben, zu wissen, welche Menschen ihrer Nichte nahegestanden hatten. Sie verließ sich dabei auf ihr Gefühl, das Gefühl einer alten Tante. Die Wirklichkeit war, daß ich Charlotte ganz und gar nicht nahestand. Unter ihren Tassen und Tellern befanden sich nicht zwei gleiche, und es war erstaunlich, daß keiner der Gegenstände beschädigt war, einen Sprung oder einen Riß hatte. Das schätze ich, versicherte ich auch der Tante am Telefon, als sie fragte, ob es mir gefalle, das Geschirr, das Charlotte zusammengetragen hat, und sie erzählte mir auch, daß Charlotte sich eine Familie und fünf Kinder gewünscht habe, wovon ich nicht die leiseste Ahnung haben konnte, denn Charlotte und ich hatten selten miteinander gesprochen und nie darüber. Ihre Tante hingegen wußte, daß Charlotte keinen festen Freund gehabt hatte. Aber das habe sie nicht daran gehindert, von dieser großen Familie zu träumen, meinte die Tante, wie Sie wissen, fügte sie hinzu. Ich widersprach nicht. Ich hörte die Tante am anderen Ende lächeln, ein freundliches Ausatmen, und das Geschirr habe Charlotte auch in Gedanken an ihre Kinder gesammelt.

Es erschien mir merkwürdig, daß ich diese Dinge von Charlotte erst und überhaupt erfuhr, nachdem sie gestorben war. Wäre sie nicht gestorben, hätte ich kaum davon erfahren, ich wäre ihr nie so nahegekommen und wäre ganz bestimmt nicht in die Verlegenheit geraten, in ihrem Bett zu schlafen. Ich bezweifle, daß es Charlotte lieb gewesen wäre, mich in ihrer Wohnung zu wissen, denn ich weiß, sie hat mich nie dorthin gebeten, auch dann nicht, wenn wir eine halbe Stunde unten vor den Briefkästen standen und uns unterhielten. Ich hätte es der Tante sagen können, aber ich vermute, sie hätte mir nicht geglaubt, und es ging ihr besser so, mit dem Gedanken, daß sich die Umstände trotz des Unfalls fügten.

Unter mir hörte ich ein gleichmäßiges Geräusch, als stoße jemand mit dem Besen und viel Kraft oder Gewicht gegen die Scheuerleiste, mit der Holzseite des Besens. Ich kniete mich vor meine Werkzeugkiste und entdeckte ein flaches Schnitzmesser. So dicht am Boden glaubte ich, seine Stimme zu hören. Ich beugte mich vor und legte mein Ohr auf die Diele. Sein Lachen war gluckernd, die Worte purzelten zwischen das Lachen, kullerten, daß sie sich selbst fingen und ich ihren Sinn nicht verstehen konnte. Das Schnitzmesser würde sich gut als Brecheisen eignen. Ich ging zum Fenster und versuchte es damit. Mit einem Ruck sprang das Fenster auf, fast fiel ich durch den plötzlichen Ruck vom Stuhl. Ich löschte das Licht in der Küche, damit man mich von draußen nicht sehen könnte, und lehnte mich hinaus. Vor dem Fenster des größeren Zimmers sah ich einen Rücken, den Rücken eines Mannes, der Mann lehnte am Fensterbrett, der Rücken bewegte sich kaum, nur das eine Bein, das etwas angewinkelt war. Wer oder was sich vor dem Mann in dem Raum befand, konnte ich nicht sehen. Unter meinen Augen spürte ich einen Druck. Sein Lachen war weich und voll, aber nicht platzend, eher lockend, ich weiß nicht, wie ich darauf kam. Vielleicht hatte ich gleichzeitig seine Nase gesehen und das Kinn, weil er sich seitlich zum Fenster wandte, und obwohl ich seine Augen nicht sehen konnte, erkannte ich ihn. Es war der Mann von Charlottes Beerdigung. – Der rote Ford. Die Straßenbahn. Der Unfall. Ihr Tod. Er. Doch er? Aber es war ja nicht Absicht gewesen. Zufall. Alles Zufall. Obwohl es nur ein kleiner Zufall ist, daß einer, der in meinem und Charlottes Haus wohnte, seinen Ford vor der Haustür, die auch seine war, parkte und dann, eines Morgens, Ostermorgens, den Parkplatz aufgeben und wegfahren wollte und Charlotte vor ihm die Straße überqueren wollte (nur wollte, nichts sonst). Jetzt wandte sich der Mann ein wenig seitlich, und ich konnte vor ihm im Raum einen Stuhl aus geschwungenem Holz erkennen, der sich bewegte, einen Schaukelstuhl, dem der Mann in Abständen einen Schubs gab, damit er hin und her wippte. Daß er die Frau nicht gesehen hatte – nein, daran glaubte ich nicht mehr. Aber es wäre selbst in diesem Fall verständlich, daß er zur Beerdigung einer Hausbewohnerin kam, die er vielleicht sogar gekannt hatte. Wußte man es? Seine Füße waren nackt. Er lachte, obwohl er an Charlottes Tod schuld war, stellte ich fest. Ich mochte meinen Gedanken nicht, weil ich Menschen nicht mochte, die auf der Suche nach Schuld waren. Ich hielt sie für verantwortungslos, vielleicht hatte ich deshalb am Ostermontag vor der Polizei geschwiegen. Seine Augenbrauen waren dicht und dunkel, ich konnte sie von oben gut erkennen. Er hatte den einen Fuß auf die Sitzfläche gestellt und suchte etwas zwischen seinen Zehen. Dann brachte er den Schaukelstuhl erneut in Schwung. Ich spannte meine Ohren, ich versuchte zu verstehen, was er sagte. Die Wortkugeln formten hier und dort ein Oval, das aufbrach. Wortfetzen konnte ich finden (noch nicht gedacht fertig naß oder Spaß? und das du). Ich konnte keinen Zusammenhang erkennen. Seine dunklen Haare waren ungeordnet, er hatte gewelltes Haar. Den einen Arm hielt er angewinkelt zum Kopf. Ich sah, wie er seine Hand auf sein Haar legte, zwischen einzelne Strähnen fuhr, den Kopf leicht schräg hielt, als wollte er seinen Kopf fühlen oder Gewißheit über die nicht vorhandene Frisur erlangen. Bisher waren mir dunkelhaarige Männer fremd gewesen, mag sein, weil ich mich meist in die Nähe von Hellhaarigen gebracht und auch mit denen geschlafen habe. Dieser hier erschien mir zwar unbekannt und daher auch ein bißchen fremd, aber gleichzeitig empfand ich etwas Vertrautes, etwas, das seine Stimme in mir auslöste, seine Stimme würde mich füllen, sie gehörte an ihren Rändern schon zu mir, wie eine Speise, die einem auf der Zunge zergeht. Ich sah deutlich seine Augen vor mir, die mich auf der Beerdigung entdeckt hatten. Wir waren an dem Tag – war es vor drei Tagen oder vor vieren? – auseinandergegangen, ohne ein einziges Wort gewechselt zu haben. Ich hatte mich nur von der Tante und von der Frau von der Hausverwaltung verabschiedet. Wir standen vor dem Enzian, und die Freunde verabschiedeten sich voneinander, vielleicht wollten manche von ihnen zusammenbleiben, gemeinsam woandershin gehen. Sie redeten über Charlotte, immer wieder hörte ich ihren Namen, aber ich hielt mich abseits, fühlte mich nicht dazugehörig, hatte fast den Eindruck, ich störte, weil ich ihren Erinnerungen nichts hätte zufügen können, denn ich hatte sie zu wenig gekannt. Trotzdem bemerkte ich, obwohl ich schon in Gedanken bei meiner Probe war, daß der Mann noch einmal ins Innere des Lokals verschwand. Vielleicht mußte er zur Toilette, dachte ich, oder er hat etwas vergessen. Ich hatte es eilig gehabt, ich mußte gehen, bevor er wieder herauskam. Jetzt lachte er, unter mir, ich legte mich in sein Lachen, faßte sein Lachen, und das Flüstern stellte meine Haare auf, und das Salzige machte den Mund wässerig. Wie zart er sprach. Es würde hoffentlich seine Schwester sein, auf die er einredete? Was sagte er? Ich (hörte) Antwort (hörte) schön und du und hundert tausend schön und bald.

Ich wachte davon auf, daß jemand unter mir Klavier spielte.

Er spielte immer wieder dasselbe Stück. Das Stück hat etwas Östliches, fern, wie nah. Es erinnert an Javanische Musik (oder Persische?). Daß ich das Stück gleich erkannte, war nicht weiter verwunderlich. Früher hatte ich mal mit dem Gedanken gespielt, Musik zu studieren. Natürlich stolperte man auch ohne Musikstudium über die Melodien von Satie. Wenn einer das Radio anmachte, vor dem Fernseher einschlief und erst mit Satie und dem Pausenbild im Fernseher aufwachte, überall saß er dazwischen, dieser Satie, zwischen Cocteau und Picasso, zwischen dem Nouveau Cirque, den Satie gemocht haben soll (hatte ich mal gelesen und ihn deshalb auch gleich gemocht), und einem ersten leichten Stück, das man selbst auf dem Klavier zu spielen versuchte, wenn man versuchte, Klavier zu spielen. Der Mensch unter mir versuchte es unaufhörlich. Es mußte sich um einen hartnäckigen Menschen handeln, oder um einen geduldigen. Ich hörte ihm eine Weile zu und starrte an die Decke. Ich hörte die Traurigkeit, aber auch die Entschlossenheit, die ich auf der Beerdigung in seinen Augen gesehen hatte. Und zwischen der Traurigkeit und der Entschlossenheit hörte ich das Leuchten, so etwas wie Hoffnung, etwas, für das es sich lohnen könnte, lohnen, zum Beispiel voran zu laufen, von weit hinten bis nach vorne, in die ersten Reihen, in die allererste Reihe, an die Spitze, oder lohnen, vom Grund des Meeres oder Gedankens nach oben zu schnellen, Wassermassen zu pflügen, schwer und träge – etwas, was das Stück in der Auflösung alles Bisherigen erfragte, zumindest lohnte es sich, dafür die Finger zu heben, sie auf die Tasten zu legen, mit den Fingern zu denken und durch sie zu sein. Von der Spitze des Gedankens. Draußen wurde es hell, selbst der Tag gab seiner Musik recht, dachte ich bei mir, und dachte auch, daß er Satie dicht auf den Fersen war, vielleicht zu dicht, und ich lächelte über den Moment des Glaubens, den ich selten bei mir erlebte, ihn noch seltener halten konnte, und der mich beruhigte. Der Name des Stückes war ›Gnossienne‹, aber der Mann unter mir spielte nur die erste der drei. Ganz, als könnte man sich das aussuchen. Ich kannte die ›Gnossienne‹ gut, ein Mädchen von meiner Zirkusschule in Châlons hatte sie oft gehört. Die Mitschülerin hatte in einer Kammer gewohnt, dessen winziges Fenster Tag und Nacht mit einem Teppich verhängt gewesen war. Unter dem Vorwand, wir könnten gemeinsam etwas unternehmen, lud sie mich mehrmals zu sich ein, dann aber klopfte sie, bevor wir die Treppe hinaufstiegen, an die Glastür der Concierge und bat die Alte, uns Gesellschaft zu leisten. Die Concierge kam aus den Pyrenäen und hatte vor mehr als dreißig Jahren nach Châlons geheiratet, galt aber in ihrer Straße noch immer als Fremde. Die Concierge nahm dann ihre Schürze ab und folgte uns in ihren Hauslatschen. Kaum war meine Mitschülerin mit uns in ihrer Kammer angekommen, zündete sie Kerzen an und legte eine ihrer Satie-Platten auf. Sie erklärte mir und der Concierge, daß Satie der einzig wahre Mystiker unter den Komponisten sei, der einzige zumindest, der es vermöge, Embryonen trockenzulegen, wobei sie uns sein Stück ›Embryons desséchés‹ vorspielte. Die Concierge nickte zu allem, was meine Mitschülerin sagte. Obwohl mir die Mitschülerin etwas unheimlich war, nahm ich ihre Einladungen jedes Mal an.

Und ich bildete mir ein, keinen Blick zwischen den beiden Frauen zu übersehen. Die ›Gnossienne‹ (wie jedes Stück von Satie) erinnerte mich an die Mitschülerin und ihre Concierge, die mit mir auf einem durchgesessenen Sofa saßen und Satie hörten. Die beiden redeten in einem monotonen Singsang miteinander, den ich anfangs kaum verstand. Mein Unverständnis verstärkte den Eindruck, daß die beiden geheime Absprachen miteinander trafen. Häufig saß ich auf dem Sofa zwischen den beiden und spürte ihre Nähe durch mich hindurch. Ich fühlte mich dann unbehaglich. Ihre Nähe war eine, in der ich nichts zu suchen hatte, zumindest nichts suchte und nichts suchen wollte, die mir aber von den beiden Frauen aufgezwungen wurde, indem wir gemeinsam Satie hörten. Dann überlegte ich, ob ich hinuntergehen und dem Mann der Concierge Gesellschaft leisten sollte, aber ich konnte mich von den beiden Frauen nicht lösen und bildete mir ein, Satie würde mich an sie fesseln. Eines Tages erklärte mir die Mitschülerin, sie müsse aus der Kammer ausziehen, die Concierge habe ihr gekündigt. Die Mitschülerin zog in eine andere Kammer in ein anderes Haus und zu einer anderen Concierge, und seitdem fragte sie eine andere Mitschülerin, ob sie gemeinsam etwas unternehmen wollten.

Daß der Mann unter mir nur die erste ›Gnossienne‹ spielte, gefiel mir, schließlich hatte ich in Châlons jede Platte bis zum Ende hören müssen. Ich schlief ein. Er spielte noch immer, als ich drei Stunden später wieder aufwachte.

Ich sah auf den Wecker, auf Charlottes Wecker, der nicht etwa stehengeblieben war, nur weil sie tot war. Er zeigte kurz vor neun. Ich mußte mich beeilen, um nicht zu spät zur Vormittagsvorstellung zu kommen. Ich duschte. Ich suchte ein frisches Kleid aus einer Tasche, die ich bislang nicht ausgepackt hatte. Ich hatte gute Laune. Das Kleid, das ich aussuchte, war neu. Ich hatte es im letzten Jahr in Brüssel gekauft, während eines Gastspiels. Die Gastspiele wurden selten, überall fehlte das Geld. Mein Kleid war noch wie neu, weil ich es nie getragen hatte. Sosehr es mir in Brüssel gefallen hatte, war es mir hier untauglich und viel zu elegant erschienen, fast würde ich sagen: zu feminin. Berlin veränderte das Kleid mit seinen Augen, die auch meine waren, wenn ich hier war. Das Kleid verband mich nicht mehr mit der Umgebung, sondern trennte mich von ihr und führte mich vor. In Brüssel war es mir gerade richtig erschienen. Ich erinnerte mich, wie mir dort die Frauen in den ersten Tagen aufgefallen waren. Sie schienen soviel schöner als die Frauen in Berlin, mit ihren feinen Nasen und der feinen Haut und den hellen Augen, auch fein und hell in Blau oder Grün, und den feinen Staturen, die schmal waren, bis ich mir sagte, daß es ihre Kleider sein könnten, aber nach der ersten Woche hatte ich mich an ihren Anblick soweit gewöhnt, daß ich ohne Zögern das königsblaue Kleid ausgesucht hatte, das in der Sonne glänzte und bei Nacht schwarz schimmerte und dessen glatter Stoff keine Partie des Körpers versteckte. Ich besaß nur einen BH, den ich zu diesem Kleid anziehen konnte, dessen Träger im Rückenausschnitt nicht sichtbar waren. Der Mann unter mir spielte jetzt ›Les Adieux‹, die mein Vater gern gehört hatte. Ich brauchte Minuten, bis ich den BH fand. Das Kleid kühlte die Haut und streichelte mich beim Gehen. Ich nahm den Rucksack und die Schlüssel und rannte die Treppen hinunter in den Hof.

Als ich mein Fahrrad aufschloß, mußte ich feststellen, daß das Vorderrad platt war. Ich sah bei den anderen Rädern nach, ob einer seine Luftpumpe dran gelassen hatte, und fand eine an einem Damenrad, das vielleicht sogar Charlotte gehört hatte, wie mir einfiel. Ich versuchte, das Fahrrad aufzupumpen. Der Schlauch wollte sich nicht füllen. Ich fühlte immer wieder das weiche Gummi, als sich ein Paar Schuhe in mein Blickfeld stellte: feines dunkelbraunes Leder, mit einem hellen Faden verarbeitet. Ich sah hoch und ihn an.

»Na?« sagte er.

»Na«, ich spürte mein Strahlen und auch den vergeblichen Versuch, es zu unterdrücken.

»Du warst auf Charlottes Beerdigung.«

»Stimmt«, ich stand auf. Ich sah direkt auf seine Lippen, machte einen Schritt rückwärts und stolperte fast über meinen Rucksack, den ich neben dem Fahrrad abgestellt hatte. Ich mußte los, ich sah auf die Uhr und atmete erschrocken aus.

»Ich hab's ziemlich eilig.« Suchend blickte ich mich um. »Ich glaube, ich muß raus und mir ein Taxi rufen, mein Fahrrad ist kaputt.«

»Willst du meins nehmen?«

»Brauchst du es nicht?«

»Nein, du kannst es haben.«

»Ich bin aber erst gegen neun zurück.«

»Heute abend? Das ist schon in Ordnung«, er holte aus seiner Tasche ein Schlüsselbund, machte den Fahrradschlüssel ab und gab ihn mir. Er schaute auf meine Brüste, vielleicht nur auf mein Kleid, zumindest bückte ich mich, nahm den Rucksack, setzte ihn auf und folgte ihm, denn er hatte sein Fahrrad an dem Ständer hinter dem Flieder angeschlossen.

»Ist dir nicht kalt?« fragte er und meinte meine nackten Schultern. Aber ich war mir sicher, daß heute ein warmer Tag werden würde, auch wenn es jetzt morgens noch etwas kühl war, besonders im Schatten. Morgens kam die Sonne nicht bis unten in den Hof, man sah sie oben an der Dachwohnung, die zum Hof hin nach Osten zeigte, dort krallte sich die Sonne an den Fenstern fest, den Fenstern, die zu der Wohnung von dem Nachbarsmädchen und seiner Mutter gehörten. Ich schaute wieder zu ihm.

»Nein, und wenn, habe ich was dabei.«

Er schob mir das Fahrrad durch den Hof, hielt mir die Hoftür auf und sagte »Tschüß.«

Sein Sattel war zu hoch. Wegen der Fahrradstange mußte ich das Kleid fast bis zum Schritt aufkrempeln. Sein Sattel war feucht. Ich mußte die Beine ganz durchdrücken und mit den Zehenspitzen treten. Und hart war der Sattel auch. Ich ärgerte mich ein bißchen, daß ich so schnell behauptet hatte, ich würde nicht frieren. Ich fragte mich, ob er mir auch noch seinen Pullover angeboten hätte. Er hatte mich angesprochen, als würden wir uns kennen, dabei wußte ich nicht mal seinen Namen, und er meinen bestimmt auch nicht. Er hatte mir sein Fahrrad geliehen. Vielleicht spielte er jetzt weiter Klavier. Mein königsblaues Kleid warf Rollen in der Hüftgegend. Warum war er in den Hof gekommen? Für die Post war es zu früh, da hätte er auch nicht in den Hof gemußt, Müll hatte er keinen dabei. Hatte er mich gesehen und wollte mich treffen? Hatte er mich beobachtet, wie ich ihn? Ich konnte mich nicht erinnern, wann sein Klavierspiel aufgehört hatte. Wenn ich wollte, hörte ich es noch immer, nicht die Autos, nicht den Verkehr, sondern sein Spiel, ihn. Die Sonne stieg weiter, mir war nicht im geringsten kalt, ein klein wenig vielleicht, aber nur, weil der Stoff des Kleides kühlte. Ich überlegte, wie er wohl heißen könnte, welcher Name zu ihm paßte. Ein dunkler Name, etwas wie Martin oder Maximilian, oder sollte er einen häßlichen Namen haben? Veit ist ein häßlicher Name, Kevin auch. Ich mußte aufpassen, daß ich kein Auto übersah. Vorne kam ein Käfer. Nach Charlottes Unfall hatte ich mir vorgenommen, nie wieder bei Rot über eine Ampel zu fahren, und hatte den Vorsatz schon mehrmals gebrochen, ich konnte mich nicht daran halten, zu sehr war ich daran gewöhnt, nach der Straßenlage zu fahren. Links noch so ein Fahrrad, die wurden immer frecher, überholten einen, wo sie konnten, schnitten dabei den Weg, als sei man gar nicht vorhanden. Bisher hatte ich Glück, nur manchmal schnauzten mich Fußgänger an: Es ist rot! riefen sie laut in die Gegend. Das war noch freundlich, unfreundlich war, wenn sie versuchten, einem gegen das Rad zu treten oder einen Gegenstand in die Speichen zu rammen. Einmal hatte mich ein Mittelalter vom Fahrrad geschubst, weil es ihn empörte, daß ich ihm auf der falschen Seite (Radweg) entgegenkam. Er hatte einen ausgeprägten Ordnungssinn und lachte noch, als ich mich im letzten Moment mit eingeknicktem Knie vor dem Umfallen hielt. Daß ich mir die Hose aufgerissen hatte, wollte er nicht merken, nur gelacht hatte er, das war ihm recht gewesen, mein Knie dem Boden ein bißchen näher zu sehen. Heute stand mir keiner im Weg, und keiner schrie. Vielleicht staunten sie über meine nackten Beine. Ich fragte mich, ob der Mann Klavierspieler war. Mir fiel auch der rote Ford ein, und ich entschloß mich, zu glauben, daß er nicht der Fahrer des Autos war, denn es paßte in meinen Augen gar nicht zusammen, so ein Fahrrad und gleichzeitig ein piefiges Kleinwagenmodell von Ford zu fahren, wenn es überhaupt Ford war und nicht irgendeine japanische Marke, wie gesagt, so gut kenne ich mich da nicht aus.

Abends dann klingelte ich bei ihm. Es dauerte lange, bis er zur Tür kam. Ich hörte das Schnappen, es waren zwei Schlösser, die er aufschloß, vielleicht sogar drei. Und die Tür öffnete sich nur einen Spalt. In dem Spalt erschien ein Teil seines Gesichts, den Körper hielt er hinter der Tür versteckt, die rechte Hand lag wohl innen auf der Klinke, die Linke hatte er oben an die Tür gelegt, so daß sein Arm deutlich zwischen uns stand.

»Ach, du bist es.«

»Ja, ich wollte den Fahrradschlüssel zurückbringen. Vielen Dank noch mal.«

»Nichts zu danken.« Die Hand an der Tür rutschte auf die Höhe seines Gesichts, und sein Ellenbogen stand nun spitz zwischen uns. Ich überlegte, was ich noch sagen könnte, um nicht gleich wieder gehen zu müssen, immerhin hatte ich mich, wie mir erst jetzt klar wurde, den ganzen Tag darauf gefreut, ihn wiederzusehen.

»Wohnst du schon lange hier?« fragte ich leichthin.

»Warum?«

»Nur so, ich wohne schon seit drei Jahren hier, aber ich habe dich noch nie gesehen. Kann sein, weil ich im Keller gewohnt habe, da trifft man die Leute aus dem Haus nicht so leicht.«

»Im Keller?«

»In der Kellerwohnung.«

»Aha«, er lächelte, seine Hand wollte sich von der Tür trennen, aber die Finger kamen nicht los, dabei wackelte der Ellenbogen, dann hielt er still. Ich stand noch eine Weile vor seiner Wohnungstür. Dabei kam mir der Gedanke, daß er sich nur nicht traute, mich hereinzubitten, oder daß er nicht zu vorschnell auf mich wirken wollte, und obwohl mir das Gespräch etwas mühsam erschien, mied ich den Gedanken, ich könnte ihn stören oder ihm aufdringlich erscheinen. Ich hätte die halbe Nacht an seiner Tür verbringen können (mit seiner Ermutigung), nur um solche Gespräche mit ihm zu führen, Gespräche, die nichts anderes als eine erste Begegnung waren, oder eine zweite, eine, von der ich noch nicht wußte, wie ich sie gestalten könnte und wollte, denn ich war sehr damit beschäftigt, ihn anzusehen, auf meine Fragen hin seine Stimme zu hören, so daß ich weniger hörte, was er sagte, sondern nur wie, und mir nicht lang Gedanken machte, was ich wollte oder vorhaben könnte. Nicht einmal an Charlotte dachte ich.

Charlotte fiel mir erst wieder ein, als ich hörte, wie er hinter und unter mir die Tür schloß, und ich die Treppe hinauf zu der Wohnung stieg und mich darüber wunderte, daß ich in Charlottes Wohnung ging, ihren Schlüssel zu ihrer Tür und ihren Räumen und Sachen benutzte, daß sie tot war und daß es da eine Verbindung gegeben hatte zwischen ihm und ihr, die es aber nur gab, weil ich es so dachte, und die nicht länger existierte, weil ich sie nicht mehr wollte, zumindest nicht mehr daran denken, obwohl der Gedanke aus allen Ecken meiner Vorstellung lugte und ich ihn beständig mit anderen Gedanken fortdrücken mußte, was mir aber leichtfiel, nicht schwer, nicht sonderlich schwer, denn ich dachte an ihn und daran, ob ich ihn morgen wiedersehen würde. Ich kannte jetzt seinen Namen: Albert.

Alle anderen Namen hatte ich vergessen. Albert klang dunkel, er klang rot, aber ein Rot, das ins Schwarz ging, das aufgerauht war, das zu seiner Stimme paßte, mit der er zum Abschied gesagt hatte: »Treffen wir uns mal?«, und ich hatte genickt, obwohl seine Hand die Tür noch nicht losgelassen hatte, obwohl ich mein Lächeln nicht mehr unterdrückte, alle Gedanken vergaß, die man sich (ehrgeizig) über die Vorliebe von Männern bei Frauen macht, daß man sich geheimnisvoll und zurückhaltend und zögernd, eben fraulich, verhalten soll und es auch will, weil man in das männliche Bild passen will, von dem man eine ähnlich verbrauchte Vorstellung zu haben scheint wie die mutmaßliche Annahme über die Vorliebe des Mannes. Und dieses ganze Geschick, das Geschickse, das Schickliche, all das war weit aus meinen Gedanken gefallen, ich rechnete nicht, es schien nie dagewesen zu sein, alle Behinderungen (die geistigen meine ich, die in diese Richtung gingen) waren verschwunden. Mit Sicherheit rückten andere Behinderungen an ihre Stelle, unmerklich, schließlich kannte ich sie noch nicht, noch wußte ich nichts von ihnen. Ich dachte ständig ein Wort: Albert. Vorwärts, rückwärts, seitlich, und schmiegte mich daran, um zu sehen, wie es paßte. Ich lag schlaflos in der Nacht auf Charlottes Bett, hatte die Decke zur Seite geschlagen, weil mir zu warm geworden war.

Albert.

Albert.

Albert.

Bis Albert gegen drei Uhr morgens anfing, Klavier zu spielen. Er spielte wieder die ›Gnossienne No. 1‹, und ich meinte die Frage zu erkennen, zum ersten Mal hatte dieses Fragen eine Richtung, und die Richtung galt mir: »Treffen wir uns mal?«, immer wieder, in verschiedenen Variationen. Treffen wir uns mal? *Treffen* wir uns mal? Treffen wir uns *mal?* Treffen wir *uns* mal? Treffen *wir* uns mal? dachte ich nur einmal ganz kurz, ganz ganz kurz, dann dachte ich schnell etwas anderes, denn der Gedanke gefiel mir nicht. Warum sollte er auch so etwas fragen? Ich versuchte mir vorzustellen, wie seine Hände beim Spielen aussahen. Und ich fragte mich, ob auch die anderen Hausbewohner sein Spiel hörten? Sicherlich hörten sie es nicht, oder sie hatten sich daran gewöhnt und wachten nicht mehr davon auf, sonst hätte sich vielleicht schon längst einer wirksam bei ihm beschwert und veranlaßt, daß er ausschließlich zu vorgesehenen Zeiten spielte. Die Vorstellung, daß alle anderen Bewohner des Hauses schliefen und ich die einzige war, die ihm zuhörte, gefiel mir.

Ein Telefon klingelte, es störte mich, weil mir klar wurde, daß die anderen im Haus auch ein Leben hatten und dieses Leben sich unbemerkt über meines hinwegsetzen würde, denn einer würde aufwachen, nicht von Alberts

Klavierspiel, sondern von seinem Telefon (aufwachen müssen), das waren die Geräusche, auf die derjenige hören würde, und vielleicht würde er ein Fenster schließen, das er über Nacht geöffnet hatte, es schließen, um beim Telefonieren nicht von Alberts ›Gnossienne‹ gestört zu werden, und daß er sich gestört fühlen würde, das kränkte mich. Aber es nahm niemand das Telefon ab, statt dessen hörte ich das Klicken eines Anrufbeantworters und dann eine ganz leise Stimme, die aus meiner Wohnung kam, die Stimme sagte: »Hallo, ich bin leider nicht zu Hause oder will nicht ans Telefon gehen, also: hinterlaßt einfach eine Nachricht. Bis dann.« Ich hörte einen Pfeifton, der relativ lang war, und dann ein Besetztzeichen, weil der Anrufer aufgelegt hatte. Ich lag in Charlottes Bett und rührte mich nicht. Es schmerzte, Charlottes Stimme zu hören. Ihre Stimme hatte sich unter Alberts Klavierspiel gelegt, und ich hatte verpaßt, darauf zu achten, ob er mit seinem Spielen darauf eingehen würde, auf ihre Stimme, ob er sie gehört hatte. Und natürlich klang ihre Stimme leicht, unschuldig vor dem Tod, wie die meisten unserer Stimmen vorher unschuldig klingen, klingen müssen. Ich fühlte mich ertappt, als hätte ich etwas Verbotenes getan, nicht nur etwas Verbotenes, sondern etwas Ehrenrühriges, etwas Schändliches, etwas, das meinen ganzen Körper ins Schwitzen brachte. Als ich aufstand und zur Toilette ging, sah ich dort mein königsblaues Kleid über dem Handtuchhalter hängen, ich hatte es vor Stunden ausgezogen, um zu duschen, bevor ich schlafen ging, nachdem ich mit Albert gesprochen hatte, zum ersten Mal, und jetzt hing es dort so, daß ich mich dafür schämte. Mein Kleid hing in der Wohnung, im Badezimmer einer Toten, und es verriet meine Nacktheit, daher kam meine Scham. Natürlich nahm ich es deshalb nicht gleich weg, schließlich war ich allein in der Wohnung, ich konnte mich gewissermaßen schämen, ohne dabei beobachtet zu werden und es zeigen zu müssen. Meine nackten Sohlen wälzten sich auf denselben Kacheln, die schon Charlottes Füße ertragen hatten. Durch das Fenster fiel blaues Licht, es wurde Morgen. Und als ich von der Toilette zurück zum Bett kam, atmete das Bett, aber es atmete nicht meinen Schweiß aus, sondern etwas von Charlotte. Es war mir nicht unheimlich oder gar ängstlich zumute, ich fühlte mich einfach erschöpft von ihrer Gegenwart, die sich überhaupt erst seit ihrem Tod bei mir bemerkbar machte, und es nervte mich, daß für kurze Zeit die Gnossienne und Albert und mein neues Gefühl in den Hintergrund getreten waren. Das neue Gefühl war gut.

Als die Amseln zwitscherten und es fast hell war, stand ich auf. Während ich wartete, daß das Teewasser kochte, suchte ich Charlottes Anrufbeantworter, den ich erst nicht fand, weil er direkt vor meiner Nase im Bücherregal stand. Ich kannte mich in Charlottes Sachen nicht aus. Ich scheute mich davor, ihre Dinge aufzuräumen. Erst vor wenigen Tagen hatte ich geträumt, Charlotte käme wieder und wäre erstaunt und ärgerlich über meine Anwesenheit und darüber, daß ich ungefragt ihre Wohnung betreten hätte. Bislang hatte ich in der Wohnung kaum etwas näher betrachtet, von dem ich nicht Gebrauch machen mußte. Die rote Leuchtdiode blinkte. Ich drückte auf die Playtaste. Die ersten beiden Anrufe waren registriert, aber beide Male war nur kurz das Besetztzeichen zu hören.

»Hallo, Charlie, ich bin's, Annika, ich wollte dich nur fragen, ob du morgen meine Schicht übernehmen kannst. Rufst du mich zurück, sobald du nach Hause kommst? Wäre nett. Tschühüß.«

»Ja, war das jetzt schon der Pfeifton? Also, mein Name ist Richard, wir kennen uns aus der Volksküche, letzten Donnerstag, erinnerst du dich? Du wolltest doch eine von den Tassen haben, von denen ich dir erzählt habe. Vielleicht können wir uns treffen? Meine Nummer habe ich dir ja gegeben. Aber warte, hier zur Sicherheit noch einmal: 44 83 18 90. Ich bin am besten abends erreichbar, so ab halb neun. Wär echt klasse, wenn du dich meldest.«

»Charlotte, hier ist Ted. Also, das am Wochenende klappt. Ich komme am Samstag, um ... gleich, ich rufe gleich noch mal an.«

»Also, am Samstag, den 16., richtig? Um 17.20 in Tegel. Holst du mich ab?«

»Ja, ich bin's noch mal, Annika, es ist echt dringend, also bis dann.«

»Charlotte, melde dich doch noch mal. Oder bist du noch sauer? Also, ich gehe davon aus, daß du mich abholst, wenn nicht, nehme ich einfach ein Taxi zu dir.«

Das war die letzte Nachricht auf dem Band. Eine freundliche, sehr tiefe Stimme mit einem weichen Akzent. Ich nahm an, daß diese Annika längst Bescheid wußte, wenn sie nicht sogar auf der Beerdigung gewesen war, schließlich hatte Charlottes Tante rechtzeitig den Tod bekanntgegeben, und es waren einige Menschen aus Charlottes Kneipe auf der Beerdigung gewesen. Richard würde sich nicht noch einmal melden, wenn er höflich war und Charlottes Schweigen als Desinteresse wertete.

Ich goß den Tee auf, öffnete das Küchenfenster und lehnte mich vor, um zu prüfen, ob ich von Albert etwas sehen konnte. Aber er hatte alle Fenster geschlossen und war nicht zu entdecken. Er hatte mit dem Klavierspielen aufgehört. Samstag, der 16. Mai, war morgen, und es war ausgerechnet ein Tag, an dem ich frei hatte, und das erste Mal seit dem Umzug wäre etwas Zeit, Zeit, die ich der Wohnung und meinen Kartons widmen wollte. Ich bereute fast, Charlottes Wohnung angenommen zu haben, denn ich kenne das Auspacken von Umzugskartons und die Bemühung, eine neue Wohnung zu gestalten, nur zu gut, doch ist es über die Gewohnheit hinaus zu keiner Lieblingsbeschäftigung geworden.

Den Gedanken an Albert, der vielleicht bloß aus seinen Augen bestand, aber eher noch aus seiner Stimme, der Bewegung und dem Lachen, spürte ich nur noch am Körper – Kopf, Arme und Beine waren ausgeschlossen, wie abgeschnitten, während im Torso Blutmassen um meine engen Adern kämpften, darum, sie nicht verlassen zu müssen, und sich ein pochendes Herz überall bewegte, nur nicht an seinem Platz, der auch meiner war, ein Herz, das auch in den Leisten zog, am Steißbein kratzte oder die Wirbelsäule hinaufrannte, das meine Gefäße zusammenzog, locker ließ, zusammenzog und wieder locker ließ, aber in keinem regelmäßigen Rhythmus, nicht in vorhersehbaren Aderläufen, eher in Zwischenläufen, wo es noch nicht, und nicht mehr und nur beinahe eine Bahn erfand, so ein Herz war das, und es war mehr ein Angstgefühl, und zwar eins der freudigen Art, eine Angst, die nicht vor etwas Bösem zittern machte, sondern eine, die von der Furcht lebte, daß es wieder aufhören könnte, das Zittern.

Ich wollte zu ihm. Ich wollte, wollte, konnte nicht – mußte zum Zirkus – zum Lachen. Unten im Hof, wo ich mein Fahrrad reparierte und die Kette ölte, war ich allen Fenstern ausgesetzt, auch Alberts. Ich versicherte mich mit einem Blick nach oben, daß er dort nicht stand und mich beobachtete, aber weiterhin zu Hause bleiben würde, wofür mir die geöffneten Fenster ein gutes Zeichen zu sein schienen.

Ich mußte fort. Die Vorstellung war ausverkauft. Grund zur Freude. Ich vergaß das Freuen, mir war nicht nach lustig und Sehtherwasichkann, ich war ungeduldig. Albert würde ohne meine Ohren Klavier spielen. Meine Chefin schickte mich zurück in den Umkleidewagen,

ten, das ihre Aufmerksamkeit entlohnen könnte. Sie wußten noch nicht, daß es das war, das Ende der Vorstellung, daß die Clownsnummer gerade auf dem Höhepunkt angelangt war und ihn auch schon überschritten hatte. Der Saxophonist wollte gar nicht aufhören zu spielen, weil er wußte, daß etwas schiefgegangen sein mußte, weil er dachte, es dauerte einfach ein bißchen länger als sonst, weil er mir eine Chance lassen wollte, eine weitere, und noch eine, und auch er nicht wissen konnte, daß er meine Qual nur verlängerte, sie ausdehnte und mich zwang, auf ganz neue Weise die Nummer zu beenden. Ich dachte nicht darüber nach, wie ich der Aufmerksamkeit entkommen könnte, ich dachte darüber nach, den Beruf aufzugeben, was ein Gedanke war, der mich schon lange beschäftigte. Vorerst wollte ich eine andere Arbeit finden, von der ich leben könnte, ohne in den Keller zurückziehen zu müssen. Ich stand einfach auf und schnitt die Stille mit einem Flickflack, den ich lange nicht gemacht hatte, weil ich ihn in den letzten Monaten nirgends brauchen konnte, aber der eine schnelle Möglichkeit war, die Manege zu verlassen, ohne Abschied raus zu kommen.

Auf dem Weg nach Hause freute ich mich auf Albert. Ich trat schnell auf dem kleinsten Ritzel. *Wie tief ist der Ozean? Wie hoch ist der Himmel?* Ich hatte keine Verabredung mit Albert, aber das hinderte mich nicht daran, mich auf ihn zu freuen. Wir würden uns küssen. Wir würden uns lieben. Mein Herz würde klopfen. *Pas à Pas.* Mit seinem. Sie würden aufeinander liegen und sich aneinander reiben. Wie stark müßte ich lachen, damit er mein Lachen erwiderte? Bei Blume Zweitausend am Alex kaufte ich ein Bund Mohnblumen, ich würde ihre Stengel versengen, sie in kochendes Wasser stecken, damit sie ihre Köpfe recken. Ich hielt dann am Weinberg und pflückte mir ein paar Zweige, die ich dazustellen würde.

Der Schlüssel klemmte, als ich die Hoftür öffnen wollte. Vielleicht hatte ich schon zu oft mit Kraft versucht, ihn im Schloß umzudrehen. Ich zog ihn wieder aus dem Schloß. Er war verbogen. Die Blumen klemmte ich zu den Zweigen auf den Gepäckträger, lehnte das Fahrrad gegen meinen Schenkel und versuchte es mit beiden Händen. Ohne Erfolg. Plötzlich wurde die Tür von innen geöffnet, ich griff den Fahrradlenker, das Hinterrad glitt zur Seite weg, ich hielt das Fahrrad fest, damit es nicht ganz umfallen würde, die Zweige und Blumen rutschten vom Gepäckträger. Ich machte einen Schritt zurück, vor mir stand Albert.

»Ich habe vorhin bei dir geklingelt, aber du warst nicht da«, sagte er.

»Ah ja, ich war arbeiten.« Ich hielt mit einer Hand den Lenker, bückte mich und langte mit der anderen nach den Zweigen und den Blumen.

»Hast du etwas vor?« Er beobachtete, wie ich in der Hocke die Zweige aufhob und sie mir in den Schoß sammelte. Ich sah hoch, sein Blick hing an den Blumen in meinem Schoß.

»Nein, du meinst wegen der Blumen? Die habe ich für mich gekauft.«

»Für dich?«

Ich nickte.

Albert steckte die Hände in die Hosentaschen: »Kann ich dir helfen?«

»Danke, es geht«, ich versuchte die Blumen in die Hand zu bekommen, um aufzustehen.

»Warte, ich helfe dir«, Albert nahm die eine Hand aus der Hosentasche, beugte sich vor, ich ließ den Lenker des Rades los, weil ich im ersten Moment dachte, er würde mir das Rad abnehmen, Albert aber streckte die Hand nach den in meinem Schoß liegenden Blumen aus, das Rad krachte zwischen uns auf die Steine, der Sattel stieß in meinen Rücken, der Lenker streifte Alberts Hand, die auf meinem Knie landete.

»Tut mir leid«, Albert bemühte sich um ein Lächeln, er stand auf und hob das Fahrrad hoch. Schön blöd. Was tat ihm da leid? Er lehnte das Rad gegen die Hauswand.»Hast du dir weh getan?« Albert bückte sich zu mir. Ich schüttelte den Kopf. Alberts Hände kneteten seine Knie, er richtete sich wieder auf und sah links und rechts die Straße hinunter. Wie stark würde ich lachen müssen, damit er mein Lächeln erwidert? Mein Rücken tat weh. Ich stand auf und rieb die Stelle, gegen die der Sattel gekracht war. Mir war zum Heulen. Albert hob den Zweig auf, der etwas weiter weg lag, und gab ihn mir. Ich ging zu meinem Fahrrad.

»Weißt du, wie spät es ist?«

Ich sah auf meine Uhr: »Zehn vor sieben.«

In meinen Gedanken war ich Albert längst nicht mehr fremd gewesen, nicht so fremd, um solche Floskeln zwischen Tür und Angel austauschen zu müssen. Mir fiel ein, daß er noch nicht soviel an mich gedacht haben würde.

»Ich wollte gerade etwas einkaufen. Hast du Lust, nachher zu mir runter zu kommen?« fragte Albert, er hielt mir die Tür auf.

»Ja, wann denn?«

»Weiß nicht, wie du willst, wie gesagt, ich geh nur schnell rüber, was einkaufen. In einer Stunde oder zwei?«

Ich nickte wieder, ich schob mein Fahrrad an ihm vorbei in den Hof. Ich sah kurz zu ihm zurück: »Bis dann.«

»Bis dann«, erwiderte er.

Ich war traurig. Seine Art, mich einzuladen, ein erstes Treffen mit mir zu verabreden, die klang völlig beiläufig, so als habe er keine Angst, als zittere er nicht.

Während ich die Blumen ins kochende Wasser hielt, versuchte ich an etwas anderes zu denken. Wie heiß ist das Wasser? Wie heiß wird der Stengel? Die Stengel wurden am unteren Ende glasig. Möglich, daß ich zu voreilig urteilte, auch zu schnell zuviel erwartete. Schließlich hatten wir uns, wenn es nach Albert ging, erst dreimal gesehen (längst kein Grund, an mich zu denken), auf Charlottes Beerdigung und gestern zweimal, als er mir das Fahrrad angeboten und ich ihm den Schlüssel zurückgebracht hatte. War Albert im Gegensatz zu seinem Blick unentschlossen? Was erwartete ich? Daß er sich auf mich stürzte?

Ich dachte daran, daß ich etwas kochen könnte, um unser erstes Treffen wichtiger zu machen. Wäre das aufdringlich? Übertrieben? Deutlich? Und wenn schon. Er hatte mich gefragt, ob ich zu ihm »runter kommen« wolle, ihn im Gegenzug nach oben zu bitten, wäre unangemessen. Ich könnte etwas kochen und es mit zu ihm nehmen, auch auf die Gefahr hin, daß er satt wäre. Albert hatte kräftige Beine, die waren mir schon gleich bei der Beerdigung aufgefallen, vielleicht hatte er sogar einen kleinen Bauch, darauf hatte ich nicht geachtet. Bestimmt aß er gern Nudeln. Die meisten Menschen mochten Nudeln. Albert sah aus wie einer, der Nudeln mochte. Aber das war zu einfach. Nudeln trug man nicht ein Stockwerk tiefer, um sie zu verfüttern. Ich wollte ihm Eindruck machen. Es mußte etwas Besonderes sein. Fisch und Meeresfrüchte waren gefährlich. Viele Leute mögen keinen Fisch, die Hände stinken, die Gräten stören. Etwas Besonderes für Albert. Auch Fleisch konnte falsch sein, obwohl er mir nicht wie ein Vegetarier aussah. Ich erinnerte mich, daß er auf Charlottes Beerdigung von dem spanischen Schinken gegessen hatte. Er hatte davon der dunkelhäutigen Frau etwas zu kosten gegeben, hatte ihr die Gabel hingehalten und im Tausch ihre leere genommen. Sie hatte zustimmend genickt. Als ich Albert vor etwa zwei Wochen in der Wohnung unter mir entdeckt hatte, hatte es gequalmt und nach verbranntem Fleisch gerochen. Er hatte etwas anbrennen lassen. Ich sah auf die Uhr. Es war zwanzig nach sieben.

Ich kaufte frische Herzen, Hühnerherzen, die gab es in großen Packungen bei Kaisers im Sonderangebot. Zwar hatte ich noch nie welche gemacht, aber sie sahen gut aus, mundgerecht und dunkelrot. Dazu kaufte ich roten Wein, Basilikum und eine Birne.

Ich kochte zum ersten Mal in Charlottes Küche. Den Knoblauch stampfte ich klein, ich schwenkte den Reis in Öl, goß ihn mit Wasser und Weißwein auf, gab den Knoblauch, Salz und ein bißchen Safran dazu und wusch die Herzen und danach gründlich meine Hände. Ich rieb die Hände mit Zitrone ein, weil ich fürchtete, daß Albert den Fleischgeruch nicht mochte. Später öffnete ich das Küchenfenster. Ich ging in das große Zimmer. Meine Kleider hatte ich noch immer in der großen Reisetasche. Ich setzte mich mit ihr auf den Boden und holte ein Kleidungsstück nach dem anderen heraus. Keins schien mir richtig. Das königsblaue Kleid war für heute zu elegant oder aufreizend, ich wollte nicht, daß Albert über das Essen hinaus den Eindruck gewinnen könnte, ich würde gleich mit ihm schlafen wollen (ich wollte, aber ich wollte nicht, daß er es wußte). Die Jeans waren zu herb, das schwarze Kleid, das ich auf der Beerdigung anhatte, sah zu klassisch aus und war zu kurz, und außerdem könnte es ihn an die Beerdigung von Charlotte erinnern, das wollte ich nicht. Ich ärgerte mich darüber, zu wenige Kleider zu haben. Ich hatte nicht wenige, weil ich zu arm oder zu geizig war. Es lag eher an meiner Unfähigkeit, mir Kleider zu kaufen. Ich haßte die Wilmersdorfer Straße, die Karl-Marx-Straße, und überhaupt, alle diese Einkaufsstraßen haßte ich, auch die Schloßstraße und die Gier, die dort unter den Menschen grassiert. Hektische Menschen mit prallen Tüten. Alle auf der Suche und in einem Rausch, dem ich nicht erliege. Dazu die Gier nach Neuem, die Gier nach Haben, die Gier, und ich dazwischen schlage mein Gesicht vor die Spiegel. Neonlicht und blaue Federn am Kragen, und trotzdem noch nüchtern und ohne Aussicht, der Gier zu erliegen, wie man einem Lied oder einer Droge oder einer Liebe erliegt – einfach draußen. Dann stürzt mir bei Hallhuber ein Mädchen in den Weg, hat Ringe in den Brauen und auch zwischen Lippe und Nase einen, zwei, oder sind es drei? Kann sein, sie hilft in den Schulferien aus, oder hat gerade erst angefangen zu lernen, macht zwei Schritte neben mir her, dann im Hüpfeschritt hinter mir, und dann rennt sie, überholt mich und sieht mich ganz unschuldig an, die fragt dann freundlich, ob sie helfen kann. Ich verneine, weil sie nicht helfen kann, ich gar nicht weiß, was ich suche, weil ich nur weiß, daß ich etwas zum Anziehen brauche und Ruhe auch, um so was zu finden, aber ich sage ihr: Vielen Dank, und ich sehe mich gern allein um, dann ziehe ich aus Verlegenheit, als müsse ich ihr Beweise liefern, etwas aus dem Kleiderständer, das ist gerade blau und hat Federn am Kragen und auch welche am Saum, und ich denke, nicht schlimm, gar nicht schlecht, denke ich, man sollte ruhig mal etwas probieren, das ohne einen selbst häßlich ist.

Ich ging in den Flur, es duftete nach Wein und Reis, nahm einen der grauen Müllsäcke, die ich noch immer nicht zur Kleidersammlung gebracht hatte, und öffnete ihn. Mir schlug Charlottes Geruch entgegen. Ich schloß den Sack sogleich wieder, indem ich einen doppelten Knoten machte. Der Geruch eines toten Menschen macht den Menschen plötzlich lebendig, man hat das Gefühl, man könnte ihn anfassen, vielleicht, weil man nicht gewohnt ist, einen Geruch zu konservieren, so wie man es mit der Erscheinung (Fotos) oder selbst mit Stimmen (Tonaufnahmen) gerne oder manchmal unfreiwillig – ich dachte an Charlottes Anrufbeantworter – macht. Ich ging zu meiner Tasche zurück und mußte bis nach unten graben, um zu finden, was ich gesucht hatte. Ich zog den langen schwarzen Rock und ein kurzärmliges, enges Hemd aus der Tasche, ich war zu feige, ich wollte nicht zuviel und nicht zuwenig, ich wollte Albert, nicht mich. Ich beschloß, erst zu duschen, wenn ich das Essen fertig hatte, damit die frischen Kleider und gewaschenen Haare nicht den Geruch von Gebratenem annähmen. Als ich das Fenster im großen Zimmer öffnete, hörte ich schon sein Lachen, mit dem er wieder vor seinem Fenster lehnte, und das dem Telefon galt, nicht mir, noch nicht, dachte ich, ließ das Fenster aber offen. Ich briet die Herzen und löschte sie mit Wein ab.

Nach dem Duschen stülpte ich eine von Charlottes Duschhauben, die ich im Regal entdeckt hatte, über mein Haar. Ich selbst habe nie Duschhauben besessen und auch nie welche benutzt. Aber heute waren sie praktisch. Sie würden die Haare frisch halten, kein Knoblauch und kein Herzfett könnte sich ins Haar nisten. Die Bürste mit Charlottes Haaren drin warf ich in den Mülleimer. Ich wusch und zupfte das Basilikum. Lippenstift benutzte ich keinen. Woher sollte ich wissen, ob Albert welchen mochte? Lippenstift signalisiert deutlich: Begehr mich. Er macht aber kein Eingeständnis darüber, ob die jeweilige Frau ihrerseits ebenfalls will, in jedem Fall ist er auch eine Art Schutzschild, weil sich ein Mann oft davor scheut, bemalte Lippen zu küssen, in der Angst, das Zusammensein mit der Frau könnte nicht dafür ausreichen, die Spuren des Lippenstifts an seinem Körper oder seiner Kleidung zu beseitigen. Die Duschhaube hängte ich an den kleinen Haken neben dem Waschbecken.

Bevor Albert die Tür öffnete, hörte ich, wie er die Schlösser aufsperrte. Es waren drei Stück. Ich hörte auch, wie er, noch hinter der verschlossenen Tür, eine Zahlenfolge nannte, dann sagte er »Bis Dienstag« und »Auf Wiedersehen«. Die Tür ging auf, Albert hielt das Telefon in der Hand, und zu mir sagte er: »Ach ja.«

Hatte er mich vergessen? War ihm entfallen, daß er mich aufgefordert hatte, zu ihm zu kommen? Vorsichtig, damit der Topf nicht umkippte, versuchte ich einen Blick auf meine Uhr zu erhaschen, aber ich mußte sie vor dem Duschen abgelegt und danach vergessen haben. Albert blieb in der Tür stehen, als könnte er sich nicht entschließen, mich hereinzubitten. Ich war ihm eine Erklärung schuldig. Die Hitze drang durch den Topflappen und glühte an meinem Zeigefinger.

»Du hast doch gefragt, ob ich vorbeikommen will.«

»Ich weiß, aber was hast du da?« Er klemmte sein Telefon unter den Arm (dabei wollte ich es ihm bestimmt nicht wegnehmen) und zeigte auf den Topf.

»Eine Überraschung. Hast du schon gegessen?«

Er zögerte, als müßte er überlegen, ob er schon etwas gegessen hatte. Er machte einen Schritt zur Seite und ließ mich eintreten. Ich tat so, als wüßte ich nicht, wo seine Küche war, und wartete, bis er die Tür geschlossen hatte. Er verzichtete auf das Zusperren der Schlösser und ging mir voraus den Flur entlang. Das Telefon stellte er auf den Boden vor der Küchentür.

»Du hast gekocht?« fragte er und drehte sich nach mir

schickt ich bei Tisch war, und ob man mir die Mühe ansah, mit der ich versuchte, mir frühere Ungeschicktheiten abzugewöhnen. Ich achtete darauf, daß ich den Reis mit geschlossenem Mund kaute und ihn heruntergeschluckt hatte, bevor ich weitersprach.

»Und außerdem hat sich meine Mutter selbst als Hure bezeichnet oder als Professionelle, aber das Wort Prostituierte hat sie laut meinem Vater albern gefunden.«

Albert nickte verständnisvoll. Ich zeigte auf meine Herzen und fragte ihn, ob er sie essen wolle. Er nickte wieder, diesmal begierig. Ich gab sie ihm. Ich fragte mich, ob es klug war, Albert derlei Geschichten zu erzählen. Immerhin, ich hätte ihm auch eine andere Geschichte erzählen können, diese hier war nicht die beste im Spiel der Verführung. Aber schließlich hatte er mich gefragt, sagte ich mir, und er wußte über meinen Namen mehr als ich. Albert sah mich fragend an.

»Möchtest du noch etwas?« Ich zeigte auf den Topf, dabei warf ich die Kerze um. Albert fing die Kerze auf, bevor sie den Tisch berührte.

»Danke, ich habe noch«, sein Teller war in der Mitte fast leer gegessen, am Rand türmten sich Basilikumblätter und Birnenscheiben. Mein Teller war noch halbvoll mit Reis. Albert sah mich weiter fragend an, zumindest dachte ich das, und es gefiel mir, wenn Albert mich fragend ansah.

»Es ist nicht so, daß ich ein Arbeitsunfall war, nein, das nicht. Mein Vater hat mir immer versichert, meine Mutter sei neugierig auf eine Schwangerschaft gewesen, und sie hätten alles von vornherein abgesprochen, daß er mich dann nimmt, außerdem hat sie sich wohl ein wenig Pause gönnen wollen.«

Ich bin mir nicht sicher, ob das stimmt, es soll ja Männer geben, die schwangere Frauen besonders reizvoll finden, insofern war ich vielleicht mehr ein Arbeitsrequisit, kein Arbeitsunfall, nein, das bestimmt nicht. Aber das sagte ich Albert nicht, weil ich damit direkt auf sexuelle Vorlieben zu sprechen gekommen wäre, und ich wollte darüber nicht viel sprechen, noch nicht, erst wollte ich ihn berühren.

»Ich finde Nutten klasse«, sagte Albert bloß, und da wußte ich, daß wir uns ganz falsch verstanden. Er lächelte fröhlich und prostete mir zu. Ich ärgerte mich, daß ich überhaupt mit dem Thema angefangen hatte.

»Kennst du deine Mutter?« fragte er, nachdem er vergeblich auf ein Zurückprosten meinerseits gewartet hatte.

»Nein, ich wollte sie nicht kennenlernen.« Ich suchte meine Mutter nicht, ich wüßte nicht, warum ich es tun sollte. Es kann sein, daß ich ihr schon auf der Straße begegnet bin, ich hätte sie nicht erkannt, sie mich bestimmt auch nicht, ich weiß nicht mal, ob sie noch in Berlin lebt oder ob sie überhaupt noch lebt. Aber ich hatte keine Lust, über Mütter zu sprechen, mich interessierte etwas ganz anderes, und das war Albert.

»Wohnst du schon lange hier?« fragte ich ihn. Er machte eine ungenaue Handbewegung, ich sah mir seine Hände an, die kürzer waren, als ich gedacht hatte. Man bildet sich ein, die Hände von Klavierspielern müßten besonders lang sein. Alberts Hände waren nicht kurz, aber sie waren auch nicht sehr schmal, es waren ebenmäßige Hände, die Finger waren krumme Finger und immerhin genauso lang wie der Handrücken. Es waren kräftige Hände, an denen man außer den Knöcheln auch leicht die Adern sah. Die Hände mochte ich.

»Etwa zwei Jahre«, er hatte heruntergeschluckt, und mit der nächsten Gabel würde sein Teller leer sein. Er zeigte auf seine Birnenscheiben: »Möchtest du die?« Ich nickte, und er stand auf, um mir die Birnen auf den Teller zu tun. Ich mochte die Art, wie er aufstand und sich bewegte, wenn er zu mir kam.

»Beyla ist eine Figur aus der ›Edda‹.«

»Ja?«

»Ja, die ›Edda‹ ist die Grundlage der Nibelungen.«

Ich weiß, hätte ich sagen können, sagte es aber nicht. Ich überlegte, ob Albert da eine schulmeisterliche Seite verriet. Dann, dachte ich mir, sollte ich ihn auf andere Gedanken bringen, weil ich nicht wollte, daß er von dem Gefallen in mir etwas einbüßte, ich wollte ihn gar nicht erst in die Nähe dessen lassen.

»Bist du Pianist?«

»Wie man's nimmt, ich hab mal Klavier studiert, aber ich bin nicht gut genug für einen Solopianisten. Manchmal verdiene ich etwas damit, das ist leider selten. Man kann davon nicht gut leben. Möchtest du noch Wein?«

Ich hielt ihm mein Glas entgegen, und er schenkte es voll. In gewisser Weise waren Musiker meist Spießer, dachte ich bei mir, mein Blick fiel erneut auf die Couch. Daß Musiker stets aus Kammern kommen, das habe ich früher gedacht, und daß die Decken von Kammern tief hängen und die Akustik eher beengt sein muß, und auch, daß aus jedem Instrument Gott singen soll, weil sich die Kirche so gern in der Musik erkennt. Aber die Musiker verlegen ihr Sprechen nicht wegen Gott, sondern weil sie nicht anders können, und da kommt ihnen der Glaube mitunter gerade recht. Das war mein Bild von Musikern jenseits meines Vaters. Aber das sagte ich ihm nicht. Ich fragte mich, ob ich ihm sagen dürfte, daß ich ihn belauscht hatte und daß ich fand, daß er sehr schön spielte. Andererseits war ihm sicher klar, wie gut man sein Spiel im Haus hörte, selbst wenn er das Fenster schloß – außer mir werden mindestens die Leute unter ihm das Klavier gehört haben.

Nachdem Albert sich ebenfalls das Glas gefüllt hatte, nahm er noch etwas von dem Essen und wiederholte, wie gut es ihm schmeckte.

»Wovon lebst du dann?«

Albert machte eine unbestimmte Geste mit der Hand, und ich ertappte mich bei dem Gedanken: Typisch Ostler, das dachte ich, redet nicht gern über Geld, so ein Ostler, ist ihm peinlich. Mir fiel Charlotte ein. Ich hätte gern gewußt, wie gut er sie gekannt hatte, aber Charlotte war ein ähnlich ungeeignetes Thema für unsere erste Begegnung wie der Beruf meiner Mutter, daher ließ ich es bleiben, nach ihr zu fragen, und Albert kam auch nicht auf sie zu sprechen. Ich fragte Albert, ob er eine schöne Kindheit hatte und wie sein erster Sex war. Er sagte, doch, er habe eine schöne Kindheit gehabt, jedenfalls keine schlechten Erinnerungen mitgenommen. Rostock, wo er die meiste Zeit gelebt habe, sei eine schöne Stadt, zumindest die Altstadt, hanseatisch, behauptete er, und das Meer, das sei auch eine feine Sache gewesen, und dort habe es am Hafen alte Schuppen gegeben, in denen er sich mit seinen Freunden nach dem Angeln traf, damit jeder zeigen konnte, was er gefangen hatte. Sein bester Freund, Albert lachte, als er von ihm erzählte, weil der zwei Köpfe kleiner als alle anderen war, der brachte einmal ein Mädchen mit, die schon älter als die Jungen und auch größer als sie war. Es war nicht wirklich eine Heldentat, wie der Freund zu dem Mädchen gekommen war. Sie war seine Cousine, schon siebzehn, und kam aus der Hauptstadt der Republik. Sie langweilte sich und ärgerte sich darüber, daß sie von ihren Eltern in den Schulferien nach Rostock verschickt worden war, sie sei doch kein Baby mehr, das man einfach so verschicken könne. Und während sie den Jungen das erzählte, die damit beschäftigt waren, die Fische aus den Eimern zu holen und ihnen mit Ziegelsteinen auf den Kopf zu schlagen, damit sie ihre Schwänze stillhielten, habe sie keinen so oft angesehen, wie ihn, Albert. Albert habe das schon richtig verstanden, er sei sich aber nicht sicher gewesen. Er zeigte dem Mädchen, wie sich die Kiemen der Scholle aufblähten, das Mädchen wollte nicht anfassen, sie sah gelangweilt weg. Sie wiederholte sich, dabei sah sie Albert immer wieder an, und sagte, wie langweilig es hier mit den Jungen wäre und ob nicht einer etwas mit ihr unternehmen wolle. Die Jungen, die keine größeren Unternehmungen als das Angeln und Fischetotschlagen kannten, verpaßten den Augenblick zuzugreifen, alle, bis auf einen. Albert sagte, er könne schon etwas mit ihr unternehmen.

Und? fragte ich Albert aufgeregt. Und? Er lächelte, trank den letzten Schluck aus seinem Glas und schnalzte mit der Zunge. Und? Ich konnte kaum erwarten, was er mir nun von sich und der Cousine seines besten Freundes erzählen würde. Ich sah Fischernetze und Angelhaken, lauschige Buchten am Meer mit Strandkörben vor mir. Schon roch ich den Sommerwind, fast spürte ich ihn auf meiner Haut. Aber Albert faßte noch nicht recht Vertrauen. Ich lehnte mich zurück und sah ihn aufmerksam an.

Das Essen hatte mich schwer gemacht. Albert wollte mir nicht von seiner ersten Nacht mit einem Mädchen erzählen. Ich bat ihn, Klavier zu spielen, zuerst wollte er nicht, er goß Wein nach, aber als ich müde wurde und zum zweiten Mal mein Gähnen nicht unterdrücken konnte, entschloß er sich doch.

Ich hörte Albert zu, ich hatte mich auf die Couch gesetzt, deren eine Seite am Flügel endete. Meinen Kopf legte ich auf die Lehne, ich schaute an die Decke. Die Hitze des Kerzenscheins zeichnete sich dort in Lichtschwaden ab und bewegte sich. Albert saß einen halben Meter von mir entfernt, er beugte sich über die Tasten. Ich hörte Albert, ohne nach ihm sehen zu müssen, ich wußte, daß er da war, und fühlte mich wohl, so nah bei ihm zu sein, und es beruhigte mich, daß er hin und wieder redete, mehr mit sich als mit mir, vielleicht mit dem Flügel, oder mit der Musik.

Noch einen kurzen Augenblick wünschte ich mir, Albert möge anfangen, von etwas Verständlichem zu reden, damit er auf die Idee kommen könnte, mich zu küssen. Ich traute mich nicht, ihn mitten im Gespräch damit zu unterbrechen. Er saß nah neben mir, so nah, daß ich nur die Hand hätte ausstrecken müssen, um ihn zu berühren. Ich streckte den Hals seitlich, er hatte den Pullover ausgezogen, und seine nackten Arme schimmerten in dem orangegelben Licht, man sah die einzelnen Härchen.

Albert stand auf und bot mir noch etwas Wein an. Er holte eine zweite Flasche Barolo aus der Küche, auch der in einer schiefen Flasche. Ich lehnte ab, ich wollte lieber Wasser trinken, um nicht noch müder zu werden und seine Gegenwart besser zu genießen. Ich drehte mich etwas und legte die Beine auf die Couch. Er brachte uns beiden andere Gläser und goß Wasser ein. Während ich hörte, wie neben mir das Wasser ins Glas plätscherte, wollte ich ihn anfassen und überlegte, ob er es nicht ausnutzen wollte, daß ich auf seiner Couch lag (wenn er nur gewußt hätte, wie sehr ich Couchs sonst haßte, vielleicht hätte er sich meiner erbarmt), auf keine Couch hätte ich mich so gelegt, nur auf seine, und ich sorgte dafür, daß der schwarze Rock Bein sehen ließ, spiegelglatte Haut, und ich erinnerte mich an die Wäsche, die ich trug, dünne weiche Wäsche aus Seide und Spitze. Aber das konnte er nicht wissen.

Ob ich rauchen wolle? Er habe einen Aschenbecher. Ich schüttelte den Kopf. Albert rauchte auch nicht. Er setzte sich wieder auf den Drehschemel und spielte weiter. Sein

Spiel gefiel mir: Albert hören. Ich wußte, daß es mir gefallen würde, ihn zu berühren, mit den warmen Innenflächen meiner Hände über seine kühleren Schultern streichen, seine Knochen spüren, die sich unter der Haut wölbten, die Muskeln, die zwischen den Schulterblättern lagen, meine Hände um seinen Hals legen, mit der Nase gegen seine leicht abstehenden Ohren stoßen, seine Körperwärme durch meine Kleider fühlen, bevor wir endlich nackt zusammen lägen, und wie ich seine Erregung spüren würde, die halb noch ihm allein gehörte, weil ich sie noch nicht gesehen, geschweige denn berührt hatte, nur gespürt (oder eher gewußt), und gewußt, daß er darauf hoffte, daß ich seine Hose öffnen, ihn anfassen würde. Albert anfassen. Ich fragte mich, ob er dabei sprechen würde, ein Murmeln von sich geben, das ich nicht verstand, mir auch nicht die Mühe machte, zu verstehen. Oder ob er Namen rufen würde, den der Jungfrau Maria oder meinen eigenen. Er setzte ab und begann wieder mittendrin. *Postulez en vous-même.* Und wie er bei seinen Tasten blieb und ich bei meinen Gedanken, wurde mir klar (die Klarheit in solchen Augenblicken ist eine meiner am besten funktionierenden Einbildungen), *Pas à Pas*, daß es zu früh wäre, ihn zu küssen, ich wandte mich gegen den Wunsch in mir und entschloß mich dazu, lieber früher nach oben zu gehen als später.

Einen Moment, den er in den Noten blätterte, nutzte ich und bat Albert, daß er weiter Klavier spielte, wenn ich jetzt nach oben ginge. Die Schatten an der Decke flackerten. Er legte die Blätter beiseite, ich hörte, wie er sich auf dem Schemel drehte, zu mir wahrscheinlich, und seine Stimme hörte ich, die mir zugleich vertraut und fremd war: »Willst du jetzt schon gehen?«

Ich lächelte für mich, *du*, lächelte ich, und *du*, freute ich mich, ohne daß er es sehen konnte, und das *Du* war ein

Wort von ihm an mich geworden, das zwischen uns stand (ein heiliges Du? Nein, ich will nicht lachen), ein vertrautes Wort, nicht hindernd zwischen uns, sondern wie ein Auftakt, dem man sich blind anvertraute, aber ich erinnerte mich an das Glück, das sich mit seinen Worten in mir ausbreitete, weil ich plötzlich wußte, daß ich bleiben konnte, wenn ich nur wollte, einfach bei ihm bleiben.

Und ich stand auf und ließ mich zur Tür bringen. Im Flur fragte Albert, warum ich so plötzlich ginge, ob er etwas Falsches gesagt hätte oder ob ich morgen arbeiten müßte. Ich verneinte, erklärte ihm aber nichts, gab ihm keine Antwort auf seine Frage, denn ich hätte keine gehabt. Zum Abschied fragte er, ob er mich wieder treffen dürfe.

»Dürfen?« fragte ich zurück.

»Ja, ich meine, möchtest du mich wiedersehen?«

»Ja«, ich drehte mich schnell um, damit er mich nicht doch noch küßte, denn für mein Gefühl war es für diesen Kuß am ersten Abend jetzt zu spät, und ich wünschte mir einen nächsten Abend, auf den ich mich freuen könnte, der auch ihm die Zeit geben würde, an mich zu denken und sich etwas zu wünschen, das er noch nicht in den Händen hielt.

Sicher oben in meiner Wohnung angekommen, glitt ich keineswegs ohnmächtig entlang der verschlossenen Wohnungstür zu Boden (obwohl ich zugeben muß, daß ich mit einem Lächeln daran gedacht hatte). Ich ging in die Küche und öffnete den Kühlschrank, in dem ich seit ein paar Tagen eine Dose Eistee aufbewahrte, eigens für diesen Moment (oder einen ähnlichen). Ich trank den Eistee in einem Zug leer, sah aus dem Fenster und lächelte vor mich hin, ich summte die Melodie, die er da unten spielte, für mich.

Als ich dann im Bett die Decke über mich schlug, war

lottes Tod, ich habe sie nicht gehindert, weder daran, das Haus zu verlassen, noch, die Straße zu betreten (mit Absätzen läßt sich leicht stolpern). Vielleicht nagte deshalb die Frage in mir, wie man sich fühlt, wenn man den Tod eines Menschen verursacht hat. Man versucht tagsüber an etwas anderes zu denken, man hat Angst, einzuschlafen, weil man nachts die Gedanken nicht mehr kontrollieren kann, man liest nicht mehr den Lokalteil der Zeitung, in dem Unfälle und Morde erwähnt werden. Vielleicht hat man das Bedürfnis, die Verwandten aufzusuchen, man schleicht sich zu einer Beerdigung, wo man keinen kennt und keiner einen erkennt, dort taucht man vielleicht in der Nähe der Feier auf, tut beiläufig, kniet vor einem fremden Grab nieder, um nicht aufzufallen. Habe ich bei Charlottes Beerdigung so jemanden gesehen? Ich kann mich nicht erinnern, aber ich habe auch nicht darauf geachtet, es können viele solcher Personen dagewesen sein, verdächtig, weil sie an anderen Gräbern knieten (oder auch nur standen), die nicht zu Charlotte gehörten. Ich hatte Angst vor Albert, als er im Auto auf mich und meine Schwester zufuhr, und ich hatte Angst um meine Schwester, um Charlotte, die so unbeweglich auf den Gleisen lag. »Du, bist du tot?« hätte ich sagen – und freundlich mit dem Fuß gegen sie stupsen können. So eine Gefährtin bleibt auch nicht immer, sie ist sterblich. Ich mußte Albert fragen. Ich rollte mich aus dem Bett.

Nach dem Frühstück begann ich damit, meine Umzugskisten auszupacken. Ich dachte an Albert. Mein Glück war durch den Traum etwas zerdrückt. Zu dem guten Gefühl hatte sich ein kleines schlechtes gesellt. Ich überlegte, ob ich ihn anrufen sollte, aber ich hatte keine Telefonnummer von ihm, wie ich überhaupt wenig von ihm in meinen Händen hielt. Ich wußte wenig. Außer daß er unter mir wohnte, daß ich ihn im Ohr hatte, ihn hören konnte, wenn er Klavier spielte, was aber jetzt nicht der Fall war. Ich wollte Albert wieder hören. Ich war zu ungeduldig, um auf den richtigen Augenblick zu warten, auf ein Gespräch (ein zufälliges?), das von allein vielleicht nie stattfinden würde, das ich erst mühsam in die Wege leiten müßte, mit List und Tücke auf Unfälle im allgemeinen oder Schuld oder Alpträume zu sprechen kommen, nein, das war nicht meine Art, diese Umwege waren mir zuwider.

Kurz darauf, ich hatte keine Zeit, darüber nachzudenken, war ich die Treppe hinuntergesprungen, halb gestolpert, halb geflogen, dann gefaßt, am Geländer und auch sonst, strich mir mit den Haaren auch die Aufregung aus dem Gesicht und: Ich klingelte lange und ärgerte mich, daß ich versäumt hatte, vorher aus dem Fenster oder vor der Tür zu lauschen. Ich trat von einem Bein auf das andere, streckte mein Innenohr heraus, spitzte es (so sagt man doch?), konnte aber nichts hinter seiner Tür hören. Ich fragte mich, wo er sein könnte. War er vor mir aufgestanden? Warum spielte er nicht Klavier?

Wieder oben in meiner Wohnung sah ich (wie zufällig) aus dem Fenster. Unten im Hof, neben der gelben Tonne, lehnte sein Fahrrad, es stand genau an derselben Stelle, wo ich es vor Tagen abgestellt hatte – möglich, er war seither nicht mehr damit gefahren. Vielleicht war er in seiner Wohnung und traute sich nicht, die Tür zu öffnen, weil er fürchtete, die Polizei könnte davor stehen, ihn ausfragen zu dem Unfall, ihn mitnehmen. Es war so still unter mir, daß ich meinte, er könnte aus lauter Furcht auch das Klavierspielen sein lassen. Aber er war doch nicht schuld, nicht wirklich, auch wenn er es so empfinden mußte, wenn er derjenige im Ford gewesen war.

Es war mir unmöglich, in meiner Wohnung zu bleiben. Ich konnte nicht warten. Die Stille stach mein Ohr. Ich könnte im Alcaparra einen Kaffee trinken oder einen Spaziergang mit etwas Nützlichem unternehmen. Die Hände in den Hosentaschen, suchte ich die Straßenränder nach einem roten kleinen Auto ab. Ich war erleichtert, daß ich es nicht fand. Ich ging zu Drospa und kaufte einen Wischlappen, Staublappen, Slipeinlagen, eine große Packung London Gefühlsecht (Familienpackung?) und ein Pflegemittel für das Parkett, ich wollte Charlottes Boden auf Hochglanz bringen, damit es meiner und nicht länger ihrer wäre (durch irgend etwas mußten sich doch unsere Böden unterscheiden).

»Albert!« Meine Stimme zerbrach, sie war für die Entfernung nicht gemacht, und Albert drehte sich nicht einmal zur Seite. Ich hatte von fern gesehen, wie er gerade aus unserer Haustür kam, dort stand er, mit dem Rücken zu mir, vielleicht unterhielt er sich mit jemandem, der noch in der Tür stand. Ich rannte los. (So eine Unverschämtheit.) Er war also zu Hause gewesen, als ich vorhin bei ihm geklingelt hatte (lieber Albert). Wenige Meter bevor ich ihn erreichte, wurde ich langsamer, atmete tief durch und gab mich schlendernd, rückte mich in die Rolle derjenigen, die gerade (ach, so ein Zufall) vom Einkaufen kommt (was ja auch stimmte). Ich stopfte die Slipeinlagen und Kondome etwas tiefer in die Plastiktüte und legte (locker) den Wischlappen darüber, weil ich nicht wollte, daß er sie sogleich sehen oder ich glauben müßte, der Anblick meiner Slipeinlagen und Kondome könnte ihn beunruhigen. Albert stand vor der Haustür und hielt einen Stapel Post in der Hand, den er durchblätterte. Ich begrüßte ihn, er sah zu mir (erschrocken? wer weiß das schon?), schob mit einer schnellen Handbewegung die Briefe zusammen, konnte sie aber kaum in einer Hand halten, sie drohten herauszurutschen, er versuchte, sie sich unter den Arm zu klemmen, und ich fragte ihn (unschuldig, versteht sich), ob er auch Brieffreundschaften hege, wie das Nachbarsmädchen. Das Nachbarsmädchen? Er wußte nicht, wen ich meinte (hielt sich an so einer Bezeichnung auf, die ich längst überspringen wollte), erst als ich es ihm erklärte (Pferdeschwanz, Pubertät), fiel es ihm ein, und ich hatte über die Belanglosigkeit des Gesprächsanfangs das Gefühl, wir würden soeben viel von der Besonderheit unserer gestrigen Begegnung verplaudern. Unmöglich konnte ich jetzt einfach sagen, daß ich es war, die vorhin bei ihm geklingelt hatte. Aber noch unmöglicher konnte ich schweigen. Also fragte ich ihn, ob er einen Kaffee bei mir trinken wolle. Zu meiner Freude stimmte er zu, allerdings vertrage er Kaffee nicht so, besser wäre Tee, auch den hatte ich. Er müsse nur eben die Post zu sich in die Wohnung legen.

Während ich oben das Wasser aufsetzte und auf ihn wartete, fragte ich mich, ob er denn gar nie arbeiten ginge. Ich schaute mir in den Ausschnitt, um zu prüfen, welchen BH ich trug. Vielleicht hatte er reiche Eltern, wie Charlotte (deren Eltern zwar nicht mehr lebten, aber immerhin reich gewesen waren). Auch das würde ich ihn nicht fragen können, versuchte ich mich zu zähmen, denn ich merkte, wie sich meine Neugier überschlug und ich schlicht nicht genug von ihm wissen konnte. Ich wollte aufpassen, daß ich ihn mit meinen Fragen nicht verscheuchte.

Kaum, daß er mir gegenüber saß, sich zwischen Charlottes und meinen Sachen in der Wohnung umsah und mit Rühren bemüht war, vier Löffel Zucker im Tee aufzulösen, platzte es aus mir heraus: »Hast du ein Auto?«

»Nein, warum?«

»Ach, ich dachte nur, ich hätte da ein paar Sachen wegzubringen«, ich deutete auf die grauen Müllsäcke und ließ mich erleichtert in Charlottes Sessel sinken.

»Warum lachst du?«

Hatte ich gelacht? (Ich? Ja, wieso denn das?) Ich verschlang mein Lächeln und spürte, wie sich die Adern weiteten und das in den Schläfen gestaute Blut in mein Herz zurückkehren konnte. Etwas kitzelte auf meiner Haut: Ich merkte, daß Albert mich ansah, jede meiner Regungen verfolgte, wie er meinen kleinen Finger sah, der jetzt eine Locke um sich wickelte, um sie dann hinter das Ohr zu klemmen, die Sonne schien auf mein nacktes Knie, das ich über das andere geschlagen hatte, das königsblaue Kleid aus Brüssel wäre jetzt gerade gut genug gewesen, aber ich hatte es vergessen, was jetzt auch nichts mehr machte, ihm gar nicht fehlen konnte, zumal ihn mein Kleid weniger zu interessieren schien, vielleicht die Schuhe? Ich ließ den Schuh locker, wippte mit dem Bein auf und ab, mied es noch immer, ihn anzusehen, den Augen zu begegnen, die mich verschlangen, spürte das Kribbeln auf der Bauchdecke, hörte ihn schon fast, wie er sich mir näherte, um meine Kleider beiseite zu ziehen, meine Haut bloß, die Brüste nackt und alles unter sich zu legen. Und wie ich ihm zuvorkommen würde, ich mußte ihn nur ansehen, nur ansehen, nur.

Ich sah ihn an. Es traf zu. Auch er sah nicht mehr weg. Ich spürte, wie etwas warm den Stoff befeuchtete, und ich wußte, daß ich jetzt aufstehen mußte, nicht, um zu Albert, sondern um auf die Toilette zu gehen, um einen Tampon zu benutzen, das Blut zu stillen, die Slipeinlagen durfte ich nicht vergessen, mit ins Bad zu nehmen, vielleicht noch eine frische Unterhose? Ich mußte mich beeilen, damit Charlottes Sessel keinen Fleck bekäme. Als ich aufstand, spürte ich seine Hand auf meinem nackten Schenkel, während sein Blick sich nicht von meinem löste, ich berührte seinen Arm, vielleicht zog ich ihn hoch, er stand auf.

Die Wärme seiner Brust traf auf meine. Ich hätte ihn nicht mehr loslassen können, auch nicht wollen, wäre da nicht das Klingeln gewesen, und hätte ich nicht gespürt, wie er zusammenzuckte, ganz leicht – vielleicht war es nur meine Einbildung, immerhin hatte ich mich inzwischen an den Gedanken gewöhnt, daß er von Angst und Schuld verfolgt sein könnte – obgleich ich seit eben viel Besseres wußte (viel, viel Besseres). Ich bat Albert, für mich zur Tür zu gehen, weil ich auf die Toilette mußte.

Ich hörte, daß Albert mit jemandem redete, konnte aber die Stimme des anderen beim besten Willen nicht erkennen. Ich drückte die Spülung. Ich dachte mir schon, daß es ein Freund von Charlotte sein könnte. Und als ich aus dem Bad herauskam, sah ich am Ende des Flurs Albert und einen mir fremden Mann stehen. Der Mann war älter als wir, ich hörte es auch an seiner Stimme, ich überlegte, ob ich Albert allein an der Tür lassen konnte oder ob ich hinzukommen sollte. Albert drehte sich nach mir um, und ich ging zu ihnen. Der Mann stellte die Tasche, die über seiner Schulter gehangen hatte, neben den Koffer. Er stützte sich am Türrahmen ab, ließ den Türrahmen wieder los, wandte sich um, und als er sich wieder zu uns drehte, ich stand inzwischen neben Albert, sah ich, daß er Tränen in den Augen hatte. Albert sagte ihm schon zum zweiten Mal, daß es ihm leid täte. Er mußte ihm von Charlottes Tod erzählt haben. Ich fragte mich, was er ihm wohl darüber gesagt hatte. Ich stellte mich schräg hinter Albert. »Tot«, sagte Albert leise und mit Nachdruck, damit der andere es besser glaube. Dann spürte ich Alberts Hand an meinem Schenkel.

Der Mann, der vor meiner beziehungsweise Charlottes Tür stand, war etwa fünfundvierzig, sein Haar noch nicht licht, aber an den Schläfen etwas grau. Ich drängte mich an Albert vorbei, machte eine Geste, als wollte ich den

Mann an seinem Mantelärmel ziehen, und forderte ihn auf, hereinzukommen. Der Mann rührte sich nicht von der Stelle. Also nahm ich seinen Koffer, der schwer war, aber Rollen hatte, und zog ihn mit mir in die Wohnung. Mir fiel ein, daß es sich bei dem Mann um Ted handeln mußte, der auf Charlottes Anrufbeantworter gesprochen hatte und von ihr am Flughafen abgeholt werden wollte.

Ted setzte sich in den Sessel, in dem Albert gesessen hatte, bevor wir aufgestanden waren. Ted vermied es noch, uns anzusehen, um so mehr bemühte ich mich darum, ihm meine Gegenwart zu erklären. Ich sagte ihm, daß mich Charlottes Tante, die er vielleicht kennen würde (er schüttelte den Kopf), gebeten habe, die Wohnung zu nehmen. Albert stand unschlüssig in der Zimmertür und beobachtete mich und den älteren Mann, der völlig in sich zusammengesackt war. Ich wollte den Mann in den Arm nehmen, ihn trösten. Albert sagte, er müsse leider los. Ich brachte ihn zur Tür, und er fragte, ob ich am nächsten Tag, der ein Sonntag war, Zeit hätte. Albert faßte mich nicht mehr an, ich wartete, und als ich merkte, daß er mein Warten nicht beenden würde, nickte ich. Zwar würde ich nachmittags eine Vorstellung haben, aber das sollte mich nicht hindern.

Ich konnte Ted nicht fortschicken, eher bemühte ich mich darum, ihn in Charlottes Wohnung zu beherbergen, als sei ich ihr und ihm das schuldig, zumindest das. Zu meinem Erstaunen nahm er an. Ted sagte, ich solle ihn Teddy nennen, aber das brachte ich nicht übers Herz, ich mochte Abkürzungen nicht und auch keine Kosenamen.

Am Abend machte ich Spaghetti mit Pesto für Ted und mich. Ted erzählte mir beim Essen, wie und wann er Charlotte kennengelernt hatte. Ted war Bankier und arbeitete als Korrespondent zwischen der Dresdner Bank und zwei amerikanischen Banken, deren Namen ich vergessen habe.

Er wohnte in New York. Ich nahm an, daß er etwa fünf Jahre lang ein Verhältnis mit Charlotte gehabt hatte. Auch wenn Charlotte mir nicht von ihm erzählt hatte (so nah hatten wir uns nicht gestanden) und ich ihm noch nie zuvor begegnet war, wußte ich, daß sie mit zwanzig ihre zweite Weltreise gemacht hatte, nachdem sie die erste wegen einer Viruserkrankung in Bombay abbrechen mußte. Ted sagte auch, daß Charlotte schöne Brüste gehabt habe, eine große und eine kleinere, er habe sie alle beide gemocht. Er schenkte ihr gerne Büstenhalter, die sie nur für ihn trug, Größe 75 C, manchmal sogar D. Ich staunte, das hätte ich Euter genannt, es war mir an Charlotte nie aufgefallen. Ted erwähnte, er habe Charlotte eben seit jener zweiten ihrer Weltreisen gekannt und sie auch auf einer dritten begleitet, die sei aber keine wirkliche Weltreise gewesen, weil sie nur von Deutschland nach Sydney und von dort nach Mexiko City geführt habe. Gemocht sei das falsche Wort, unterbrach sich Ted, wie würden wir sagen? Geil, er habe ihre Tits geil gefunden. Sie sahen sich nur etwa zweimal im Jahr, Charlotte und Ted, wenn Ted in Deutschland war oder er Charlotte nach London, Tokio oder New York kommen ließ, je nachdem, wo ihn seine Arbeit gerade hinführte. Ted erzählte mechanisch, ohne daß ich seiner Stimme eine Gefühlsregung anmerken konnte. Dann leuchteten seine Augen auf. »Manchmal Größe D«, murmelte er leise und selig, dann sprach er mechanisch weiter. Sein Geld habe sie nicht gebraucht, wahrscheinlich mochte sie ihn einfach. Ted lächelte vor sich hin und trank einen Schluck Wein. Aber sie habe die BHs nur für ihn getragen, zumindest hätte sie das behauptet, das sei wohl nicht üblich, in Deutschland, daß die Frauen BHs trügen? Ich wußte nicht, ob Ted das als Feststellung äußerte oder eine Antwort erwartete. Was sollte ich ihm sagen? Daß Hausbesetzerinnen keine BHs tragen? Daß das

Mann, der Charlottes Liebhaber gewesen ist und vielleicht noch eine Ehefrau mit Kind in New York hatte, ich mußte mich nicht entschuldigen für die nächtliche Störung, denn ganz offensichtlich empfand er es nicht als Störung, zumindest nicht als unangenehme, und erst redeten wir nicht viel, wir berührten uns, das fiel uns leicht.

»Au!« Ich hatte in Alberts Schulter gebissen (trotz Morgengrauen), ich mochte es nicht, daß er neben mir schlief und ich wach lag, aus Liebe.

»Schläfst du?«

»Ja.«

»Warum schläfst du, wenn es doch so viel gibt, das du mir erzählen könntest?«

»Um dich besser zu lieben.«

»Erzählst du mir von Liebe?«

Albert knurrte. Er drehte sich zu mir um und legte seine Hand auf meine Taille. »Eines Nachts beißt eine junge Frau einem Mann in die Schulter und möchte wissen, was er denkt. Er hat nichts gedacht, weil er geschlafen hat. Die Frau ist noch sehr jung, ein Mädchen, sie ist erst sechzehn, ihre Mutter hat nichts dagegen, daß der Mann bei ihr ist, im Gegenteil, sie meint es gut mit der Tochter, sie hat ihr Zimmer von außen verriegelt. Vielleicht hat sie den Mann gebeten, zu ihrer Tochter zu gehen. Die Tochter ist unsicher, was sie mit dem Mann soll und was er mit ihr soll, und was sie beide wollen. Sie zeigt ihm ihre CDs, sie ist ein großes Mädchen mit sehr langen Beinen, ihre Hüften sind höher als die Lenden des Mannes. Nach den CDs ist sie ratlos, was sie ihm noch zeigen könnte, sie beschließt, müde zu sein. Sie sagt zu dem Mann, sie sei müde und sie gehe ins Bett. Der Mann denkt sich, dann liebt er sie eben später, und er entgegnet nichts, sondern beobachtet, wie sie ihr kürzeres Bein nach sich ins Bett zieht. Sie fühlt sich wohl im Bett, da fallen ihre Beine nicht auf, dort liegt es sich gut, sie mag nicht, wenn man auf die Beine schaut. Der Mann will sie nicht überfallen, er legt sich auf den seidenen Gebetsteppich vor ihrem Bett. Der Boden ist hart, er drückt seine Schultern. Als er hört, daß sich ihr Atem beruhigt hat, und er vermuten kann, daß sie schläft, richtet er sich auf, kniet sich auf den Gebetsteppich vor ihrem Bett und schiebt ihre Decke zur Seite. Sie hat ein Nachthemd an, eins mit rosa Röschen, wie er es nicht tragen und auch nicht tragen lassen würde, aber er sieht über die rosa Röschen hinweg, und sie hält ein Kissen im Arm, und auch das Kissen beachtet der Mann nicht lang, er faßt nur oberhalb ihrer Knie zwischen ihre Schenkel, sie zuckt zusammen, dreht sich zu ihm und kneift die Augen zu, sie möchte, daß der Mann denkt, sie schlafe. Der Mann denkt nichts dergleichen, er tastet sich zwischen ihren Schenkeln höher, sie preßt die Schenkel stärker zusammen, mit der anderen Hand schiebt ihr der Mann das Nachthemd über den Bauch, ihre Schenkel sind fest, und der Mann sieht, daß sie nichts anhat unter dem Nachthemd mit den rosa Röschen, wahrscheinlich hat ihr die Mutter gesagt, es sei ungesund, in Unterwäsche zu schlafen, ihr zarter Körper brauche Luft, den Mann kümmert es nicht. Er küßt den Bauch, er spürt ihren Puls unterhalb des Nabels und küßt weiter, treibt ihren Puls, sie regt sich nicht, seine Hand zwischen ihren Schenkeln krallt sich ins Fleisch, um voran zu kommen, sie hält den Atem an, er nimmt ihr das Kissen aus dem Arm, berührt ihre Brust dabei, wie zufällig, zuviel Atem hat sich in ihr gestaut, sie zwingt den Atem, bei ihr zu bleiben, in ihr, sie nicht zu verlassen, er gehört ihr, ist das einzige, das sie (von sich) jetzt noch bei sich hat, aber die Luft möchte raus, sie quält das Mädchen, sprengt das Mädchen, noch einmal der Mann, noch einmal die Brust, das Mädchen atmet aus, das ist Seufzen. Und, erschreckt über den Laut, der ihr entwichen ist, vergißt sie einen Augenblick, ihre Schenkel zu pressen, und die Hand des Mannes, ausgedörrt in ihrer Hitze, wird naß. Das Mädchen wimmert, es weint nicht, es wimmert nur, und der Mann legt sich zu ihm, die Matratze knarrt, der Mann ist schwer, sein Schweiß wird der jungen Frau fremd riechen, er schmiegt sich an ihren Rücken, streicht ihre schweißgebadeten Haare aus dem Nacken, pustet ihren Nacken, hält sie im Arm, und seine Hand hält ihre hohe Hüfte. Ihre Hüfte zittert, die ganze Frau zittert, ihr Wimmern wird zu einem Zittern, und ihre Hände liegen vor ihren Brüsten, feste Brüste mit weichen Hauben, rosa Hauben, die noch kein Mann berührt hat, ihre Hände liegen vor diesen Brüsten, und der Mann öffnet diese Hände, die sich fest ineinander verhakt haben, er küßt ihre Hände, streicht über jeden Finger einzeln, mit seiner Zunge, er lutscht an ihren Mädchenhänden, die nach Nivea schmecken, und seine Lenden drücken sich an ihren Po, der Mann überlegt, was er dem Mädchen später sagen soll, wenn sie fragt, was er denkt, er wird sagen, daß ihm das Mädchen gefällt, dann stößt er wieder gegen ihre Hinterbacken, bis sie sich zu ihm umdreht, noch schützend die Arme mit den geküßten Händen vor die Brust hält, der Mann nimmt ihre Arme auseinander, legt sich zwischen sie und auch zwischen ihre Beine und, vorsichtig, er darf ihr nicht weh tun, legt er sich in sie und liebt sie.«

»Naja«, ich lachte (erleichtert?), »das war ja eine hübsche Geschichte«, ich lag auf Albert und machte mich auf seiner Erregung schwer. Seine Geschichte hatte mir Spaß gemacht, zwischen uns klebte gemeinsamer Schweiß, der schmatzte, wenn ich mich bewegte.

Es war abends, der warme Wind trug Staub, Feuchtigkeit und Motorengeräusche. Sommeranfang. Wir liefen Hand in Hand, ab und an konnten wir Fetzen einer Musik vom Tempodrom her hören. Seit der Nacht vor vier Tagen sah ich Albert täglich. Ich kam dahinter, daß Albert vielleicht entschlossen aussah, aber keineswegs traurig. Er neigte dazu, unter den Augen Schatten zu haben, die ein bißchen gelblich und auch ein bißchen lila schimmerten, Augenringe, die nur dunkel waren, ohne gewölbt zu sein. Diese Augenringe verliehen ihm den etwas traurigen Blick, den ich geglaubt hatte, bei der Beerdigung zu erkennen. Die Motorengeräusche kamen von der Entlastungsstraße und vom großen Stern, der im Tiergarten leuchtete und funkelte, scheinwerfergelb, der Stern, von dem aus Menschen in fünf Richtungen der Stadt fuhren, und manche hielten, um eine Frau zu finden. Die Nutten dort hatten alle lange Haare und Lackstiefel bis in den Schritt, aber sie konnten sie ausziehen, die Stiefel und auch die Haare, darunter waren sie dann nicht mehr so gleich, das machte vielleicht den Reiz aus. Albert und ich gingen spazieren, wie man das gerne macht, wenn man noch am Anfang steht und sich noch nicht alles gesagt hat und keine Mühen und keine Zeit scheut, die man mit dem anderen teilt. Wir hatten die letzte Frau und die italienische Botschaft, neben der nachts Kleintransporter parkten, hinter uns gelassen, Kleintransporter, in denen Männer Frauen fanden oder Frauen ein Getränk zu sich nahmen, im Winter gewiß ein heißes, jetzt im Sommer ein kaltes, oder Frauen in Ruhe Geld zählen konnten, vielleicht gab es auch Eimer aus Emaille oder Plastik in den Kleintransportern, über denen die Frauen Pipi machen konnten, hinter einem Vorhang, der notdürftig angebracht war, damit sich die anderen Frauen (oder der Mann) im Kleintransporter nicht gestört fühlten. Ich war noch nicht in einem Kleintransporter. Ich fragte Albert, ob er schon einmal in einem war. Er tat so, als wüßte er nicht, was ich meinte. Ich sollte es ihm erklären. Bestimmt lösten sie auch Rätsel beim Warten. Ich erklärte es ihm, als wir an der Philharmonie vorbeiliefen, dann wollte ich seine Hand fassen, faßte aber (wie zufällig?) an seine Hose und bemerkte, daß es ihn erregt hatte, was ich da von den Kleintransportern erzählte. In der Philharmonie gab es heute abend ein Konzert mit Michel Petrucciani. Ich stieß Albert in die Seite und sagte ihm, daß ich das gerne hören würde, aber Albert hatte von einem Petrucciani noch nichts gehört. Und wie ich hinein und zur Kasse ging und auf gut Glück behauptete, ich hätte zwei Karten auf den Namen Schmidt vorbestellt (so hieß ja beinahe jeder), hatten auch die von nichts gehört und schickten mich weg, denn das Konzert war ausverkauft und hatte schon vor zehn Minuten angefangen. Albert studierte das Programm. Ich sagte ihm, ich verstünde nicht, wie einer Pianist sein könne und nichts von Petrucciani gehört habe. Ich hielt Petrucciani für einen der größten, das verheimlichte ich nicht. Albert gab mir recht, erinnerte mich aber, daß er ja kein Pianist sei. Ich nahm ihn bei der Hand und ging mit ihm auf die Straße und zum Potsdamer Platz. Ich fragte mich, warum er mir die Geschichte von der Jungfrau und ihrer Mutter erzählt hatte. Ein kurzes und ein langes Bein. Charlotte hatte eine große Brust und eine kleinere gehabt, keine kleine, eine kleinere. Ich machte mir nichts aus Jungfrauen. Ich sah Albert an. Albert mochte es, wenn ich ihn ansah, das hatte ich gleich gemerkt (ich war ja nicht blöd).

Albert sagte, er hätte es schön gefunden, wenn man in den Potsdamer Platz einen Badesee eingelassen hätte, keine Gebäude gebaut, nur einen See, vielleicht Holzhütten verstreut, für Imbisse und Toiletten, Windschutz und Wiese. Windschutz? Windschutz. Ein See für alle. Wir liefen entlang dem Bauzaun zur Mitte, die keine war. Die noch hohlen Gebäude wurden von Scheinwerfern angestrahlt, vielleicht damit sich kein Unbefugter an die Gerüste wagte, aber gewiß, um nachts keine Dunkelheit mehr an diesem Ort zu gestatten. Wir erreichten die ersten fertigen Bürgersteige, breite Bürgersteige, auf denen außer uns niemand lief, und die silbrigen und grünlichen Lichter der Scheinwerfer warfen Schatten auf die Bürgersteige, Schatten von Debis und Sony. Die Höhe, die künftig verschiedene Firmen repräsentieren und ihnen je ein Ansehen vor der Welt verschaffen sollte, war vor allem durch die großen Löcher gekennzeichnet, Erdlöcher. Ich beugte mich über das Geländer und schaute hinunter. Eisenstreben, Beton, und ganz tief unten Schienen. Und selbst die Löcher waren ausgeleuchtet. Stahl wurde umgesetzt. Die Arbeiter riefen nicht, der Kranführer, der etwa zwanzig Meter unter mir auf seinem Sessel hockte, hielt ein Handy ans Ohr. Ich spürte Alberts warmen Körper hinter mir.

»Ich mag diese Falte«, sagte Albert, und ich merkte, wie er seitlich über meine Taille und über die Hüfte strich, »wenn du gehst, versuche ich manchmal, hinter dir zu gehen, um zu sehen, wie sie sich abwechseln, die zwei Falten, mal ist die Falte links zu sehen, und sobald du das linke Bein vorsetzt, rechts, links, rechts.« Albert lachte, er legte seine Hände auf meine Hüften und zog abwechselnd links und rechts an dem Kleid. Dann stand er still, ich spürte sein Kinn über meiner Schulter, neben meinem rechten Ohr. Einen Augenblick wartete ich noch, ob er etwas sagen wollte. Aber Albert wollte nichts sagen.

»Magst du Kinder?«

Ich lauschte, Albert antwortete nicht. Also wiederholte ich meine Frage: »Magst du Kinder?«

Sein Kinn bewegte sich auf meiner Schulter. »Ich tue gern so, als ob. Aber wenn du mich fragst, muß ich dir ehrlich sagen, daß ich nie darüber nachgedacht habe.«

»Nie?« Ich räusperte mich (ja, über was dachte Albert überhaupt nach?), ich drehte mich leicht seitlich, konnte ihm aber nicht in die Augen sehen und war auch ganz froh darüber.

»Warum, willst du welche?«

»Ich liebe Kinder.«

»So ganz allgemein?« Er lächelte. An dieser Stelle mochte ich seine Ironie ganz und gar nicht (sollte er nur versuchen zu trumpfen), ich blieb ernst.

»Nein, nicht allgemein, aber meine würde ich lieben.«

»Woher willst du das wissen?«

»Ich weiß es eben. Außerdem war ich einmal schwanger.«

Albert hörte mir zu, ich konnte es an der Stille hinter mir und neben mir hören. Ich stellte mir vor, daß er höhnisch fragte: Ach, und vom Einmalschwangersein weiß man, daß man Kinder liebt? Kein Wunder, daß ich dieses Wissen nicht teilen kann, nie teilen werde. Was weiß ich, was Albert noch sagen könnte, aber er schwieg, er wartete auf eine Ausführung, oder er war in Gedanken schon wieder ganz woanders, bei meinem Arsch zum Beispiel, gegen den er sich verdächtig drückte. Und sein Warten ließ mich allein mit meinem Gedanken, zumindest kam er mir nicht entgegen, konnte es auch gar nicht.

»Ich hätte sie gewollt, sehr, ich hatte mich schon gefreut, aber ...«

Albert biß in mein Ohr. Er wollte es nicht wissen, kein Aber und kein Gewollt, das war ihm nichts, hatte mit ihm nichts zu tun.

»Ich habe sie getötet.«

»Also doch? Abgetrieben?« Albert fragte nur rhetorisch, um in aller Ruhe weiter an meinem Ohr zu beißen, während ich sprach.

Ich nickte: »Herauskratzen lassen.«

Ich war froh, daß Albert in meinem Rücken stand und die Tränen nicht sehen konnte, die sich gegen meinen Willen aus den Augenwinkeln schlichen.

»Nicht jeder Zeitpunkt ist der richtige«, wollte sich Albert in meine Worte schmiegen.

»Nicht jeder Mann will Kinder«, wies ich ihn ab.

»Dein Freund wollte nicht? Warum hast du es dann nicht trotzdem bekommen?«

»Ich war verliebt. Außerdem wollte ich niemals ein Kind für mich allein.« Meine Stimme war fest. Da Albert mich noch nicht gut genug kannte, konnte er nicht hören, daß ich weinte. Ich dachte an meine Hand auf meinem Bauch, unter der ich damals zwei Kinder wußte, auch an das Bild, das ich von ihnen zu sehen bekommen hatte, ein schwarz-weißes, sie hatten sich wie Kaulquappen bewegt. Ich dachte daran, daß ich etwas in mir getötet hatte, kein ganzes Kind, denn es war ja noch keins gewesen, nur das, was die zwei geworden wären, ohne weiteren Willen, weder von mir noch von sich, einfach so, aber ich hatte meine Liebe dazu erstickt, und das war nicht leicht, denn die Liebe zu den Kindern war schon vorhanden, streckte die Zungen nach mir aus, und sosehr ich versuchte, sie zu ersticken, um so mehr tat es weh. Aber ich hatte das Etwas in mir getötet, vielleicht, weil es ein Teil von meinem damaligen Freund war und er es so wollte, er nichts lieber wollte als das, das Verschwinden von diesem Gewerde in meinem Bauch, und weil er mich förmlich anflehte, es zu tun, und die Liebe in seinen Augen galt dem Verschwinden des Werdens in meinem Bauch, und seine Augen waren feucht, weil sie von dem Wunsch so ergriffen waren, und er flehte, ich möge es tun, für ihn, für uns, für die Welt, bloß dieses Etwas in mir töten, damit keine Kinder daraus würden, die dann aus mir herauskämen, nuckeln und kacken und schreien würden, nicht noch zwei, wir hätten doch schon viel zu viele (Menschen), fiel ihm ein, und wüßten doch selbst nicht mal, was wir mit uns anfangen sollten. Ich glaubte ihm nicht, nicht den Erklärungen und Gründen, aber ich glaubte der Abneigung gegen das Wachsen in mir, glaubte der Angst, die ich von ihm spürte, und mit dieser Angst wollte ich kein Kind bekommen, für mich nicht, für die Kinder nicht und für keinen sonst. Ende, aus. Ich war nicht Mutter von Natur, nur Frau. Unter mir leuchtete das Feuer eines Schweißgerätes auf, goldene Funken sprühten von den Trägern ab, Kometenschweif, das Loch von Mercedes, eins ihrer Löcher, die hatte ja viele, und in den Löchern kleine Mercedesse, und aus den Löchern große, und viele Sterne, die konnten sich auch einfach in den Betonbuchten vom Potsdamer Platz nützlich machen. Schau her. Meine Pupillen weiteten sich, sollte nur meine Netzhaut zerschnitten werden, zumindest gelöst, wozu brauchte ich schon meine Augen, ich hatte doch Albert (was wollte ich mehr?), ich sah nicht weg, obwohl man mir als Kind beigebracht hatte, daß man blind davon würde, wie von der Sonne. Ich fühlte Alberts Arme vor meinem Bauch, er drückte sich an meinen Po, als wolle er die Hinterbacken teilen, aber auch an meinen Rücken, und ich lehnte meinen Kopf leicht nach hinten, so daß ich ihn auch dort spürte. Ich mußte nicht mehr weinen und hatte nichts mehr zu verstecken, schließlich stand Albert hinter mir, und Selbstmitleid ist nicht gerade erquicklich (nicht wahr?).

»Aber du bist ja noch jung«, Albert sprach zärtlich, ich wußte, daß er die Sache ganz leicht sehen mußte, er sprach ganz allgemein und unverfänglich, nicht von sich oder uns, sondern von mir und den Jahren, wie gesagt, ich war sicher, er kannte mich zu wenig, um meine Traurigkeit gehört zu haben, er konnte mich nicht trösten wollen, und das war auch besser so, mir ist wenig unangenehmer als Mitleid, so unschuldig es auch sein mag. Ich hatte Angst, keine Kinder mehr bekommen zu können, das mußte ich Albert nicht mitteilen, aber es war ein Risiko, über das man mich vor der Ausschabung in Kenntnis gesetzt hatte, ich hatte das Din-A-4-Blatt nicht genau gelesen, ich wußte, was darauf stand, ich setzte nur meine Unterschrift darunter, denn die hatte noch auf dem Blatt gefehlt, damit man mir einen kleinen blauen Rasierer aus Plastik in die Hand geben konnte, mit dem ich alle Haare entfernen sollte, und damit man mich betäuben und an mir tun konnte, was ich verlangt hatte.

»Komm, laß uns hier weggehen, hier gibt es nicht mal eine Kneipe.« Albert griff nach meinem Ellenbogen, ich rannte los (später, als die Haare nachwuchsen, sah es aus, als säße ein Glatthaarmeerschwein zwischen meinen Beinen), wir rannten. Das Rennen hatte ich mir damals angewöhnt, möglichst spontan, ganz unerwartet, das konnte glücklich machen, manchmal wenigstens, der Körper hat das Gefühl, es gehe um etwas, und das ist gut so, wenigstens denkt er einen Augenblick nicht (man denkt doch mit dem Körper?), er glaubt auch nicht, sondern ist Glaube, Bewegung gewordener Glaube. Das ist schon alles.

Ted wußte, daß ich gerade anfing, Albert zu lieben. Ted hatte einen kleinen Kugelbauch, einen anderen als Charlottes Tante, aber eben auch einen Kugelbauch, und auf den zeigte er, lachte wie ein Schelm und meinte, sein Bauch verrate ihm alles. Jedes Geschäft habe er schon mit seinem Bauch gewonnen, und daß ich Albert liebe, das wisse sein Bauch. Er tätschelte seinen Bauch. Nachdem er eine Woche auf seiner gewiß angestammten Hälfte in Charlottes Bett verbracht hatte, das jetzt meins war, wollte er am nächsten Tag zurück nach New York fliegen. Und ich lobte seinen Bauch und sagte, den wolle ich zum Essen einladen, so was müsse man bei Laune halten, so einen Bauch.

Ted hatte nicht viele Worte über die Rückständigkeit und die Unfreundlichkeit meines Landes im Dienstleistungsgewerbe verloren, nicht viele, aber wenige. Amerika und Japan seien ihm da lieber. Dieses Land hier habe schlechte Diener, hatte Ted noch im Taxi zu mir gesagt, auf der ganzen Welt würden die keine Anstellung finden, ohne Lächeln, ohne Bitte, ohne Danke, das sei schon was. Am Savignyplatz stiegen wir aus und gingen durch die Passage neben der S-Bahn. Ich konnte nicht verhindern, daß Ted einen Moment im Eingang der Sushibar, in die ich seinen Bauch und ihn schieben wollte, stehenblieb und die Tür verstopfte. Ted zögerte, in der Annahme, uns würde jemand empfangen und zu unseren Plätzen führen. Ich hatte sein kurzes Stehenbleiben bemerkt, ging um ihn herum und voraus und drehte mich zu ihm um und lockte ihn mit meinem Finger, als sei ich Babajaga. Das schien ihm wohl noch unmöglicher, er schlug den soeben geöffneten Mantel wieder zu und schüttelte lächelnd den Kopf, er blieb im Eingang stehen, als überlege er, ob man nicht woanders hingehen solle. Ich bemerkte, daß er sich unwohl, weil unhöflich fühlte. Man setzt sich nicht einfach so hin, hörte ich ihn schon mit dem weichen Akzent sagen, außer auf Bänke, zum Beispiel in Bahnhöfen oder Park- und Gartenanlagen. Kommt man in ein Haus zum Essen, bringen einen entweder der Gastgeber persönlich oder seine Diener zum Platz. Geschieht das nicht, ist man nicht willkommen. Ted fühlte sich nicht willkommen. Das konnte ich nicht ändern. Ich nahm ihm den Mantel ab und drehte ihm einen Stuhl hin, damit wir am oberen Ende des Ovals Platz nehmen konnten. Auf Kähnen schipperten die Häppchen vorüber. Thunfisch mager und blutrot, Thunfischbauch etwas fetter, Süßwassergarnelen. Uns wurde Wasabi und Sojasauce gebracht, Ted goß sich das Schälchen voll Sojasauce und tätschelte seinen Kugelbauch, die Bewegung hatte ich in der Woche oft bei ihm gesehen.

»Kennst du Albert schon länger?« traute er sich zu fragen. Er traute sich, obwohl wir über mich bisher noch gar nicht gesprochen hatten. Nur daß ich Albert liebte, das hatte sein Bauch gesagt, ansonsten hatten wir all unsere Gespräche dem Verhältnis zwischen Ted und Charlotte untergeordnet.

»Nein«, sagte ich und behauptete zur Festigung: »Zum ersten Mal habe ich ihn auf Charlottes Beerdigung gesehen.«

»Hattest du nicht erzählt, daß du schon vorher in dem Haus gewohnt hast?«

»Doch, aber ich habe vorher im Keller gewohnt, da begegnet man den anderen Hausbewohnern kaum. Nein, früher habe ich ihn nie gesehen. Warum lächelst du?«

»Nichts, nein wirklich, es ist nichts.«

»Komm, sag schon.«

»Du weißt, daß Charlotte und Albert sich gekannt haben?«

Mir stockte der Atem, die Adern verengten sich, der Blutkreislauf verringerte sich, die Süßwassergarnele schmeckte nicht mehr frisch, sondern tranig, und das sollte sie nicht. Ich schluckte. Ted hatte sich einen Teller mit eingerollten Lachseiern vom Kahn genommen und schob sich das erste Röllchen in den Mund. Er ersparte mir einen lauernden Blick, winkte nach der Kellnerin und fragte, ob er zu dem grünen Tee noch Sake bekommen könnte. Ob ich auch welchen wolle, fragte er mich, und ich nickte und ließ ihn bestellen. Ich mußte das Gespräch aufgreifen, bevor es durch allzu langes Schweigen schwierig werden würde.

»Weißt du, woher sie sich kennen?«

»Na, woher wohl. Sie wohnen im selben Haus, da kennt man sich eben.«

»Weiß Albert, daß du weißt, daß sie sich gekannt haben?«

»Keine Ahnung. Ich bin ihm ja nie zuvor begegnet, ich kenne ihn nur aus Charlottes Erzählungen. Weiß ich, ob sie ihm genauso von mir erzählt hat wie mir von ihm?«

»Wie meinst du das?«

Aber Ted winkte ab und tat so, als interessiere ihn das nicht mehr.

»Wie meinst du das?« wiederholte ich.

»Ich meine, daß sie immer wieder versucht hat, mich mit ihm eifersüchtig zu machen.«

»Dich mit ihm was?«

»Eifersüchtig. Sie hatte das Gefühl, daß ich sie nicht genügend oder nicht richtig liebe. Sie hat ständig versucht, mich eifersüchtig zu machen. Sie hat behauptet, ich würde sie nicht brauchen. Was auch stimmt. Ich habe sie nicht gebraucht. Aber es wäre für mich auch kein Qualitätssiegel gewesen, sie zu brauchen. Nur für sie war das wichtig. Charlotte hat immer wieder meine Liebe in Frage gestellt. Und ein Beweis, daß ich sie nicht liebe, war ihr meine fehlende Eifersucht.«

»Ja, aber was meinst du, was zwischen den beiden war?«

»Was weiß ich, da fragst du mich zuviel. Wie gesagt, ich bin von Natur aus nicht eifersüchtig. Woher soll ich das wissen? Ich habe nicht gefragt.«

»Und was hat Charlotte dir gesagt? Womit wollte sie dich eifersüchtig machen?«

»Hey, Beyla, du bist ja ganz aufgeregt. Ich will dich nicht verunsichern. Bist du auch eifersüchtig?«

Ich bemühte mich um Ruhe, innen wie außen.

»Was heißt schon eifersüchtig? Ich kenne Albert doch kaum. Woher soll ich überhaupt wissen, ob ich eifersüchtig bin, ich weiß von ihm kaum etwas. Nur daß ich ihn liebe.«

»Das ist schon ziemlich viel«, meinte Ted und klopfte mir freundschaftlich auf die Schulter, woraus ich schloß, daß ich es noch nicht ganz geschafft hatte, Ruhe auszustrahlen.

Um dieser Ruhe näher zu kommen und wieder etwas Blut in den Magen und damit in den Rest des Körpers zu lenken, nahm ich mir ein neues Tellerchen, auf dem Tintenfisch lag, den ich sonst über alles gern aß. Gegen mein Bedürfnis versuchte ich, ein Häppchen zwischen die Stäbchen zu bekommen, meine Hand zitterte, obwohl ich keineswegs fror, zumindest war mir das bisher nicht aufgefallen, und ich führte das Häppchen zum Mund, wo ich das Gefühl hatte, mit wenig Speichel stundenlang darauf herumkauen zu müssen, weil ich einfach nicht schlucken konnte und mich darauf konzentrierte, nichts herauswürgen zu müssen (vielleicht war der Reis nicht gut gesäuert?). Ted gehörte zu den Menschen, die gerne viel redeten und mit dem es schwierig war, länger als fünf Minuten zu schweigen, wahrscheinlich fehlte ihm dann etwas, oder er hatte die Befürchtung zu langweilen, so gut hatte ich ihn in der einen Woche schon kennenlernen können.

»Macht dir dein Job Spaß?« fragte er locker von der Seite, und ich dachte nur: Jetzt wird es lustig, was heißt hier Job? Schließlich war ich die verkannte Artistin, eine, die man dem Publikum als Clown verkaufte, weil das gemeine Publikum mit denen mehr anfangen konnte als mit solchen wie mir. Verkanntsein war schon schlimm (schlimm, wirklich schlimm), am besten, man dachte nicht lang darüber nach, ganz besonders schrecklich wurde das Verkanntsein, wenn es vom Gegenüber verkannt wurde und er sich (leichtsinnig) fragend darüber hinwegsetzte. Normalerweise. Ich merkte, daß mich die Frage aus Teds Mund nicht so störte wie aus anderen Mündern, auch bot sie Gelegenheit, Charlotte und Albert kurzfristig zu vergessen.

»Geht so, ich würd ganz gern was anderes machen.«

»Wie was?« Ted war der erste Mensch, der nicht mit Bewunderung auf meinen Beruf reagiert hatte und den es auch nicht zu bestürzen schien, daß ich den »Job«, wie er so sagte, schlecht leiden konnte.

»Weiß nicht, ich überlege noch. Vielleicht etwas mit Musik. Mein Vater war Sänger, trotzdem habe ich mal überlegt, ob ich Musik studieren sollte. Im Zirkus habe ich auch viel mit Musik zu tun.«

»Und Albert spielt Klavier«, ergänzte Ted. Ich nickte.

»Hast du ihn gehört?«

»Natürlich habe ich ihn gehört. Jeder hört ihn, wenn er nicht taub ist.«

»Meinst du?«

»Na sicher. Spielst du ein Instrument?«

»Bis jetzt nicht. Ich habe meinen Vater gehaßt. Mit ihm gleich die Musik. Ich habe gebetet. Abends habe ich im Bett gelegen, nebenan hat die Liege gequietscht und auf der Liege eine Frau, mein Vater hat keinen Laut von sich gegeben, er hat nur die Liege mit der Frau gegen die Wand gestoßen, ich habe die Hände gefaltet, wie ich es in der Schule im Religionsunterricht gelernt hatte, und betete immer wieder dasselbe: Lieber Gott, wenn es dich gibt und du hörst mich, dann mach, daß Papa stirbt. Und bitte mach schnell.«

Ted lachte: »Und er hat dich erhört?«

»Aber erst viel später.«

»Seitdem weißt du, daß es Gott gibt?«

»Nein, über das Warten habe ich Gott vergessen.«

Ted lachte nicht mehr. Ich vermute, er mochte Gott. Er sah ernst vor sich hin, dann sagte er: »75 C, und manchmal D, dann mußte sie links etwas hineinstopfen. Ich habe ihr kleine Seidentäschchen dafür anfertigen lassen.«

»Was?«

»Seidentäschchen. Ich habe sie in New York anfertigen lassen und ihr mitgebracht.«

»Du meinst, kleine Kissen?«

»Die linke hat mich immer angesehen, die große rechte hat sich oft verschämt abgewendet, besonders wenn sie erregt war.«

Ich wußte nicht, was ich sagen sollte.

»Vielleicht war die rechte auch eifersüchtig, weil ich der linken Seidentäschchen mitgebracht habe.«

»Kissen.«

»Und die linke wurde spitz, das habe ich beinahe gehört, wie sie erregt wurde in ihrem BH. Daß ich das nicht mehr hören kann bei ihr. Das macht so ein Geräusch – da muß man verdammt gut hinhören, sonst verpaßt man das Geräusch.«

»Das Geräusch der Erregung? Einer erregten Brust?« Ich konnte mein Lachen nicht unterdrücken.

Ted sah mich gutmütig an, das machte ihm gar nichts, wenn ich so über seine Erinnerungen lachte. »Willst du nicht lieber Geräusche sammeln oder machen – statt Musik?« fragte er.

»Geräusche sammeln oder machen?«

»Ja, die kann man doch überall gebrauchen, in Filmen zum Beispiel. Da gibt es Spezialisten, die nur für die Geräusche zuständig sind. Die reisen mit zwei Koffern durch die halbe Welt und haben da alle Geräusche drin, die du dir vorstellen kannst. Zumindest bei uns in Amerika gibt es die. Wobei auch da immer mehr mit Computern gemacht wird. Hier in Deutschland aber bestimmt noch nicht so sehr, hier hättest du noch eine Chance. Außerdem brauchen die Computer auch Geräusche.« Ted lachte sein freundlich verschmitztes Lächeln.

»Und womit machen sie Geräusche?«

»Mit Kokosschalen laufen sie zu den Hufschlägen der Pferde, mit Koffern klappen sie zu allem möglichen, besonders gern zu Autotüren. Wenn sich zwei Körper aufeinanderreiben, je nachdem ob mit oder ohne Schweiß, nimmt sich der Geräuschemacher etwas Öl oder Vaseline und reibt seine Hände. Die haben kleine Sandsäcke, die mit dem Fuß, manchmal dem nackten, oder der Faust bearbeitet werden. Dann glaubst du, daß du Schritte im Schnee hörst.«

»Und Charlottes Brüste, was würde so ein Geräuschemacher für ihre Brüste nehmen?« Mir wurde ganz zärtlich zumute, als ich Teds Antwort erwartete.

»Das ist ein Geräusch, das sich nicht imitieren läßt.«

Ich kaute auf dem Stück Fisch, das ich in der Backe (der von Ted abgewandten) zwischengelagert hatte, solange ich reden und antworten mußte. Die Kellnerin brachte den

Sake und zwei kleine Becher. Sie goß uns ein, und ich trank den ersten Becher in einem Zug aus, so rutschte der Tintenfisch auch gut. Als sich die Kellnerin entfernt hatte, legte mir Ted wieder seine Hand auf die Schulter, diesmal klopfte er nicht, als sei ich ein gutes Stück Fleisch oder ein alter Kumpel (wenn das nicht dasselbe ist), sondern streichelte sie beinahe, er beugte sich zu mir und sprach leise in Richtung meines Ohres: »Das war eine schöne Idee von dir, hier zu essen. Darf ich danach mit zu dir?« Er lachte, er hatte einen Schalk in den Augen. Ted hatte trotz seines Alters etwas von einem kleinen Jungen, etwas, das ich selten bei Menschen erlebe, aber sehr mag: die Freude am Spaß, er war ein Schelm. Einige Menschen machen Spaß, aber nicht jeder, der ihn macht, hat Freude dabei. Es war mir unwichtig, ob dieser Spaß ein oberflächlicher, gespielter, gesuchter, erzwungener, gedrungener oder sonstiger war, wie man ihn gerne den Amerikanern unterstellt. Ted wußte, daß ich ihn für diese letzte Nacht bestimmt nicht aus der Wohnung schmeißen würde, im Gegenteil, schon aus Höflichkeit würde ich diese Nacht im selben Bett mit ihm verbringen, nachdem ich die ganze Woche bei Albert geschlafen (und gewacht) hatte und Ted in Charlottes Bett allein gelassen hatte. Vielleicht ahnte er auch, daß mich die Neuigkeit über Albert viel zu sehr beschäftigte, als daß ich seine Anspielung falsch verstehen könnte (was heißt schon falsch an diesem Punkt?). Ich lachte mit ihm.

»Aber nur wenn Albert eifersüchtig ist, darfst du mitkommen.«

»Nur dann? Du meinst, ich sollte mir jetzt ein Zimmer suchen gehen? Als wir hier reingingen, habe ich nebenan ein Bordell gesehen, meinst du, die machen auch Sonderpreise, wenn man die ganze Nacht bleibt?«

Ich zuckte mit den Schultern (was wußte ich?). Ted schenkte mir ungefragt nach. Ich trank auch den zweiten Becher Sake in einem Zug leer. Charlotte und Albert, dachte ich, und kurz verging mir das Lachen.

»Sag, hat dir Charlotte nicht erzählt, weshalb du eifersüchtig sein solltest?«

»Und ob!« Ted rieb sich den Bauch. »Sie hat mir vorgestöhnt, wie gut Albert lieben könnte, und daß man ihm glauben könnte, ganz im Gegensatz zu mir.«

Ich prüfte Teds Mimik, um sicherzugehen, daß er nicht gelogen hatte und sich auf meine Kosten amüsierte. »Wie gut er lieben könnte?«

»Naja, so hat sie es formuliert.«

»Du meinst?« Ich sah Ted fragend an.

Und Ted sah mich fragend an.

Und ich ihn.

Und er mich.

»Ficken?« fragte ich.

Es ist nicht so, daß ich dieses Wort ständig gebrauche, so als Abendknüller oder um zu zeigen, wie locker ich bin, oder um andere Menschen mit der bis dahin nicht für möglich gehaltenen Derbheit meines aktiven Wortschatzes zu überraschen. Hier war es das einzige, das mir einfiel, denn im Grunde fiel mir gar nichts mehr ein, und ich suchte nach Worten, die meinen Schreck verbergen sollten, und ich hätte mir in der Situation selbst noch gar nicht vorstellen können, ob und wie Charlotte und Albert Fleisch geworden wären, ich wußte nur, und das also mehr instinktiv, daß es schrecklich sein müßte, zumindest für mich, zumindest wenn dem so gewesen wäre, zumindest seit ich Albert liebte.

»Ich weiß nicht, ob sie es gemacht haben oder nicht«, sagte Ted diplomatisch, insbesondere mit Rücksicht auf meinen Gesichtsausdruck, der ihm nicht entgangen sein dürfte. Auch wenn Ted mich nicht lang oder ausdauernd betrachtete und es ganz offensichtlich nicht gesagt hatte, um zu sehen, wie ich darauf reagieren würde. »Fest steht, daß Charlotte mir mehrmals gesagt hat, ich solle mir ihrer nicht so sicher sein, und sie wisse, daß es Männer gibt, die im Gegensatz zu mir überzeugend lieben können, wie Albert zum Beispiel, und daß es auch noch andere gutaussehende Männer gibt, wie Albert zum Beispiel, und daß es auch noch jüngere gibt, wie Albert zum Beispiel, und solche, die näher bei ihr wohnen, wie Albert zum Beispiel, verdammt, ich weiß nicht, warum sie ihn immer wieder nannte, und du kannst mir glauben: Je häufiger sie ihn erwähnte, desto weniger verspürte ich Lust, sie nach der Ursache zu fragen. Ich habe dir ja schon gesagt, daß ich nicht eifersüchtig bin. Und, Beyla, wenn du mich fragst, ich habe auch keinen Wert darauf gelegt, mir ihrer sicher zu sein. Ich habe sie so gemocht, wie sie war, zwei, drei Mal im Jahr. Es hat Spaß gemacht, mit ihr zu verreisen.« Ted hüstelte, und ich dachte auf einmal, er könnte jetzt weinerlich werden, und mußte sogleich an meinen Vater denken, vielleicht auch wegen des Altersunterschieds zwischen mir und Ted, und es machte mir heute nicht mal etwas aus, an meinen Vater zu denken, der gerne weinerlich geworden war, insbesondere nach Jähzornanfällen.

Nach seinen Jähzornanfällen kroch mein Vater auf allen vieren zu mir, saß trunken (wie sonst) mit dem Hintern auf dem kalten Kellerboden vor mir und flehte um Verzeihung. Ja, daher haßte ich meinen Vater auch. Er stellte sich klein und hilflos und flennte und versuchte, mich zu einer Größe zu bauen, die ich vor ihm einfach nicht hatte, weil ich doch sein Kind war, seine kleine Tochter, und weil ich damit beschäftigt war, mir Gedanken darüber zu machen, wie ich die Spuren seiner Anfälle beseitigen konnte, was ich am nächsten Tag den anderen Kindern oder Lehrern in der Schule erzählen würde. Wenn sich mein Vater nicht mehr zusammenreißen konnte oder wollte, pißte er (in die Hose, wenn er eine anhatte). Später starb er.

Aber Ted faßte sich von ganz allein, ich mußte ihm nicht helfen und keine langen Geschichten von meinem Vater erzählen, und das erleichterte mich ungemein. Ich gab mir noch ein bißchen Mühe, ihn meine Ratlosigkeit bezüglich seiner Mitteilung nicht merken zu lassen. Wir tranken derweil, bis wir fast mehr Sake-Flaschen neben uns angehäuft hatten als Tellerchen. Später bezahlte ich und rief uns ein Taxi, Ted sollte noch ein bißchen schlafen, bevor er um vier Uhr aufstehen mußte, um sein Flugzeug von Tegel nach New York zu bekommen.

Als ich mit Ted die Treppen hinaufstieg, mußten wir uns lachend am Geländer festhalten. Im zweiten Stock zögerte ich, ob ich bei Albert klingeln sollte. Ich wollte. Doch ich dachte mir, daß es auf Ted keinen guten Eindruck machen würde. Nach soviel Vertraulichkeit müßte sich Ted wundern, wenn ich ihn einfach im Treppenhaus stehenließ (fluchtartig, für Albert). Und es würde Ted nicht behagen, daß er die letzte Nacht seiner Berlin-Reise in der Wohnung seiner toten Geliebten allein schlafen müßte – selbst wenn er die Woche über keine Probleme damit gehabt zu haben schien.

Und was würde Albert von mir denken, wenn ich mitten in der Nacht betrunken vor ihm stehen und um Einlaß und Liebe bitten würde? Ich wollte mir erst einmal Gedanken über diese eine Sache da machen, das Verhältnis zwischen Charlotte und Albert (Verhältnis?), und auch Gedanken darüber, ob Albert auf Ted eifersüchtig sein könnte, und das nicht wegen Teds Anwesenheit in meinem Bett, sondern wegen seiner Liebschaft mit Charlotte. Diese Gedanken überstiegen meinen Horizont, der ohnehin wackelte, weil ich betrunken war.

Neben Ted, der mir seinen Rücken zugewendet hatte,

lag ich in der Nacht wach. Mir war schwindelig, so daß ich meine Augen nicht schließen wollte. Ich starrte an die Decke. Jemand machte im Hof Licht an, der Schatten des Fensterkreuzes fiel an die Decke. Ich hörte Schritte, die Schritte einer Frau auf hohen Schuhen, das Öffnen einer Tür und auch Schritte im Treppenhaus. Die Schritte kamen herauf, wahrscheinlich waren es die von der Mutter des Nachbarsmädchens, die vielleicht ausgegangen war und sich mit ihrem Freund oder einer Freundin getroffen hatte. Dann waren die Schritte verstummt. Ich hatte nicht gehört, ob sie an meiner Tür vorbeigegangen waren oder in einer der unteren Wohnungen Unterschlupf gefunden hatten. Mein Herz klopfte. Ich fragte mich, ob Albert mich vermißte. Es war vielleicht zu früh, sich das zu fragen, aber solange ich nur mich und nicht ihn fragte, beunruhigte mich das nicht. Was mich beunruhigte, war das Hüsteln von Ted und daß ich mich jetzt, wo ich im Dunkeln alleine lag, ohne ein Gespräch führen zu müssen oder einem anderen zu Aufmerksamkeit verpflichtet zu sein, nicht mehr gegen die Bilder wehren konnte, die mir Charlotte und Albert als Liebespaar zeigten. Ich drehte mich zur Seite, von Ted weg, und starrte jetzt an die Wand neben mir, auf der noch der untere Teil des Schattens vom Fensterkreuz hing. Das Licht im Hof ging aus. Ich hörte, wie Ted sich bewegte. Drehte er sich? Es zog ein bißchen an meiner Decke (zum Glück hatte ich zwei Decken). Ob Albert Charlotte mit Absicht überfahren wollte? Fast lachte ich auf, vor Schreck und Belustigung über diesen absurden Gedanken. Jetzt spürte ich eine Hand auf meiner Tail le, genau über dem Becken. Ich hielt still. Die Hand tastete sich zu meinem Nabel vor, dann schob sie sich etwas hoch, in Richtung meiner Brüste. Ich legte meinen Unterarm so unter die Brüste, daß die Hand nicht weiter konnte, und drückte die Hand etwas nach unten. 75 C oder D, mußte ich denken, meine Brüste waren nicht verschieden groß. Teds Hand überschritt den Bauchnabel und wanderte weiter abwärts, so daß mir nichts anderes übrigblieb, als sie mit meiner Hand zu packen und weg zu legen. Es dauerte nicht lang, da versuchte sie es wieder, die Hand, die mir ungewöhnlich groß vorkam. Mir war sehr schwindelig, mir war auch schlecht, mir war nach allem möglichen zumute, nur nicht danach. Ich hatte Angst, daß mich die Hand erregen würde. Ich griff wieder nach der Hand und drehte mich jetzt um, damit ich Ted ins Gesicht sehen konnte. Die Augen hatten sich an die Nacht gewöhnt, sein Gesicht sah in der Dunkelheit anders aus, die Schatten seiner Augenhöhlen ließen die Augen groß und zugleich kindlich und lüstern erscheinen, und ich wunderte mich über die Ernsthaftigkeit, die in Teds Gesicht lag.

»Ich will nicht«, flüsterte ich.

»Bestimmt nicht?« fragte er, machte sich aber nicht die Mühe, zu flüstern. Ich schüttelte den Kopf, so gut es im Liegen ging, und murmelte das Nein. Er akzeptierte. Wir lagen eine Zeit nebeneinander und sahen uns an. Ich hörte, wie ein Fenster zum Hof geöffnet wurde, dann roch ich Zigarettenrauch. Ich überlegte, was für ein Fenster das sein sollte. Rauch steigt gewöhnlich von unten nach oben. Ich lauschte, ob ich Stimmen hörte. Ich hörte Stimmen, konnte sie aber kaum erkennen. Ich sah weiter Ted an.

»Riechst du das?« flüsterte ich.

»Was?« fragte er laut.

»Den Rauch.«

Ted zog mehrmals Luft durch die Nase, schnüffelte: »Vielleicht, ja«, sagte er.

Wir schwiegen.

Ted stützte seinen Kopf auf. »Raucht Albert nicht?«

Ich merkte, daß er einen Spaß machen wollte, aber so

richtig gelang der nicht. Ted legte seinen Kopf wieder hin und nahm meine linke Hand in seine warmen Hände.

»Mach dir keine Sorgen«, jetzt flüsterte Ted, »er ist sicher kein böser Mensch. Es lohnt sich nicht, wenn du dir Sorgen machst.«

Ich versuchte, Ted zu glauben. Ich wußte, daß ich aus dem Bett nicht aufstehen konnte und mich aus dem Fenster lehnen, um zu sehen, ob es Alberts Fenster war, das vorhin geöffnet worden war. Und das war gut so. Ich hätte meine Hand aus Teds Händen ziehen müssen. Ich mußte dringend zur Toilette und traute mich eine Zeitlang nicht einmal, dafür aufzustehen. Mir war noch immer schwindelig, und ich hatte Bedenken, ob ich den Weg zur Toilette schaffen würde. Ich lauschte auf die Stimmen. Es war eine tiefe, deren Melodie man kaum erkennen konnte, und eine höhere, die Stimme einer Frau, die, je länger ich zuhörte, um so deutlicher wurde. Sie lachte immerzu. Die einzelnen Worte konnte ich nicht verstehen, die beiden Menschen sprachen leise. Ich löste meine Hand aus Teds und stand auf, um zur Toilette zu gehen. Unterwegs kam mir der Gedanke, aus dem Küchenfenster zu sehen, von wo aus ich ohnehin einen besseren Blick auf Alberts Zimmer hatte. Aber ich hatte Angst. Im Bad hörte ich von fern jemanden singen, dumpf, der Gesang brach ab, und ich hörte eine Frau irgend etwas rufen, ihre Stimme kam aus dem Abflußrohr des Waschbeckens. Ich konnte nicht verstehen, was sie sagte, Wasser wurde an- und wieder abgestellt. Dann hörte ich nichts mehr. Vorsichtig, als könne man mich dabei bemerken, beugte ich mich über den Ausguß, aber es blieb still. Ich kehrte von der Toilette zurück und legte mich wieder neben Ted, der sich inzwischen vielleicht die Hände auf den Bauch gelegt hatte, ich fragte mich, ob Ted die Erregung meiner Brüste hörte, oder ob er nur die von Charlottes hatte hören können, oder ob er überhaupt gelogen hatte oder sich getäuscht, ich lauschte, bis Ted ruhig und gleichmäßig atmete, lauschte, bis die Stimmen unter mir ausgeklungen waren und das darauffolgende Krächzen einer Liebenden verstummt war, und lauschte auf das Ticken des Weckers, der in einer guten Stunde klingeln würde. In der Nacht schlief ich nicht mehr.

Ich wollte gern mehr über Albert wissen, ich wollte gern alles wissen. Ich wollte jede Sekunde seines Lebens wissen. Nie hätte ich gefragt, ob er die Nacht mit anderen Frauen verbringt, oder ob er mit anderen Frauen neben mir schläft, wo führte das hin? In diese Nähe wollte ich nicht einmal denken. Solange ich Albert sah, gelang es mir, keine Zweifel zu haben. Und wollten welche aufkommen, zerstreute ich sie mit Plauderei. Lieber ging ich davon aus, daß Albert auf mich gewartet hatte. Sein Leben lang. Das hatte er doch? Hatte er nicht kürzlich erst gesagt, er habe auf mich gewartet? Wenige Tage nachdem Ted abgefahren war, hatte ich mich abends mit ihm verabredet. Es gab eine Verzögerung im Zirkus, ich kam fast zwei Stunden zu spät bei Albert an. Als ich klingelte und er die Tür öffnete, breitete er die Arme aus und sagte, er habe auf mich gewartet, und das nicht erst seit zwei Stunden, sondern seit vielen Jahren. Seitdem glaubte ich, daß Albert mich mochte. Er hatte es noch nicht gesagt, aber ich spürte es. Ich las es ihm von den Lippen. Seine Liebe ist größer als das, was er von ihr sagen kann, dachte ich mir, und es ging mir gut. Ich entschuldigte auch, daß er mich nicht nach meiner Vergangenheit ausfragte, eine Zeit, die doch schließlich zu jedem gehörte und über die er mich hätte besser kennenlernen können, ich entschuldigte ihn, indem ich mir sagte, Albert, das ist einer, der lebt im Jetzt. Albert weiß, was er an mir hat, er braucht mich nur zu sehen, und ich muß ihm nur zuhören, wie er Klavier spielt, die Gnossienne oder die Vexations, und ich küsse seine Augendeckel, das mache ich nur, wenn ich jemanden liebe. Zwar kann Albert davon nichts wissen, aber er wird es schon spüren, daß ich ihn liebe (wie er mich liebt), das dachte ich. Ich hatte ihn schon nach seiner Vergangenheit befragt, aber er hatte gesagt, da gebe es nichts Besonderes. Er habe eine glückliche Jugend gehabt, mit Jugendweihe und allem, was dazugehöre. »Keine Probleme«, er hatte die Achseln gezuckt, gelacht und mich entschuldigend angesehen. Ich hatte ihm gesagt, daß das nicht stimmen könne. Jedermann hat Schwierigkeiten, zumindest für seine Frau oder Freundin, damit die sich nützlich machen kann oder zumindest nützlich fühlt. Das leuchtete ihm ein. Kurz darauf gestand er, daß er sich als Kind gewünscht habe, mit seiner Mutter zu schlafen. Erwartungsvoll sah er mich an und ich ihn. Ja, ist das kein Problem? fragte er, und ich sagte: Ich glaube nicht, das sollen viele wollen. Nun gut, gab er zu, bei mir stimmt es nicht. Vielleicht ist das das Problem. Meine Mutter ist eine liebe ältere Frau, ganz Mutter und gar nicht Objekt meiner Begierde. Ja, vielleicht sei das das Problem. Ich sagte mir, der Albert macht Spaß mit mir. Und ich dachte auch: Soll er doch. Aber wann immer ich an ihn dachte, fiel mir wieder ein, wie wenig ich von ihm wußte.

Was machte ihm angst? Wofür schämte er sich? Was liebte er? Ich stellte ihm diese drei Fragen.

Ich nutzte dazu einen Sonntagmorgen, den wir gemeinsam im Alcaparra verbrachten. Zuerst fragte ich ihn:

»Wovor hast du Angst?«

Albert rührte in seinem zuckerschweren Espresso.

»Ich habe Angst, dich zu verlieren.«

Ich lächelte. Damit hatte ich nicht gerechnet. Ich wußte nicht, daß ich bei diesen Fragen vorkommen würde. Aber es ehrte mich. Es machte mir auch Mut, weitere Fragen zu stellen.

»Scham. Wann hast du dich am stärksten in deinem Leben geschämt?«

»Das kann ich nicht sagen.«

»Weißt du es nicht mehr?«

»Doch. Aber ich kann es dir nicht sagen. Geht nicht«, er grinste.

»Bitte.«

»Betteln ist zwecklos.«

»Noch eine letzte Frage: Was liebst du?«

»Das Aufwachen.«

»Morgens?«

»Wann sonst, man wacht doch meistens morgens auf, oder?« Albert stützte sein Kinn auf die Hände und sah mich an. Ich dachte: So sieht mich einer an, der mich liebt. Kein Zweifel.

»Bringst du mich noch zum Zirkus?«

»Ich dachte, das eben war die letzte Frage. Wann fängst du an?«

»Um vier. Jetzt ist es drei.«

»Ich möchte dich lieben.«

»In Zukunft?«

»Ich meine jetzt, bevor du arbeiten gehst – mit dir schlafen.«

Albert stieß mich unter dem Tisch an, dann blickte er zum Nebentisch, zurück zu mir und wieder zum Nebentisch. Er hob die Hand zum Gruß: »Hallo.«

»Wer ist das?«

»Eine alte Bekannte.«

Ich sah mir die alte Bekannte an, es war die erste Bekannte von Albert, die wir trafen. Sie war Anfang Zwanzig (er mußte sie ja sehr lange kennen), hatte Lidschatten über den Augen, gebräunte Haut, frisch geschnittene Haare, blondiert, die Fingernägel waren orange lackiert, sie zog hastig an einer Zigarette und sah von mir weg, als sei sie auf dem Sprung. Vor ihr stand eine Coca-Cola, sie trank den letzten Schluck mit dem Strohhalm, drückte die Zigarette aus und winkte dem Kellner. Ihre Sandalen waren aus goldenen Riemen mit dicken Plateausohlen aus Kork. Unter dem engen weißen T-Shirt trug sie einen Push-up, wie er gerade modern war.

»Sieht gut aus, ist aber nicht die Hellste.«

»Was?«

Albert flüsterte: »Nicht die Hellste.«

Ich hatte schon verstanden, nur fand ich ganz und gar nicht, daß sie gut aussah. Ich erschrak über das, was Albert »gut« nannte, weil ich ihn darin nicht verstand.

»Wir haben keine Zeit mehr, nach Hause zu fahren.« Ich sah auf die Uhr, um mich zu vergewissern. Ich dachte mir, Angst kennt Albert nicht, zumindest nicht vor dem Tod, nicht vor Charlottes Tod und dem Entdecken. Lieber schläft er mit mir, das macht mehr Spaß, als an den Tod zu denken. Albert preßte sein Knie gegen meins.

»Soll ich mitkommen? Wie ist es im Zelt, bevor die Zuschauer kommen? Haben wir da ein paar Minuten?«

»Du könntest mit in den Umkleidewagen kommen«, ich lächelte über mein Angebot und suchte in meinem Rucksack das Portemonnaie. Albert legte seine Hand offen auf den Tisch, damit ich ihm meine in seine lege.

»Dann ziehst du dich um und stolperst danach geliebt in die Manege.« Albert hielt seine rechte Hand unverändert, mit der linken hob er die Tasse und trank stolz den Espresso. In seinem Blick war nichts Trauriges mehr zu sehen, nur noch Entschlossenheit. Ich gab ihm meine Hand. Ich fragte mich, ob er die Erregung meiner Brüste hörte – aber wahrscheinlich konnte er sie nicht hören. Albert winkte dem Kellner.

»Ich zahle«, sagte Albert zu mir, der Kellner gab ein Zeichen, daß er gleich kommen würde.

»Ich habe mehr Lust, dich im Arm zu halten.«

Albert sah mich verständnislos an. Er griff in seine Hosentasche und holte einen Hundertmarkschein hervor, er drehte sich wieder nach dem Kellner um: »Wann kommt der denn endlich?«

»Ich würde gerne mit dir wegfahren.«

»Wegfahren? Warum das denn?«

»Nur so, um an einen Ort zu kommen, den wir nur zu zweit erleben, nur du und ich.«

»Und wo soll das sein?«

»Im Süden.«

»Bitte?« Der Kellner beugte sich zu Albert. Albert gab ihm den Hundertmarkschein. Der Kellner hielt die hundert Mark und blätterte die Scheine in seiner Brieftasche durch. »Einen Augenblick, ich muß meine Kollegin fragen, ob sie Wechselgeld hat.« Der Kellner legte die hundert Mark auf unseren Tisch zurück und ging nach vorne. Seine Kollegin stand an der Theke und rauchte eine Zigarette. Ich drückte Alberts Fingerspitzen, daß es ihm weh tun mußte.

»Wir könnten am Meer schlafen und in den Sternenhimmel gucken und uns klein fühlen.«

»Ich fühle mich nicht gern klein.« Albert löste seine Finger.

»Aber das ist ganz angenehm, erleichternd. Man ist plötzlich die Last des Großen los, man spürt da, daß es gar nicht an einem selbst ist, die zu tragen, daß man im Grunde alles los ist, wenn man will. Und dann hört man das Meeresrauschen. Und dann fühlt man sich geborgen, zu Hause, angekommen.«

Albert klemmte den Hundertmarkschein zwischen Zeige- und Ringfinger, er verzog die Augen, als wolle er zu mir sagen, hör bloß auf, Beyla, das sind dumme Geschichtchen, er verzog die Augen vor Spott, und ich dachte mir, daß er meinen Vorschlag sehr kitschig, zumindest abwegig finden mußte, er rieb mit den Händen sein Gesicht, paßte auf, daß ihm die hundert Mark nicht aus der Hand rutschten, dann strich er sich die Haare zurück (er war durch und durch cool, der Albert, und so gar nicht rührbar, so unberührbar, cool).

»Jetzt kann ich wechseln«, der Kellner hielt Albert die Scheine vor die Nase. Albert gab ihm die hundert Mark.

»Und die Nummer? Die brauchen Sie nicht mehr?« Der Kellner lächelte und schob Albert den Hundertmarkschein wieder zurück. Albert nahm ihn und sah sich die Nummer an, die mit Kugelschreiber auf dem einen Ende des Scheins stand. Er zuckte mit den Achseln und griff in die Hosentasche. Er hatte noch Kleingeld, das er dem Kellner gab. Den Hundertmarkschein steckte er oben in seine Jackentasche und stand auf.

»Gehen wir?«

Ich starrte auf seine Jackentasche. Man wird sich doch noch fragen dürfen, wessen Telefonnummer dort stand? Albert tat, als sehe er meine neugierigen Blicke nicht. Wir gingen.

Meine Freundin nahm ein Waffelröllchen aus der Packung und biß hinein. Wir waren zusammen am Schlachtensee gewesen und saßen jetzt mit tropfenden Haaren in meiner Küche. Die Waffelröllchen hatte sie auf dem Weg hierher gekauft, und die Packung lag jetzt zwischen uns auf dem Tisch. Meine Freundin spuckte beim Sprechen kleine Waffelstückchen aus. »Das Geschlecht! hat er gerufen, und ich habe gesagt, nein, habe ich gesagt, das will ich nicht wissen. Und er: doch, und ich: nein, und er: wie soll ich es dann anreden? Ich habe zu ihm gesagt, es reicht, wenn er Baby sagt, oder Mäuschen, oder Würmchen«, meine Freundin gluckste und streichelte ihren Bauch, nahm sich das nächste Waffelröllchen und steckte es gleich ganz in den Mund.

»Würmchen?«

»Na, so sieht es doch aus. Und der Arzt hat auch gesagt, entweder ich stimme zu oder nicht. Da habe nur ich das Sagen, ist doch echt geil, nicht?«

Ich zuckte mit den Schultern.

»Warum grinst du die ganze Zeit so bescheuert?« fragte sie.

»Ich?«

»Ja, du grinst und grinst, als ob du verliebt wärst.«

Ich zuckte wieder die Schultern.

»Der Typ aus deinem Haus? Mit dem ich dich letzte Woche gesehen habe?«

Ich sagte nichts.

»Also ja? Nun sag doch was. Seid ihr verliebt?«

»Vielleicht. Was er ist, weiß ich nicht. Wir reden nicht darüber. Ich bin schon verliebt, er spielt schön Klavier.«

»Das wird doch nicht alles sein? Also, wenn du mich fragst – der beste Garant ist Sex. Ich war ja schon nach kurzer Zeit schwanger. Aber wenn du mich fragst, dein Typ ist nicht so ein Vatertyp.«

»Was ist denn ein Vatertyp?«

»Na, eben einer, der Verantwortung will. Einer, der sich auf die eine Frau festlegen will und kann.«

»Warum sollte Albert das nicht können?«

»Albert? Heißt der so? Vielleicht kann er es. Aber er wechselt schnell die Frauen.«

»Wie kommst du darauf?«

»Ich habe ihn gesehen, vor ein paar Monaten. Wenn mich nicht alles täuscht, war das an dem Tag, als du umgezogen bist und ich dir geholfen habe. Den konnte man gar nicht übersehen, stand vor dem Haus und steckte einer Frau die Zunge in den Mund.«

»Komm, bleib mal ein bißchen ernst«, ich mußte lachen.

»Ich bin ernst«, meine Freundin lachte zurück, »aber wirklich, ich bin mir sicher, daß er das war, weil ich nämlich im ersten Moment dachte, da küssen sich zwei Männer, und ich fand das schon zum Hinsehen, zwei Männer am hellichten Tag, die vor deinem Haus stehen und wild rummachen.«

»Haha.«

»Jetzt sei doch nicht beleidigt, da habt ihr euch doch noch gar nicht gekannt, oder? Zumindest sah ich erst, als ich ganz nah dran war, daß das eine doch eine Frau war – ich weiß noch, ich hatte ja gerade erfahren, daß ich schwanger war. Und dann habe ich mir gedacht, hoffentlich bekomme ich ein richtiges Mädchen oder einen richtigen Jungen.«

»Ein *richtiges* Mädchen? Oder *richtigen* Jungen? Ich wußte gar nicht, daß du was gegen Schwule hast.«

»Hab ich ja auch nicht«, meine Freundin lachte schrill und stopfte sich ein weiteres Waffelröllchen in die Backe, »aber so halt, hab halt nen Schreck gekriegt. Auf jeden Fall war das dieser Typ. Albert.«

»Glaube ich nicht.«

»Ist auch egal«, meine Freundin zog die Plastikschale ganz aus der Schachtel und griff die beiden letzten Waffelröllchen. Eins hielt sie mir hin, ich lehnte ab, und sie fraß beide auf.

»Du weißt doch gar nicht richtig, wie er aussieht. Außer letztens vor dem Kino habt ihr euch doch noch nie gesehen.« Durch Zufall hatte ich meine Freundin mit ihrer Mutter zusammen die Woche zuvor vor dem Delphi getroffen, als ich mit Albert dort einen Film angesehen hatte.

»Ist egal, hab ich gesagt. Mich geht's ja nichts an, ist doch deine Sache, echt.« Sie zupfte sich Waffelkrümel von der Leggins, die sie noch unter das Kleid gezogen hatte. Seit sie schwanger war, trug sie ständig Leggins. »So. Und jetzt?« Sie fragte nicht, ob sie die Birne haben könnte, und griff nach ihr. »Liebt er dich? Wirst du schwanger?« Sie biß in die Birne.

»Hey, reiß dich mal zusammen«, langsam ärgerte mich meine schwangere Freundin. Ich ertrug ihr Glucksen und ihre knackenden Kaugeräusche nicht mehr.

»Vielleicht will ich gar nicht gleich schwanger werden, wie wär denn das?«

»Na, von mir aus. Mußt du ja auch nicht. Aber das ist doch eh keine ernsthafte Sache zwischen euch, oder?« Der Saft lief ihr rechts aus dem Mund, sie schlürfte, aber er tropfte trotzdem auf ihre Trainingsjacke. Neuerdings trug sie auch Trainingsjacken, das mußte zum Schwangerentraining gehören, die Modelust. Und zwischen Birne und Waffelröllchen gehörte also auch der Trainingsanzug zu ihrem Glück, schwanger hin oder her, meinte sie also über die Ernsthaftigkeit meiner Liebe zu Albert befinden zu können.

»Was meinst du denn damit?«

»Nur so, ich mein halt, das kann doch gar nicht so ernst sein, ihr kennt euch doch kaum, oder?«

»Immerhin genauso lange, wie ihr euch kanntet, als du schwanger wurdest.«

»Naja, das mit uns war was anderes, das weißt du auch, oder?«

»Was soll das denn heißen?«

»Sei doch nicht so empfindlich. Wirklich, ich hab das Gefühl, du bist heut nicht gut drauf. Vielleicht geh ich besser?« Sie steckte sich den Birnengriebsch in den Mund und legte den kurzen Stiel vor mir auf den Tisch.

Die gute Freundin machte mich wütend. Sie verlachte mich und die Ernsthaftigkeit, die sie in meinem glückseligen Lächeln gesehen haben mußte (mußte!), und prüfte die Ernsthaftigkeit meiner und Alberts Gefühle an meinem unschwangeren Zustand. Sie stand auf, rieb sich den Bauch dabei und trat zu mir, sie legte mir eine Hand auf die Schulter, knetete die Schulter kurz, als sei ihr Bauch schon so schwer, daß sie sich abstützen müßte. Ihr Bauch wölbte sich neuerdings, er wurde geradezu aufdringlich, er überschritt das Maß Wölbung all jener Frauen, die nur gerne Waffelröllchen und Birnen aßen. Sie stützte also ihre volle Hand auf meine Schulter und sagte: »Ach, Würmchen, das sind hier Gespräche, was?« und dann etwas lauter und sachlicher zu mir: »Naja, nimm's nicht tragisch, Beyla, ich freu mich ja, daß du so glücklich grinst, wenigstens was. Muß ja auch nicht alles gleich von Weltbedeutung sein, stimmt's?«

Ich grinste schon längst nicht mehr, aber das schien meiner Freundin nicht aufgefallen zu sein, sie sah nur zu, wie sie möglichst unbehelligt aus dem Gespräch entwischen konnte.

»Willst du dir die Haare nicht fönen?« fragte ich sie.

»Pah, mit dem Fön von der toten Frau?«

»Charlotte hieß die.«

»Na und, tot ist sie trotzdem.«

»Stört dich das?«

»Daß sie tot ist, nicht, ich hab sie doch gar nicht gekannt. Ich will mir nur nicht meine Haare mit ihrem Fön trocknen«, meine Freundin schüttelte sich.

Ich stellte mir vor, wie Albert diese männliche Frau geküßt haben sollte, und ärgerte mich über meine Freundin, die Schuld an diesem Gedanken hatte. Ich wollte den Gedanken vernichten.

»Albert liebt mich«, behauptete ich.

»Ich denke, ihr sprecht nicht darüber.«

»Na und, ich weiß es. Er liebt mich, er will ständig mit mir schlafen.«

»Pah, Beyla, miteinander schlafen und lieben sind doch ganz verschiedene Sachen. Also echt.«

»Bei euch vielleicht«, ich tat so, als meinte ich es ernst, ich wollte mich an meiner Freundin rächen. Sie belustigte sich über meine Ernsthaftigkeit. Warum versuchte sie, mir mein Glück schlechtzumachen? Ich glaubte doch selbst viel zu schwer und zu wenig daran. Meine Freun-din hatte meine Schulter losgelassen und untersuchte die Feuchtigkeit meiner Küchengrünpflanze. Ihre badenassen Haare hatten den Rücken ihrer Trainingsjacke völlig durchnäßt. Dann drehte sie sich um und sagte: »Schau mal, hab ich mir übrigens gestern gekauft! Wie findest du das?« Sie hielt die Trainingsjacke geöffnet, so daß man die große Margaritenblüte auf dem giftgrünen Glockenkleid sehen konnte. Ich nickte nur kurz, ich hatte mich schon den ganzen Tag gewundert, was sie zu so einer Farbe veranlaßt hatte. Sie sah an sich herunter, »war ganz billig, bei H & M. Die haben jetzt lauter so Kleider, giftgrün, knallviolett und babyblau – alle mit verschiedenen Blüten. Willst du dir nicht auch eins kaufen?« Ich nickte unschlüssig zur Seite, kränken wollte ich sie ja nicht unbedingt. Sie setzte sich wieder auf ihren Stuhl, schlug die Trainingsjacke vor der größer gewordenen Brust zusammen und verschränkte die Arme im Nacken, so daß die Jacke wieder aufging und mir ihr Busen entgegenragte. Sie beobachtete die Fliege, die unter meiner Küchenlampe brummte.

»Weißt du«, sie gähnte, »seit ich schwanger bin, merke ich, wie aggressiv die Menschen um mich herum sind. Ich bin wahnsinnig sensibel geworden seitdem. Ich überlege, ob die Menschen hier immer so aggressiv sind und ich es jetzt erst merke, oder ob das was mit der Schwangerschaft ganz allgemein zu tun hat. Daß die Menschen etwas gegen Schwangere haben – was meinst du?«

Mir war überhaupt nicht danach, mir um die geschärfte Sensibilität meiner Freundin Gedanken zu machen. Ihre betonte Entspanntheit nervte mich.

»Na, was meinst du, Beyla? Hast du etwas gegen Schwangere?«

»Nein«, ich überlegte, ob ich ihr sagen sollte, daß ich nur gegen sie und ihre Wichtigkeit etwas hatte. Ich ärgerte mich, daß ich über ihre Wichtigkeit nicht hinwegsehen konnte.

»Weißt du, wenn man schwanger ist, dann nimmt man alles viel genauer wahr. Man schmeckt besser, riecht besser, sieht besser, hört besser. Das ist echt verrückt. Man hat richtig das Gefühl, man würde sich verändern, ich meine, nicht nur der Bauchumfang, auch die Gedanken und alles.«

»Ah ja?«

»Ja. Und man kann auch das Wichtige vom Unwichtigen besser unterscheiden. Weißt du, man merkt dann, wie kaputt die meisten Beziehungen sind, und alles. Ich meine, sieh dich doch mal um.«

Ich seufzte über ihre Klugheit. »Sei mir nicht böse, aber ich glaube eher, daß man ins Kleinkindalter zurückfällt, daß man plötzlich sich und seine Gedanken und Eindrücke als die eine Wahrheit annimmt und keinen Augenblick daran zweifelt, an nichts.«

»Warum auch? Wenn man doch die Dinge sieht, wie sie sind? Muß man da ständig zweifeln? Ich weiß doch, ob etwas gut schmeckt oder faul. Da sieht man's wieder, die wahren Weisen sind die Kinder«, sie kicherte, »und die Schwangeren. Ich sehe doch, ob es dir gutgeht oder nicht. Das ist meine Wahrheit, zugegeben. Aber selbst wenn du jetzt behaupten würdest, du wärest glücklich. Dann ist das doch auch nur deine Wahrheit, Beyla, meine ist eben eine andere.«

»Ach, und du meinst, ich bin nicht glücklich?«

Meine Freundin zögerte. »Naja, ich meine, du grinst zwar die ganze Zeit so vor dich hin. Aber wenn du mich fragst, wirklich glücklich kommst du mir nicht vor. Habt ihr denn Pläne?«

»Was hat denn das Glück mit Plänen zu tun?«

»Na, daß man auch noch in Zukunft glücklich sein will.«

»Weißt du, es gibt Leute, die halten sich ständig mit der Vergangenheit und der Zukunft auf. Albert ist anders. Er genießt die Zeit mit mir und das Jetzt, da ergibt sich eine Zukunft doch von allein.«

»Ist er gut im Bett?« Meine Freundin gluckste, sie streichelte ihren Bauch, flüsterte zu ihm hinunter: »Weghören, Würmchen!« und sah mich neugierig an. »Na?« hakte sie nach. Ich habe meine Freundin selten so unverschämt lächeln gesehen.

»Schon.«

»Schon? Das klingt aber nicht so überzeugt.«

»Doch, ich meine, er gibt einem das Gefühl, einen zu lieben, mich zu lieben, wenn er mich küßt, schafft er es, so zu tun, als ob er noch keine vor mir so geküßt hat, wenn er stöhnt, gibt er mir auch das Gefühl, er hätte noch nie wegen irgendeiner so gestöhnt, ja, er ist gut im Bett.«

Meine Freundin kicherte.

»Hast du's bald?« Sie gab ihr Kichern nicht auf.

»Er denkt sich manchmal Geschichten für mich aus«, prahlte ich.

»Erotische?«

»Ja.«

»Da muß er dich aber schon gut kennen, wenn er weiß, welche Geschichten du erotisch findest. Ich glaube, meiner könnte mir bis heute keine echt erotische Geschichte erzählen«, meine Freundin kicherte, »naja, er ist ja auch nicht schwanger. Aber da scheint deiner ja volle Leistung zu bringen.«

Volle Leistung? Meiner? Deiner? Sie redete über ihren Freund und Albert so wie über »mein Schwanz, dein Schwanz«. Gerade noch glaubte ich, ich könnte sie von meinem Glück überzeugen. Dabei ging es sie ja nichts an, mein Glück.

Meine Freundin stand wieder auf und stemmte sich die Hände in den Rücken. Sie flüsterte zu ihrem Bauch: »Na ja, unser Papa hat ja auch schon alles getan, nicht, Würmchen.« Sie schaute auf, als hätte ich nichts hören können (sie war listig, meine Freundin), und ich dachte mir, es ging sie erst recht nichts an, welche Geschichten mir Albert erzählte. Sie machte ein Hohlkreuz, ließ locker, Hohlkreuz, locker, Hohlkreuz. Ich sah es ihrem Blick an, sie lauerte, sie wollte zu gern und zu genau wissen, was Albert mir da erzählte.

»Aber dich machen sie an, ja, seine Geschichten?«

Ich neigte vorsichtig meinen Kopf, so, damit es alles heißen konnte. Ich wollte keine Antwort geben, ich wollte den kleinen Triumph für mich behalten, sonst wäre es kein Geheimnis mehr und auch kein Triumph.

Sie hat den Mann nicht angerufen, sie wollte seine Stimme nicht hören, sie hat ihm eine E-mail geschickt, sie wollte nichts von ihm wissen, weder, wie er sich anhörte, noch, wie er aussah, und auf keinen Fall, wie er hieß – nur wohin sie den Schlüssel schicken dürfe, es sollte aber nicht seine Adresse sein, sondern die eines Mittelsmannes. Sie wollte dem fremden Mann ihren Wohnungsschlüssel zukommen lassen. Der Mann sollte den Schlüssel benutzen, binnen eines Monats. Sie schläft jede Nacht spätestens um zwölf, hat sie mitgeteilt, morgens muß sie während der Woche um halb sieben aufstehen. Sie ist Lehrerin. Vergewaltigung? fragt der Mann in seiner E-mail. Sie antwortet nicht mehr. Der Monat hat angefangen. In einer kalten Nacht packt er den Schlüsselbund ein und geht zu ihr hinüber. Sie wohnt in einer Parallelstraße, ohne es zu wissen, denn sie wollte weder seinen Namen noch seine Adresse wissen, nichts. Er geht über die Straße und zu dem Haus, er weiß, daß sie im vierten Stock wohnt, er prüft, ob Licht brennt, aber die Lichter sind aus, es ist halb drei Uhr nachts. Er hat sich eingeprägt, wo sich in der Wohnung ihr Schlafzimmer befindet, sie hat ihm eine Skizze geschickt. Er erreicht den vierten Stock, das Licht im Treppenhaus läßt er aus. Eine Weile wartet er vor der Tür und lauscht, ob aus der Wohnung etwas zu hören ist. Der Mann kann nichts hören. Er steckt den Schlüssel ins Schloß und dreht ihn ganz leise um. Die Tür geht auf. In der Wohnung riecht es nach Fichtennadeln. Die Frau wird gebadet haben, Erkältungsbad im Winter. Er muß den Lichtschalter nicht suchen, er kann gut sehen, durch die Fenster fällt das Licht der Straßenlaternen herein. Die Türen der Zimmer stehen offen. Der Boden knarrt. Der Mann stößt die Tür zum Schlafzimmer weiter auf. Zuerst denkt er, das große Bett sei leer, er tritt näher heran, er hört den Atem der Frau, der gleichmäßig geht. Er legt sich auf die Frau und streichelt sie. Sie wacht auf. Sie nimmt seine Hand und legt sie sich auf den Mund, sie preßt seine Hand auf ihren Mund. Er hält ihr den Mund zu, reißt ihr den Schlafanzug vom badewarmen Körper und dringt in sie ein. Die Frau versucht zu schreien oder zu stöhnen, aber der Mann hält ihr den Mund zu und stößt in sie, die Frau schwitzt, er spürt, wie sie sich vor Lust unter ihm windet. Nach zwanzig Minuten geht er. Er hat das Licht nicht angemacht. Aber wenige Tage später begegnet er der Frau auf der Straße, er erkennt sie. Sie sieht ihn an, erkennt ihn nicht, geht weiter. Er wartet auf eine E-mail. Er wüßte gern, ob er noch ein zweites Mal kommen darf, kommen soll, kommen muß. Kurz darauf schickt sie ihm eine Nachricht. Er soll noch einmal kommen. Und er kommt noch einmal. So geht es mehrere Wochen, immer wieder bestellt sie ihn, und er kommt. Einmal kommt er zu ihr, und es liegen zwei Frauen im Bett. Die erste richtet zum ersten Mal ihre Stimme an ihn, sie sagt ihm, die zweite sei ihre Cousine. Die Cousine muß zusehen, wie er es mit der ersten treibt. Die Cousine ächzt. Er soll auch die Cousine lieben, fordert ihn die erste auf. Er stößt auch in die Cousine, die einen schlaffen Körper hat und eine schmierige Haut, als habe sie sich mit Öl eingerieben. In den folgenden Nächten ist die Cousine immer dabei. Das Schmierige klebt auch in der Bettwäsche. Die erste Frau richtet zum zweiten Mal das Wort an den Mann, sie sagt, ihre Cousine rieche so, weil sie krank sei, aber es solle dem Mann egal sein. Dem Mann ist es egal. Er beschläft sie trotzdem. Eines Nachts stößt er in die erste Frau, er hat ihr einen Knebel in den Mund gesteckt, das macht er schon länger so. Die Frau bäumt sich vor Verlangen und Lust auf. Die Cousine gibt keinen Laut von sich, ihr Körper ist wie liegengelassen, sie verharrt bewegungslos, wenn er versehentlich gegen sie stößt oder der Kopf der ersten beim Liebesspiel auf dem Bauch der Cousine zu liegen kommt. Nachdem er die erste befriedigt hat, will er seiner Pflicht nachkommen und auch die zweite nehmen. Aber die erste hält ihn zurück. Zum dritten Mal sagt sie etwas, und es wird das letzte Mal sein: Sie sagt, ihre Cousine sei jetzt gestorben. Er brauche nicht mehr zu kommen. Sie dankt ihm, auch im Namen der Cousine. Der Mann zieht sich an und geht. Er kommt nicht wieder.«

»Die Geschichte mag ich nicht. Die ist gruselig.«

Albert lachte.

»Findest du die lustig?«

Albert lachte ungetrübt weiter. Ich lachte nicht. Ich rüttelte Albert an den Schultern, leise sagte ich: »Die ist ekelig«, und dann schrie ich ihn an. Ich schrie: »Hör auf zu lachen!«, und Albert lachte. Ich weinte: »Hör auf! Hör auf!«, ich trommelte auf seine Brust. Ich kam mir albern vor. Albert hörte auf zu lachen. Ich strich ihm kurz mit der flachen Hand über das Gesicht, dann legte ich mein Ohr auf seine Brust und hörte seinem Herz zu. Ich prüfte, ob sein Herz heimlich für ihn weiterlachte. Ich genoß es, die Haut seiner Brust und die gekräuselten Haare an meinen Schläfen, am Ohr und an der Augenhöhle zu spüren. Die trocknenden Tränen und seine Brusthaare kitzelten. Ich legte meine Hand vor mein Gesicht auf seine Brust, ich streichelte ihn. Ich hätte ihn gern gebissen, hätte meine Zähne in seine Brust gerammt und das Lachen herausgebissen. Dann hätte ich es ausgespuckt, einfach neben das

Bett gespuckt, dorthin, wo schon die Angst und der Tod lagen, gespuckt.

Im Liegen sah Albert alt aus. Wenn sein Gesicht über mir war, hing es in feinen Falten, lag es neben mir, dann hing die schlaffe rötliche Haut der Wangen über sein Ohr. Albert streichelte meinen Kopf. Er roch gut. Ich wünschte mir, daß er mir etwas Liebes sagte. Er sagte: »Das ist süß, wie du dich aufregst.« Er sagte also einen Satz, den er besser nicht gesagt hätte, weil er mir nicht gefiel. Und mit dem Satz gefiel mir der ganze Albert einen Augenblick lang gar nicht. Ich strengte meine Liebe an, um den Augenblick des Mißfallens hinter mir zu lassen, und es gelang. Ich atmete seinen Geruch ein.

Das Telefon klingelte. Albert und ich lagen im Bett. Es war sein Telefon, und wir lagen auch in seinem Bett.

»Es klingelt schon zum fünften Mal hintereinander«, stellte ich fest.

»Na und, laß es doch klingeln.«

»Das Telefon macht mir ein schlechtes Gewissen. Ich finde, du solltest rangehen, dann verabredest du dich, und ich komme mit. Weißt du, daß wir uns seit vier Monaten kennen und ich noch keinen deiner Freunde je zu Gesicht bekommen habe?«

»Die sind auch nicht so interessant, meine Freunde.«

»Aber doch, ich finde sie interessant. Ich möchte gern mal dabei sein, wenn du mit anderen sprichst. Findest du nicht, daß Menschen ganz andere Gesichter zeigen, wenn sie mit Liebsten, Freunden, Verwandten oder Bekannten sprechen?«

»Weiß nicht.«

»Es klingelt wieder.«

»Ich bin nicht taub.«

»Warum gehst du dann nicht ran?«

»Verstehst du schlecht? Ich bin jetzt mit dir. Ich möchte mit niemand anderem sprechen.«

»Warum ziehst du das Telefon dann nicht aus der Wand?«

»Gute Idee, Beyla. Das habe ich schon zu oft gemacht, der Stecker ist kaputt.«

»Ich glaube, wenn ich im Zirkus aufhöre, dann werde ich nicht Geräuschemacherin oder irgendwas anderes, was man erst lernen müßte. Ich werde Wächterin. Deine Wächterin.«

»Vielen Dank«, Albert lachte.

»Ja, und dann beantworte ich dein Telefon und sage: Hallo? Albert? Tut mir sehr leid, der ist verhindert. Kann ich etwas ausrichten?«

»Soweit kommt's noch.«

»Ja, und dann hast du deine Ruhe.«

»Aber dann muß ich dich ständig ertragen.«

»Ist das so schlimm?« Ich küßte Alberts Handgelenk.

Wir starrten eine Weile in die Dämmerung, die vor Alberts Schlafzimmerfenster hing. Ich sagte Albert, daß ich gern mal so ein Gesicht von ihm sehen würde, so eins, das er anderen Menschen zeigt. Ich erinnerte mich an die Grimasse des Mannes, der Charlotte zu Tode erschreckt hatte. Die Grimasse, die er zog, als ich mit dem Fahrrad aus meiner Wohnung kam. Und daran, daß ich während Charlottes Beerdigung denken mußte, daß mir Albert bekannt erschien, nur weil ich ihn im Laufe des Tages mehrmals angesehen hatte. Albert stand aus dem Bett auf. Ich folgte ihm. Er ging ins Badezimmer, und ich sah zu, wie er sich rasierte. Ich hörte das Kratzen. Wir sprachen nicht. Er benutzte ein Aftershave, er kippte sich auch etwas auf die Brust, und ich sah zu, ich wußte, wie unangenehm scharf es dort riechen und wie sehr es mir den Atem nehmen würde. So sehr, daß ich ihn nicht mehr riechen könnte. Er drehte das Wasser für die Badewanne auf. Ich sah zu. Er holte aus dem Wandschrank im Flur ein frisches Badetuch. Ich sah zu. Er drehte sich um und pinkelte im Stehen ins Klo. Ich sah zu. Gleich würde er fragen, ob ich nichts vorhätte. Soweit wollte ich es nicht kommen lassen. Er drehte sich zu mir um und küßte mich im Vorbeigehen auf den Mund. Ich wollte nicht, daß er mich im Vorbeigehen küßte, so was macht man nicht, und ganz bestimmt macht man es nicht mit einer Frau, die man erst seit vier Monaten kennt. Er hatte schlechte Angewohnheiten. Woher nur? Noch nie hatte er mir von seinen früheren Freundinnen erzählt. Ich hatte es ihm erzählt, alles von mir, alles, von vorne bis hinten, nächtelang, tagelang, ganze Morgen und Mittage, und ich war noch nicht ganz am Ende mit dem allen. Aber er? Er wollte sich nie erinnern, er konnte sich nie erinnern. Albert hatte sich den Spiegel aus dem großen Zimmer geholt und kam jetzt ins Bad zurück. Seine Badewanne war fast voll. Im Vorbeigehen faßte er mich an meinem Arm an und sagte:

»Du stehst hier so unschlüssig. Weißt du nicht, wohin mit dir?«

Ich küßte ihn.

»Willst du auch baden?«

Ich küßte ihn wieder. Ich war dankbar. Ich küßte ihn dankbar, weil er mich gefragt hatte, ob ich mit ihm baden wollte. Ich zog das kurze Hemd aus, legte es auf den Klodeckel und stieg in die Wanne. Albert legte die Zeitschrift auf mein Hemd und stieg zu mir.

»Ich weiß was«, sagte ich, »wir spielen ein Spiel. Du machst die Augen zu und rätst, was ich dir unter die Nase halte.«

»Aber bitte nichts zu essen, nicht in der Wanne, ich mag das nicht.«

»Nein, gut, nichts zu essen. Trotzdem?«

»Wie du willst.«

Ich stieg aus der Wanne, legte mir das Handtuch um, das Albert frisch für sich aus dem Wandschrank geholt hatte, und ging in sein großes Zimmer. Dort hatte ich meinen Rucksack hingelegt. Und im Rucksack lag ein Brief, den ich an dem Morgen von Ted bekommen hatte. Es war ein dicker Brief. Ich hatte schon hineingesehen, es war eine Kassette darin. Ich dachte mir, mal sehen, was Ted so erzählt. Vielleicht etwas von Charlotte, vielleicht endlich etwas über seine Familie und vielleicht sogar über das, was Charlotte ihm von Albert erzählt hatte. Auf dem Zettel, den er der Kassette beigelegt hatte, stand: »beginning«. Ich nahm Alberts Kassettenrekorder samt Netzteil und Kopfhörer und ging zurück zum Bad. Bevor ich die Tür aufstieß, rief ich: »Augen zu.«

»Hab ich.«

Ich stellte den Kassettenrekorder neben die Wanne, legte die Kassette ins Fach und sah mich um. Neben dem Spiegel war die Steckdose. Auf dem Bord über dem Waschbecken stand ein Glas mit Alberts Zahnbürste. Ich nahm das Glas und drückte den Kopfhörer hinein, so gut es ging.

»Du mußt jetzt mit dem Kopf unter Wasser tauchen.«

»Wie lange denn?«

»Los, mach schon.«

Albert tauchte unter. Ich stieg in die Wanne zurück und hielt das Glas mit dem Kopfhörer zwischen uns in die Wanne, direkt über seinen Schwanz. Ich lehnte mich aus der Wanne und drückte auf die Playtaste. Albert prustete. Er kniff die Augen zusammen, kam kurz hoch und japste.

»Wie lange noch?«

»Noch länger. Du darfst mit der Nase aus dem Wasser schauen, aber die Ohren müssen drin bleiben.«

Er tat, wie ihm geheißen.

»Und jetzt?«

Ich sagte nichts mehr. Aus dem Glas hörte ich ein Tuckern, wie von Maschinen. Albert hörte. Das Tuckern ging sehr gleichmäßig, wie eine Maschine, die durchläuft, vielleicht war es Teds Aufnahmegerät.

»Schiffe«, stellte Albert fest,»das sind Schiffsmotoren. Wahrscheinlich die Queen Africa, so ein alter Raddampfer.«

Er tauchte mit den Ohren auf. »Und jetzt?« Ich drückte mit der freien Hand (in der anderen hielt ich das Glas ins Wasser) seinen Kopf zurück.

»Weiter, es geht bestimmt weiter.«

Wir lauschten eine Weile, aber an dem Geräusch veränderte sich wenig.

»Ein Embryo im Mutterleib«, lachte Albert, »wirklich, das mußt du mal hören.« Er tauchte auf, nahm mir das Glas aus der Hand. Albert wartete, damit ich untertauchte.

»Albert, das Telefon klingelt.«

»Ist doch egal, jetzt tauch einfach unter, komm, probier mal«, Albert lachte, »unter Wasser hörst du das Telefon nicht, da hörst du nur den Herzton des Embryos, da kannst du dich groß fühlen, oder klein, wie du willst, komm, da mußt du gar nicht ans Meer fahren und in Sternenhimmel gucken, die sind eh meist bedeckt«, er faßte meine Brust an und versuchte mich unterzutauchen. Ich gab nach. Unter Wasser, ich schloß die Augen, hörte ich den Embryo. Ich erinnerte mich. Aber mehr, als daß ich mich erinnerte, beunruhigte mich, wie Albert auf so eine Idee kam und wo er so was schon mal gehört haben konnte. Vielleicht war eine seiner ehemaligen Freundinnen schon schwanger gewesen? Ganz sicher war es die, die heute ununterbrochen versuchte, ihn zu erreichen. Und das Herz des Embryos stotterte. Albert streichelte mein Knie. Ich bekam Wasser in die Nase und in den Rachen, ich mußte husten und setzte mich hin.

»Mensch, jetzt ist Wasser im Glas«, er fingerte an den Kopfhörern und holte sie aus dem Glas, dann legte er beides vor die Badewanne und stellte den Kassettenrekorder aus. Er legte sich auf meine Seite. »Und, hat dir das gefallen?«

Ich wußte nicht, ob ich blöd nicken sollte oder ihn fragen, wie er auf den Herzton eines Embryos kam.

ihm schließlich ganz gut gefiel. Und dann sollte er sie abtrocknen, bis ihre Haut ganz rot und ihr ganz heiß werde. Er dachte sich, jetzt sei der Augenblick gekommen. Die Frau zog ihn in ihr Schlafzimmer, wo auf dem Bett eine Stofftierparade versammelt war. Der Mann zögerte mit dem Nähern. Die Frau, die noch immer seine Hand hielt, sie hatte eine kleine Hand, sagte, das seien alles Monchichis, die habe sie gesammelt. Es war auch ein weißer Monchichi darunter, ein Albino. Sie zeigte dem Mann den Albino, der tatsächlich im Gesicht genauso aussah wie die anderen. Der Mann lobte ihre Sammlung, weil er ahnte, daß es sie freuen würde. Und die Frau freute sich. Er sollte ihr ein Schlaflied singen, dabei dann auf ihrer Bettkante sitzen und ihre Hand halten. Auf ihrem Kopfkissen lag ordentlich gefaltet der Schlafanzug. Der Schlafanzug war nur rosa und hatte innen Flanell, sie zeigte ihm den Flanell. Der Flanell war weich. Der Mann nickte zustimmend. Er mußte an den Schnabel der Schwammente denken. Die Frau legte sich auf den Rücken und hielt seine Hand und lauschte, sie unterbrach ihr Lauschen noch schnell, um ihm zu sagen, er solle sie fragen, ob sie warme Füße habe, er fragte, ob sie warme Füße habe, sie lächelte und nickte und lauschte, er durfte anfangen, und er sang: ›Aber heitschi bum beitschi bumm bumm, aber heitschi bum beitschi bumm bumm‹ die ganze Nacht, weil er kein anderes Schlaflied kannte, im Grunde war es das erste Schlaflied, das er je gesungen hatte, und die ganze Nacht sang er es, zwischendurch summte er auch, weil ihm der Hals anfing, weh zu tun, und die ganze Nacht, bis sie morgens aufwachte. Morgens lächelte sie, als er noch immer da saß. Sie sagte, er hätte ruhig ins Nebenzimmer gehen können. Nur die Tür hätte er einen Spalt weit offen lassen müssen, damit sie den Lichtschein gesehen hätte und gehört hätte, wie er die Zeitung umblättert, die er dann gelesen hätte.«

»Und dann?«

»Dann durfte ich gehen.«

»Du?«

»Na jetzt«, Albert schob mich nach vorne und stand hinter mir in der Wanne auf, »komm, es wird ungemütlich hier drinnen.«

Das Telefon klingelte wieder. Ich sagte nichts mehr. Albert hielt mir das große Handtuch auf, und ich stellte mich hinein.

»Was soll da schon groß sein? Irgendwer versucht mich zu erreichen, na und? Versucht er es eben morgen wieder.«

»Und wenn es etwas Schlimmes ist, etwas Dringendes?«

»Was gibt es schon Dringendes?« Albert lächelte mich an, »Dringenderes als jetzt mit dir zurück ins Bett zu gehen.«

»Ich kann nicht, ich habe Vorstellung um sieben.«

Albert trocknete mich ab, hielt mir die Unterhosen auf, damit ich hineinschlüpfen konnte, zog mir das Hemd über den Kopf, so daß ich nur die Arme ausstrecken mußte, zog mir später beide Schuhe an, und sagte noch, ich solle sie mal zum Schuster bringen, die Sohlen seien schon sehr herunter, und überhaupt, ich solle mal endlich aufhören, die Schuhe immer auszuziehen, ohne die Schnürsenkel aufzumachen, das leiere doch die Schuhe aus, und er zeigte mir, was er meinte, aber ich verstand ihn nicht.

Albert brachte mir, selbst noch nackt, den Rucksack aus dem großen Zimmer, setzte ihn mir auf den Rücken und brachte mich zur Wohnungstür. Dort drückte er mir einen Kuß auf den Mund, der auch so einer vom Vorübergehen gewesen wäre, wenn Albert nur an mir vorbeigegangen wäre und nicht statt dessen eher gequält als gelassen oder sehnsüchtig ausgesehen hätte, und lächelte mir zu.

Etwa bis hierher war ich mit Albert glücklich. Es war Anfang September. Glück? Dazu gab es nichts zu sagen, und genau darin besteht das Wesen des Glücks, unter anderem. Ich würde mein Glück mit Albert verletzen, wenn ich versuchte, es anzufassen, würde es kränken, wenn ich es hier, vor meiner Freundin oder einem Bruder, ausbreitete, um es jedem zugänglich zu machen, und das wollte ich nicht. Ich zweifelte nicht am Glück. Um das Glück dachte ich herum, wie ich um die sterbende Charlotte hätte herumdenken sollen, um sie in Würde, nämlich allein, sterben zu lassen. Es gab aber auch andere Momente, in denen ich anders dachte. Ich dachte an Charlotte. Ich probierte ihre Kleider an, die mir an der Brust stets zu groß waren und die insbesondere an den Ärmeln, wo ihre Achseln den Stoff berührt haben, säuerlich nach ihrem Schweiß rochen. In der Kommode fand ich ihre Büstenhalter, sie waren glänzend rot mit Spitze, türkis mit Spitze, schwarz in Seide und Nylon, meergrüne Schlüpfer mit korallenfarbenen Rüschen, es waren Teds Geschenke. Ich fand die seidenen Kissen in mehreren Farben. Sie rochen nach Charlotte. Ich wusch ihre Wäsche, ich bügelte sie in Gedanken an Charlotte, für mich selbst hatte ich noch nie gebügelt. Die Kleider packte ich in eine große Tüte und brachte sie zu einem Kleidercontainer, deren Inhalt in andere Länder geschickt wurde. Wenn das Telefon klingelte, dachte ich, es sei Charlottes Tante, die sich nach dem Besten erkundigen wolle. Mit einem Anruf könnte sie daran erinnern wollen, daß an Charlottes Grab keine Blumen von mir lagen und ich seit der Beerdigung nicht dort gewesen war. Aber die Tante rief nicht an. Der Zirkus wollte mich für weitere zwei Jahre unter Vertrag haben. Ich müßte Bewerbungen schreiben, wenn ich wegwollte. Que Cirque oder Cirque Baroque, das wären Alternativen. Sarrasani hatte es nach dem großen Brand in Dresden bis nach Buenos Aires und mitten ins Herz der Argentinier geschafft. Nein, weg wollte ich nicht, zumindest nicht von Albert. Ich könnte Albert fragen, ob er mit mir wegginge, nach Amerika, wo wir Geräusche zu Filmen machen würden. Aber ich wußte, daß Albert für solche Ideen nicht zu haben war.

Das Nachbarsmädchen kam zu Besuch und zeigte mir seinen neuen Fotoapparat. Den hatte es zu Ostern bekommen. Es lächelte mich an, seine Mundwinkel zitterten. Ich vermutete, daß es oben in der Wohnung allein gewesen war und sich langweilte. Vielleicht hatte die Kleine Angst allein und suchte meine Gesellschaft. Sie ließ sich auf Charlottes Sessel nieder, klemmte ihre Knie zusammen und drehte die Kordel des Fotoapparats, die aus kleinen silbernen Perlen bestand, zwischen den Fingern. Sie habe auch Fotos mit, die sie gemacht habe. Sie wollte gerne, daß ich sie mir ansehe. Sie klappte die Papierhülle auf und holte einige Bilder heraus. Die Fotos hatte sie von oben, von ihrer Wohnung aus fotografiert. Das Nachbarsmädchen gab mir die Fotos in die Hand und stellte sich neben mich. Die Autos sahen aus wie Matchboxautos und die Menschen wie Puppen. Das sei aus Versehen passiert, sagte das Mädchen. Es zeigte mir die Bilder mit der Straßenbahn, mit den drei roten Feuerwehrautos, auf deren Dächern 112 geschrieben stand, und weiße Dächer mit 110, man erkannte auch die Trage. Und da war auch der Fahrer, der seine Mütze in der Hand hielt. Alles war klein. Von Charlotte sah man ein Bein und auch etwas Haare, der

Rest war von dem Rücken des Kinderarztes und anderen Personen verdeckt, die sich über sie gebeugt hatten. Das Nachbarsmädchen sagte, es habe den Unfall aber wirklich nicht gesehen. Es nahm mir die Fotos aus der Hand, die Mädchenhände hinterließen feuchte Fingerabdrücke auf den Hochglanzbildern. Ob die Polizei wohl die Fotos haben möchte? fragte mich das Nachbarsmädchen. Es dachte, es habe einen Schatz und eine ganz wichtige Tat vollbracht. Ich wollte es von dem Gedanken ablenken. Ich gab mich gelangweilt. Ich gähnte auch und sagte dem Mädchen, daß sich für solche Fotos niemand interessiere. Ob es einen Kakao trinken wolle, fragte ich. Ich wollte Charlottes Nesquick nicht einfach in den Müll werfen. Die Kleine wollte Kakao und folgte mir in die Küche. Ich fragte sie, ob sie Charlotte gut gekannt habe. Das Nachbarsmädchen zögerte, es stotterte, als habe es Angst, etwas Falsches zu sagen. Als ich in dem Alter war, gab es auch einen Nachmittag, an dem ich Angst hatte, etwas Falsches zu sagen. Das Nachbarsmädchen war aber zugleich stolz, daß ich etwas von ihm wissen wollte, etwas, das mit diesen Bildern und dem Tod der Frau zu tun hatte. Ich gab der Kleinen den Kakao, sie verbrannte sich den Mund an dem zu heißen Getränk.

An dem Nachmittag, als ich in ihrem Alter war und Angst hatte, etwas Falsches zu sagen, leugnete ich die Angst, indem ich alles sagte, was meinen Vater ruinieren würde. Ich hatte Angst, etwas Falsches zu sagen, weil ich nicht wußte, was richtig gewesen wäre, ob ich es richtig fand, ihn bloßzustellen, oder richtig, ihn zu verteidigen, und welche Worte am besten zu dem einen oder anderen Ziel führten. Meine Brüder dachten nicht viel nach, sie waren diejenigen, die angefangen hatten.

Das Nachbarsmädchen zeigte auf die Wand und fragte, wo die Rose hin sei, die immer I love you sagen würde.

Ich sagte ihm, daß ich die Rose weggeworfen hätte, aber ob es mir nicht antworten wolle. Das Mädchen pustete über den heißen Kakao. Es streckte die Beine aus und verbog die Zehen.

Ich sagte dem Mädchen, es solle aufpassen, daß der Kakao nicht verschüttet werde.

Arbeitet deine Mutter, fragte ich, und das Mädchen prustete, anstatt zu pusten, so daß der Kakao in großen und kleinen Tropfen auf die weite Hose des Mädchens spritzte. Es stellte den Kakao vor sich auf den Boden und erinnerte mich daran, daß Sonntag sei, da würde seine Mutter nicht arbeiten. Das Nachbarsmädchen hatte sich verschluckt und räusperte sich. Aber die Mutter habe zu tun, sie habe Besuch. Das Nachbarsmädchen schien nicht sehr glücklich über den Besuch der Mutter. Ich kannte das Gefühl, von Besuchen aus der eigenen Wohnung ausgeschlossen zu sein, wenn auch nicht ausdrücklich, mein Vater schickte uns nicht fort, er vergaß uns schnell, wenn andere zu Besuch waren, nur für uns war es schwer, ihn zu vergessen, also machten wir, daß wir ihn allein ließen. Ich sah das Nachbarsmädchen mitfühlend an und fragte, ob es den Besuch seiner Mutter nicht leiden könne. Doch, doch, schon, der Albert, sagte das Mädchen, sei doch ein Netter, aber stören wolle es trotzdem nicht. Albert? Na, den würde ich doch auch kennen, der mit den komischen Haaren. Das Nachbarsmädchen griff sich in die langen Haare und stellte sie vom Kopf ab, damit ich lachte. Aber ich vergaß zu lachen, und ich wollte auch nicht. Nicht, daß mir nicht aufgefallen wäre, wie Alberts Haare hin und wieder zu Berge standen. Albert, der Nachbar. Das Mädchen sagte es leichthin und wunderte sich, daß ich mich wunderte. Ja, sehen die sich öfter? Das Mädchen schaukelte den Kopf, von der linken zur rechten Schulter, was ähnlich seltsam aussah, wie wenn es zwei Treppenstufen auf einmal nahm, so als habe es zuviel Zeit mit Erwachsenen verbracht und sehne sich schon allzu sehr, auch endlich eine von uns zu sein, und die Kleine wog ihren Kopf, und diese scheinbare Gelassenheit ihrer Überlegung wurde ihr nur von den Mundwinkeln streitig gemacht, die zuckten, als habe sie Angst, etwas Falsches zu sagen. Sie nahm den Kakao, trank die ganze Tasse in einem Zug aus, stand auf und verabschiedete sich.

Ob es nicht noch Kekse essen wolle, fragte ich das Nachbarsmädchen. Aber es sagte, nein, es müsse jetzt dringend nach oben. Warum denn so eilig? fragte ich. Das Mädchen hatte schon die Klinke meiner Wohnungstür in der Hand und grinste mich an, es müsse aufs Klo. Ich nahm ihm die Klinke aus der Hand und sagte, warte, warte. Das Nachbarsmädchen stieg die Treppe hoch, es konnte schon etwas geschmeidiger zwei Treppenstufen auf einmal nehmen, aber anmutig würde das nie aussehen. Ich nahm meinen Schlüssel und folgte dem Mädchen. Noch bevor wir den fünften Treppenabsatz erreichten, hörte man oben eine Tür ins Schloß fallen. Albert kam uns entgegen. Das Nachbarsmädchen sagte Hallo Albert, Bis bald, Albert, und ich sah Albert fragend an, und Albert lächelte dem Nachbarsmädchen hinterher. Was er dort gemacht habe, fragte ich ihn, er sagte, er kenne die Mutter des Mädchens schon seit Jahren, er dürfe sie doch wohl noch besuchen. Ja, aber du hast mir nie gesagt, daß du sie kennst, hielt ich ihm vor. Albert zog erstaunt die Augenbrauen hoch, seine Ohren sprangen dabei zurück. Was muß ich dir nicht alles mitteilen, liebe Beyla, du wirst doch keine Detektivin sein? Albert lächelte über mich. Ich hängte mich in seinen Arm und dachte, jetzt kann ich nicht mehr sagen, was ich wollte: daß ich ihn doch nur liebe, nur das.

Es beunruhigte mich, daß ich Albert nie auf eine mögliche Verbindung mit Charlotte ansprach. Immer wieder lenkte ich unsere Gespräche wie zufällig in ihre Richtung, aber Albert verlor kein Wort über Charlotte, und ich haßte es, von ihm Detektivin genannt zu werden, also fragte ich nicht so genau, wie ich gewollt hätte. Einerseits sagte ich mir, daß die Liebe, die ich empfand, es verbot, und andererseits wünschte ich mir, er würde von sich aus darüber sprechen. Ich wollte ihn nicht befragt haben.

Albert schwieg. Er schwieg auch über den kalten Rauch, den ich ab und an in seiner Wohnung roch, wenn ich mittags oder nachmittags zu ihm kam. Vor mir rauchte er nie und behauptete auch, es nicht zu tun. Ich dachte öfter an die Cousine seines besten Freundes in Rostock, an die sterbenden Fische, die Langeweile der Cousine und das Aufregende, das Folgende, das Kommende, das Erste, und ich verkniff es mir, Albert danach zu fragen. Von allein erzählte er es nicht. Alberts Gegenwart machte mich sehr aufgeregt, oder erregt, oder einfach nur neugierig. In seiner Gegenwart wuchs meine Neugier wie eine Geschwulst, die jeden Moment aus ihrer Hülle brechen wollte. Und bekam die Geschwulst einen Riß, fragte ich etwas Belangloses, weil ich mich schämte, ich schämte mich, neugierig zu sein, schämte mich, Fragen zu haben, die er ganz offensichtlich nie hatte. Weil ich meine Liebe aber nicht ohne weiteres aufgeben wollte, auch gar nicht konnte, sagte ich mir, daß es nichts mache, wenn wir so unterschiedlich wären. Aber es gab auch Augenblicke, in denen ich spürte, wie sich meine Neugier binnen Sekunden in Mißtrauen verwandeln konnte.

Als eines Vormittags das Telefon klingelte und ich auf Alberts Couch saß, die ich nicht mochte, weil sie spießig war, und ich andächtig Alberts Klavierspiel lauschte, und ich nur einmal bat, ob er nicht einmal etwas anderes als die Gnossienne spielen könnte (auch wenn ich nur noch selten an die Concierge und meine Mitschülerin aus Châlons dachte), und er zu der Sonate Nr. 16 G-dur von Beethoven wechselte, da fühlte ich mich von seiner Musik fast hinausbefördert, eitel gefiel er sich in den Gebärden, die sein Oberkörper seinen rasenden Händen nachmachte, um dann abgehackt mit schüttelndem Kopf die Tasten und mein Ohr zu quälen. Sein rechter Zeigefinger war flinker als der linke Mittelfinger. Mich quälte es, weil er weder schnell genug noch genau genug mit den Tasten umging. Und gerade als er sich nach der ersten leisen Stelle wieder unmäßig ins Zeug werfen wollte, klingelte sein Telefon. Er hielt an den Tasten fest, das Telefon schrill dazwischen, er über den Tasten, das Telefon, ich: »Warum gehst du nicht ans Telefon?« schrie ich.

Albert sprang vom Klavier auf, stürzte zum Telefon und: Er nahm es nicht ab, sondern riß den Stecker aus der Wand. Das lose Ende mit Drähten in der Hand, sah er doch recht verzweifelt aus. Ich mußte lachen. Sein Anrufbeantworter sprang an, er hatte ihn leise gestellt.

»Was ist denn?« lachte ich.

»Ich hasse es, wenn das Telefon klingelt, während ich Klavier spiele und mit dir bin.«

»Aber du gehst nie ans Telefon, wenn ich da bin, ist dir das mal aufgefallen?«

»Nein?«

»Nein, ist dir das noch nicht aufgefallen?«

Albert legte die Telefonschnur aus der Hand. »Warum sollte ich ans Telefon gehen, wenn alles, was ich will, bereits hier ist?«

»Könnte doch sein, es ist etwas Wichtiges.«

»Nein, es gibt nichts Wichtiges, solange du da bist«, Albert kam auf mich zu (aah, er wollte mir gefallen, sein feuriges Gemüt ein bißchen ausstellen, da, schau her, da haben sich Schweißtropfen auf seiner Stirne gebildet), er kam auf mich zu, um mich in den Arm zu nehmen. Ich wich aus. Er setzte sich neben mich.

»Außerdem telefoniere ich nicht gern«, sagte er und wollte den Kopf auf meine Schulter legen. Ich wußte, daß er log (der Halunke), denn wann immer ich bei ihm klingelte, hörte ich ihn telefonieren, und er mußte noch schnell ein Gespräch beenden, bevor er die Schlösser öffnete und mich einließ. Wie man sich als Musiker so unklar über die Durchlässigkeit von Türen sein konnte, war mir schleierhaft. Manchmal sah ich ihn auch beim Telefonieren, wenn er, wie ganz am Anfang, an seinem Fensterbrett lehnte und ich aus dem Küchenfenster hinuntersah. Ich drückte mit der Hand seinen Kopf von meiner Schulter.

»Gibt es niemanden, mit dem du gerne telefonierst?«

»Niemanden«, sagte er, schüttelte den Kopf, lächelte und sah mir dabei entschlossen in die Augen. Entschlossen, mich glauben zu machen, mich glauben zu sehen.

»Auch nicht deine Familie?«

Er schüttelte den Kopf und merkte, daß ich immer besorgter wurde, je mehr er sich Mühe gab, mich zu beschwichtigen. Ich wollte ihm nicht sagen, daß ich schon gehört hatte, wie er telefonierte, wie freundlich, wie liebevoll, wie zärtlich seine Stimme klang, ich wollte nicht, daß er dachte, ich würde ihn belauschen, ihn kontrollieren, aber ich spürte mein Mißtrauen gegen seine sanften Worte und den entschlossenen Blick.

Am Nachmittag holte er mich von der Probe ab, und ich versuchte ihm zu sagen, daß mir die Wahrheit sehr wichtig sei, zumindest gegenüber dem Menschen, den ich liebe. Wir liefen nebeneinander her, weil er sein Fahrrad nicht dabei hatte. Ganz unvermittelt begann ich das Gespräch mit diesem Satz:

»Ich wünsche mir, daß du mir immer die Wahrheit sagst und wir uns nie belügen.«

»Wie kommst du darauf?«

»Weil es mir wichtig ist.«

»Warum ist dir das wichtig?«

»Warum? Ist dir das etwa nicht wichtig?«

Albert antwortete nicht. Er lief schweigend weiter, als hätte er mich nicht gehört. Am Winterfeldtplatz wurde gerade der Markt abgebaut, es war Mittwoch, und einer der letzten Stände, die noch nicht alles zusammengekehrt hatten, war der Blumenstand, der am Rücken der Kirche stand. Auf dem Boden lagen vor allem orangerote Gladiolen verstreut. Ein kleines Kind war damit beschäftigt, die Gladiolen aufzuheben, sie wie eine Fackel vor sich her zu dem neuen Metallzaun mit den Planetenkugeln zu tragen und sie in den Zaun zu stecken, der das Gebüsch um die Kirche herum einzäunt. Albert ging mir ein paar Schritte voraus, und ich sah, wie er aus dem offenen Planwagen, in dem der Händler Eimer verstaute, etwas kaufte. Er kam mit einem riesigen Bündel Sonnenblumen zu mir: »Für dich«, sagte er. Ich freute mich. Aber mit Sonnenblumen konnte man bei keiner was falsch machen. Und da war doch noch etwas, ich wollte die Wahrheit und nichts als die Wahrheit.

Als wir weitergingen, fragte ich: »Ist dir die Wahrheit nicht wichtig? Ich meine, sie ist doch die Grundlage von Vertrauen, oder nicht?«

»Für mich nicht. Vertrauen ist etwas ganz anderes, das hat mit Wahrheit wenig zu tun, eher mit Echtheit. Wenn ich dir sage, daß ich dir nicht immer die Wahrheit sagen kann und daß es manchmal besser ist, Geheimnisse für sich zu behalten, was stört dich daran?«

»Was mich daran stört?« Ich überlegte. »Alles – daß ich dich dann weniger kenne.«

Albert antwortete nicht darauf. Wir liefen zum S-Bahnhof Yorckstraße. Die Yorckstraße war laut, viele Autos standen im Stau, vielleicht lag es daran, daß Albert keine Lust hatte zu reden.

»Es ist doch schön, wenn es einen Menschen gibt, der einen ganz und gar kennt, mit dem man über alles sprechen kann und dem man seine Geheimnisse anvertrauen kann!« rief ich, weil der Bus, der uns nebenan auf der Straße überholte, so laut war und sich der Lärm unter den Brücken, unter denen wir jetzt hindurchgingen, fing. Albert strengte sich nicht an, zurückzuschreien. Erst als wir in den Bahnhof gingen und die Treppe hinaufliefen, er mir dabei das Fahrrad abnahm und ich die Sonnenblumen trug, sagte er:

»Findest du?«

»Was?«

»Findest du das wirklich schön, wenn dich einer so ganz und gar kennt? Das ist doch nicht möglich.«

Diesmal antwortete ich nicht. Kaum, daß wir oben ankamen, fuhr die S-Bahn ein. Wir mußten rennen, um mit dem Fahrrad einsteigen zu können.

»Es ist doch schön, wenn der, der einen liebt, nur auserwählte Seiten von einem kennenlernt, oder nicht? Wo liegt sonst das Privileg?« (Albert)

»Das Privileg liegt darin, daß man im Gegensatz zu anderen Menschen nicht nur die schönen Seiten, sondern auch den Schmerz, die Hoffnung, die Angst des anderen erfährt« (ich legte mich richtig ins Zeug).

»Das ist doch Blödsinn, du willst mir doch auch nicht beim Scheißen zusehen.«

Es verletzte ein wenig, daß Albert mich nicht verstehen wollte, mehr aber, daß er unbedingt anderer Meinung bleiben wollte. Trotzdem war ich entschlossen, glücklich zu sein, und ich war auch glücklich, denn ich tröstete mich, daß man ja nicht in allen Punkten einer Meinung sein müßte.

Daß ich ihn beschäme, mit meiner Liebe, das hatte Albert gesagt, und daß ich ihm kaum Luft ließe zum Atmen (nur weil ich täglich an seiner Wohnungstür klopfte und dort so lange stehenblieb, bis er seine drei Schlösser öffnete). Was konnte ich dafür, daß er drei Schlösser hatte und nicht genug für sich allein kriegen konnte (Luft meine ich)? Zugegeben, manchmal klopfte ich zweimal. Und dann sagte er, er möchte sich gern erst einmal selbst verwirklichen. Was das denn nun wieder heißen soll, fragte ich ihn. Na so eben, dazu hatte er eine ausladende Geste mit dem ganzen Arm gemacht und mir schon mal die Wohnungstür gezeigt, damit ich über das Gespräch, das mich zu interessieren drohte, ja nicht vergaß, ihn allein zu lassen. Aber mitten in der Tür blieb ich stehen. Ich verdrückte ein paar Tränen und schrie ihn an, was das alles soll. Da schrie er zurück, ich müsse mich nicht um ihn kümmern, er werde sich selbst um sich kümmern. Und ich drehte mich um und sagte, diese ständige Kümmerei und dieses ganze Gedrehe um sich selbst, das sei doch dumm. Schließlich, wo war ich denn, wenn nicht bei ihm, und wohin wollte ich, wenn nicht zu ihm, und mit wem wollte ich, wenn nicht mit ihm. Er hielt mich vom Gehen nicht ab. Und bei mir dachte ich bloß: Wart nur, du Halunke, gleich frage ich dich nach Charlotte, und dann siehst du blaß aus. Aber mir reichte der Gedanke daran, und ich spürte, daß ich selbst gar nicht mehr genau wissen wollte, ob und wie er Charlotte geliebt und zu Fall gebracht hatte. Ich gestehe, manchmal war es auch dreimal am Tag, daß ich an seine

Tür klopfte. Aber ich hatte Gründe. Ich brachte etwas zu essen, nicht immer in einem kleinen Körbchen und fast nie mit einem roten Tuch um den Kopf, aber ja, ich brachte ihm Nahrung in seine Wohnung, er mußte nur die drei Schlösser aufsperren, damit ich hineinschlüpfen und eine Picknickdecke auf seinem Boden ausbreiten konnte. Und dort packte ich Kirschen auf die Decke und Apfelwein und frischgebackenes Brot aus der französischen Bäckerei, die im August in der Fehrbelliner Straße eröffnet hatte. Und Albert stöhnte. Sein Telefon klingelte, und er wollte nicht rangehen. Nicht, solange ich da war. Ich ermutigte ihn, redete ihm gut zu, von mir aus könne er auch länger sprechen, ich würde derweil die Kirschen waschen und das Brot aufschneiden. Doch Albert wollte nicht. Nein, sagte er, nein, das will ich nicht. Aber: Ich habe wenig Zeit, Schatz ..., wollte er weitersprechen. Ich ließ ihn nicht. Wer hatte mich schon Schatz genannt? Keiner. Und das mußte auch nicht sein, wirklich nicht. Das hast du doch noch nie gesagt, erinnerte ich Albert, und er wunderte sich, weniger über meine Empörung als darüber, daß er mich noch nie so genannt haben sollte. Ich teilte ihm mit, daß mir das gewiß aufgefallen wäre. Liebling ja, Liebes auch, vielleicht hätte er Liebste sagen können, ohne daß es mich aufgebracht hätte. Aber an Schatz hatte mich noch keiner vorbeigeführt. Das Telefon hörte auf zu klingeln, und Albert wollte es sich über meinen Gaben gemütlich machen. (Na, und die Male, die ich geklopft hatte und er nicht öffnete, die zählte ich gar nicht erst, wo hätte das auch hingeführt? Es waren Male, bei denen ich zumeist durch häufiges Ausdemfenstersehen und Instreppenhauslauschen sicher sein konnte, daß er dagewesen war, mich aber nicht hören wollte. Und bei diesen Malen, die ich also nicht zählen mochte, hatte ich ihn ohnehin nur beschämt.)

»Und womit beschäme ich dich, bitte sehr?«

»Mit deiner Anhänglichkeit«, sagte Albert.

»Spinnst du, ich bin doch nicht anhänglich. Ich gehe arbeiten, im Gegensatz zu dir, der du den lieben langen Tag zu Hause bist und Klavier spielst oder was weiß ich was machst. Ich und anhänglich, daß ich nicht lache!«

»Dann lach eben, das ist mir doch egal.«

»Aber womit beschäme ich dich?« flehte ich Albert an.

Albert wurde lauter. Er wurde so laut, daß ich nicht mehr verstand, was er im einzelnen sagte.

Ich weinte, das gefiel ihm zwar nicht, aber ich tat es trotzdem. Und schluchzend rief ich: »Was? Ich verstehe kein Wort. Bitte, sag's mir, was beschämt dich an mir?«

»Deine ganze Liebe, diese Euphorie, das Wollen, merkst du nicht, daß du mir zuviel bist?«

Nun, der Mann kümmerte sich einfach zuviel, er kümmerte sich und kümmerte sich, und daß ich ihn vom ganzen Kümmern abhalten wollte, das stürzte ihn erst in richtigen Kummer. Er schämte sich, weil er sich geliebt fühlte und nicht wiederliebte. Das etwa glaubte ich. Aber die Rechnung, mich auf diese Weise abzuschütteln, die ging nicht auf. Die duldete ich nicht. Ich sagte ihm, wir rechnen anders. Ich würde ihn allein lassen, so lange er wolle. Aber er solle nicht vergessen, mir ein Zeichen zu geben, wenn er mal wieder wolle, mich sehen, selbstverständlich. Er nickte und brachte mich zur Tür. Mir fiel ein, was Ted über die Geräuschemacher gesagt hatte, und ich dachte einen Moment daran, daß ich Albert jetzt eine Weile nicht hören würde und daß es vielleicht sinnvoll wäre, sich nach Wanzen, oder wie die Abhörgeräte heißen, zu erkundigen. Und einen Moment lang fand ich es seltsam, daß gemeinhin nur Feinde oder andere Verdächtige abgehört wurden, denn schließlich ist das Interesse an denen, die man liebt, doch viel größer, das dachte ich, irrte mich aber wohl, zumindest wenn ich das Wort *gemeinhin* in dem Zusammenhang verwendete. *Ab*hören. Außerdem, das gestand ich mir ein, pflegten Freunde sich gerne zu sprechen und einander zu hören – nur, Albert mochte mich eben nicht. Darüber konnte ich jetzt nachdenken, wenn ich nach oben in meine Wohnung gehen wollte, um Albert so lange in Ruhe zu lassen, wie er es wollte. Ich konnte mein Ohr auf die Dielen pressen und auch vor seiner Tür ein wenig umherstehen, ja, das auch. Und gewiß würden sich noch andere Dinge finden, die ich ohne ihn tun konnte. Albert öffnete die Wohnungstür für mich und hielt sie mir auf, fast ein bißchen zu weit, hätte ich gesagt (hätte ich etwas gesagt). Ich überlegte, ob ich von den Kirschen einige mitnehmen könnte. Aber das hätte er nur falsch verstanden. So wichtig waren die Kirschen nun auch wieder nicht.

Alberts Zeichen ließ nicht lange auf sich warten. Er rief an und fragte, ob wir gemeinsam einen Ausflug machen wollten. Wir hatten vor, Richtung Norden aus Berlin rauszufahren, zu einem der Seen, und wir wollten Boot fahren und uns ein kleines Zimmer in einer Pension mieten, um erstmals länger als zehn oder zwölf Stunden am Stück miteinander zu verbringen. Albert hatte mir am Abend zuvor versprochen, er würde sich um den Mietwagen kümmern, alles, was ich tun müsse, sei, Punkt zehn Uhr vor unserer Haustür stehen und einsteigen. (Schön, dachte ich, ich war lange nicht Auto gefahren, und noch nie mit Albert. Er würde sich wundern, wie gut ich Auto fuhr.)

Als ich morgens aufwachte, hatte ich schon ein Lied im Mund, das ich nicht mehr los wurde. Ich sang Summer Time. Und um mich davon abzubringen, versuchte ich es immer wieder mit The Isrealites und My Funny Valentine, und dann mit kalt duschen und heiß Tee trinken, und schließlich zog ich das Königsblaue aus Brüssel vom Wäscheständer, und weil es noch feucht war, bügelte ich zum ersten Mal für mich selbst. Das Königsblaue hatte es in diesem Sommer zu meinem Lieblingskleid gebracht. Das Kleid klebte auf meiner Haut, auch sie war (vom kalt Duschen) noch etwas feucht. Und die Haare, die ich wie immer an der Luft trocknen lassen wollte, näßten das Königsblaue, so daß es schwarz auf den Brüsten wurde. Ich hatte die Haare nach vorne gelegt, damit sie nicht (wie letztens bei meiner Freundin) den ganzen Rücken naß machten. Ich könnte Charlottes Parfum benutzen, schob die Idee aber wie einen albernen Spaß beiseite, schließlich sollte es heute um uns gehen, Albert und Beyla, Beyla und Albert, um uns, weil Albert sein gewolltes Schweigen und Michnichtmehrsehenkönnen und ganz bestimmt auch das Michnochnichtlieben aufgegeben hatte, als er mich gestern anrief und den Ausflug vorschlug. Summer Time. Nur um uns zwei sollte es gehen, und kein Parfum Charlottes sollte stören, und ich genoß die Erwartung, das Zögern zwischen In- und Außersichsein. Das Telefon klingelte. Bist du so weit? fragte er, ich sagte nur ja und legte auf und dachte mir: Wenn der wüßte, daß seine Stimme genügt, um mich in Erregung zu stürzen, um mich zur Liebe zu treiben.

Als ich die Treppe hinunterkam und durch den Hausflur zur Haustür schritt (nicht anders als majestätisch im Königsblauen), dann das Treppchen hinunterstolperte, tat, als würde ich nur zaghaft (weil vornehm) auf ihn zurennen, da stand Albert über den Kofferraum eines kleinen roten und glänzenden Autos gebeugt.

Er drehte sich nicht nach mir um. Ich ging zu ihm und gab ihm meine Tasche in die Hand; die er neben seiner verstaute. Er küßte die Luft dicht über meiner Wange, er wünschte mir einen guten Morgen. Die Notiz, die er von mir nahm, erschien mir allzu flüchtig, in Anbetracht meiner ausgedehnten Vorfreude und dem Frieren, das der gewiß schwarze Stoff meinen Brüsten beibrachte. Ich nahm das Rot des neuen Kleinwagens zur Kenntnis und dachte an Charlotte und steuerte auf die Fahrertür zu.

»Soll ich nicht fahren?« hörte ich Albert hinter mir.

»Nein«, sagte ich, »ich fahre.«

»Ach komm«, und Albert schlug den Kofferraum zu, kam um das Auto herum und hielt die Hand auf, damit ich ihm den Schlüssel aushändigte, den ich vom Autodach genommen hatte. Ich schüttelte den Kopf und hielt mich mit der Hand am Griff der Fahrertür fest.

»Wirklich nicht?« Er lächelte. Ich schüttelte den Kopf, und er zuckte mit den Achseln, ging vorne um das Auto herum und setzte sich auf den Beifahrersitz. Ich wartete, bis er seine Tür zuschlug, dann stieg auch ich ein. Auf der Plakette in der Mitte des Lenkrads stand in dem silbernen geschnörkelten Schriftzug auf blauem Untergrund: Ford. Die Vormittagssonne hatte das Lenkrad und meinen Sitz gewärmt, um so mehr fror ich noch an den nackten Armen. Der Geruch von Mietwagen ist schlecht, aufregend ist er nur, weil man ihn meist auf Reisen zu riechen bekommen hat. Charlotte hatte so ein Auto auf die letzte Reise gebracht (eine Fußreise, die im Fall endete).

Als wir über Hermsdorf aus Berlin rausfuhren, sagte Albert:

»Manchmal bist du komisch, Beyla.«

»Du auch.«

»Freust du dich nicht, daß wir rausfahren?«

»Doch.« Mir war klar, daß mein Doch keineswegs freudig klang. Ich hielt öfter als sonst den Fuß über der Bremse und fragte mich, ob Albert nicht auch dieses unangenehme Gefühl hatte (oder wenigstens kannte), das ich gerade empfand. Ich sah in den Rückspiegel, hinter mir fuhren die Autos artig in Reih und Glied. Bei mir dachte ich, der Albert, der hatte mit Charlotte eine Liebschaft, deshalb sah er auf ihrer Beerdigung so traurig aus, aber auch so entschlossen. Er wollte in seinem ganzen Leben kein Sterbenswörtchen über den Unfall verlieren. Deshalb auch das ganze Gedruckse um die Wahrheit im allgemeinen. Die Frage war nur, ob er sie absichtlich überfahren hatte (ja, soweit war ich, diesen Gedanken zu denken und auszuhalten, ohne ihn, der neben mir in der Landkarte blätterte, etwas merken zu lassen). Mir fielen die Telefongespräche ein, die er angeblich nie führte, weil er sie nicht mochte. Hätte er sie, wie angeblich, tatsächlich nicht geführt, würde sie aber mögen, könnte ich mir immerhin einbilden, er spiele einfach gern Telefonieren und rede auf diese Weise angeregt und zärtlich mit sich selbst. Oder in Gedanken mit Charlotte. Mit wem telefonierte er? Mit Charlottes Freunden? Mit einem Psychiater, der über alles im Bilde war und ihm immer wieder gut zuredete, seiner neuen Freundin (mir), die ohnehin viel zu neugierig sei, bloß nichts darüber zu erzählen? Ich dachte an Teds Worte, wie er fragte, ob Albert nicht rauche. Natürlich rauchte Albert nicht, aber es mußte andere Menschen in seinem Leben geben, von denen ich nichts wußte und von denen ich nichts wissen sollte, und im Zweifel waren es Weibchen. Ich kannte mich nicht eifersüchtig, ich wollte mich auch gar nicht so kennenlernen. Neugierig ja, aber nicht eifersüchtig.

»Woran denkst du?« Albert schlug die Karte auf seinen Knien zusammen. Das Auto heizte sich weiter auf, obwohl die Sonne hinter uns stand.

»An nichts.«

»An nichts? Ich dachte, Frauen denken immer.«

»Stimmt nicht« (natürlich log ich, manchmal sogar in wichtigen Dingen, aber welche wichtig waren, bestimmte ich immer noch selbst, und überhaupt war dieses ganze Gestrebe nach Wahrheit jetzt völlig egal), »außerdem, was weißt du schon über Frauen?«

»Hast du schlechte Laune, Beyla?«

»Ich frage mich nur, was du über Frauen weißt, und vor allem über welche. Ich denke, die Wahrheit ist dir nicht wichtig?«

»Natürlich ist mir die Wahrheit wichtig.«

»Letztens hast du gesagt, sie sei dir nicht wichtig, weißt du noch?«

»Nein, ich habe gesagt, daß ich es nicht wichtig finde, einem Menschen alles zu sagen. Aber was ist mit dir eigentlich los? Habe ich was falsch gemacht?«

Der soll sich ja nicht so anbiedern, habe ich bei mir gedacht, mich aus seinen (ach so schön traurigen) Augen ansehen, und: Ich glaube ihm nichts, nichts, gar nichts mehr. Ich machte das Radio an. Albert drehte sich um und kramte in einer Tasche auf dem Rücksitz.

»Hier, habe ich extra noch heute morgen überspielt.« Er drückte die Kassette in das Fach, murmelte noch etwas von Monk, und kaum war die Kassette drinnen, drückte ich auf den Knopf, so daß sie wieder heraussprang. Albert lehnte sich zurück. Ich fuhr die 96 stur geradeaus. Die Getreidefelder links und rechts waren fast alle abgeerntet. Wir fuhren durch Fürstenberg, und bei der nächsten Gelegenheit blinkte ich rechts, auf dem Schild stand Ravensbrück und darunter Lychen. Vor zwei Jahren hatte ich mit meiner Freundin, die nun schwanger war, die Gedenkstätte besucht. Wir hatten sie zufällig auf unserem Weg an die Ostsee entdeckt. Wir dachten, halten wir mal kurz, da können wir vielleicht auch unsere Butterbrote essen. Ravensbrück, das Konzentrationslager für Frauen und Kinder. Aus einer Baracke hatte sich eine Birke ihren Weg durch das Dach gesucht, aber Birken suchen nichts willentlich, sie können sich der grotesken Harmlosigkeit, die ihr Anblick neben einer Baracke vermitteln kann, nicht bewußt sein. In einem weißgetünchten Ausstellungsraum hinter Glas: Nackte weiße Leichenbeine, die aus der Finsternis ragen, lagern im Kellerverlies unter dem Gelände, Beine, die einmal Frauen gehört haben. Angewinkelte Beine, gespreizte. Man war mit der Verbrennung nicht ganz fertig geworden, bevor die Befreier eintrafen. Das Näherrücken der Befreier mußte die Heizer in die Flucht geschlagen haben. Auch Fotos von Befreiten, die an der

Reling großer Schiffe standen, einige von ihnen lachten, aber bei weitem nicht alle, und manche winkten den Fotografen zu, einige wurden nach Kriegsende auf Schiffen in andere Länder gebracht, ehemalige Gefangene, Frauen über Frauen, viele von ihnen mit Säuglingen im Arm. Ich hatte darüber nachdenken müssen, wer die Begatter dieser gefangenen Frauen gewesen waren, denn ich bezweifelte, daß all die Frauen noch ein Jahr zuvor in Freiheit mit ihren Männern gelebt hatten. Neben den Fotografien standen Zahlen, mehrstellige, manche davon Jahreszahlen, andere zählten anderes und zählten anders, und sie verwirrten mich, weil ich nicht wußte, in welchem Verhältnis 16423 Frauen zu 14317 Kindern standen. Die Zahl der Kinder war kleiner, wie auch das Gewicht der Kinder in Zahlen kleiner war, aber ansonsten starrte ich auf die weißen Knie, die aus der Dunkelheit ragten, und mein Entsetzen war groß. Dafür würde ich beim besten Willen keine Zahl finden. Und Zahlen logen überhaupt, zumindest täuschten sie beständig, das war ihre Natur. Es wurde auch erwähnt, wer wen gefangengehalten und wer wen befreit hatte. Aber nichts stand über die Väter der Kinder da. Ich dachte auch daran, ob diese Kinder jemals gesagt bekommen hatten, wer ihre Väter waren, und fragte mich, welches Verhältnis die Frauen zu ihren Kindern hatten. Und schließlich auch, ob es ein Kind gab, das wußte, sein Vater war ein Vergewaltiger, ein Offizier, ein Aufseher, ein Mörder. Einer, der mit der Waffe in der Hand und einem offenen Hosenschlitz für sein Vaterland warb. Mein Vater, der Schänder und Mörder meiner Mutter – war es das, was sie denken mußten? Diese Konstellation erzeugte in mir Grauen, aber nicht diese Art von Grauen, die man als Kind mit Lust suchte, wenn man im dunklen Kellergang dem älteren Bruder auflauerte und ihn erschrecken wollte, bevor er einen erschreckte, oder wenn man sich nachts im Bett Gruselgeschichten erzählte oder, wie man es auch jetzt noch empfand, wenn man den Geliebten nach Geheimnissen und Lügen fragte, und sich in die Angst vor der Antwort eine Lust mischte. Es hatte eher etwas mit dem zu tun, was Albert erzählt hatte, ohne daß ich ihn gebeten hatte oder es erwarten konnte. Das, was er von dem Liebhaber der Cousinen erzählt hatte, von denen die eine tot im Bett lag. Als meine Freundin und ich aus der Baracke kamen, hatten wir die Butterbrote vergessen (ich gebe zu, ich dachte an sie, aber ich packte sie weder aus, noch erinnerte ich meine Freundin daran). Ein bißchen taub gegen die Vögel fühlten wir uns, und auch die Birke wollte uns nicht mehr so recht auffallen. Viele Frauen wurden zwangssterilisiert, bevor sie ermordet wurden, wie die Tante meines Vaters. Man hatte Testreihen zum Eisprung und zur Auswirkung von Streß auf den Eisprung mit ihnen gemacht. Die Medizin profitierte nachhaltig von der Entdeckungs- und Vernichtungsgier.

Wieder drehte sich Albert um und kramte in der Tasche auf dem Rücksitz. Wir hatten Ravensbrück links liegengelassen. Ich sah Albert nicht an, hörte aber, wie er kurz darauf in einen Apfel biß. Ich hörte das Knirschen an seinen Zähnen und roch die säuerliche Frucht und platzte fast vor Wut, aber ich war ohnmächtig, weil ratlos, und plötzlich auch erschrocken über mich. Als ich mir meiner Ohnmacht gewiß wurde, in der die Lust an der Macht oder zumindest Kontrolle über Albert steckte, seiner Gedanken und Geheimnisse habhaft zu werden, und als mir die Unwirklichkeit meiner Gedanken über Albert im Gegensatz zu der Wirklichkeit der Frauen von Ravensbrück deutlich wurde, ging es gleich etwas besser. Der arme Albert, sagte ich mir, sitzt neben dir und weiß von nichts. Und wer saß neben Albert und lenkte ungestüm das Auto? Seine Freundin Beyla, die gerade den Verstand verlor und ihn für einen Mörder, zumindest aber für einen Betrüger hielt. Ich lachte über mich, ohne es zu zeigen. Ich sah zu ihm rüber und mußte entdecken, daß er mir keine große Aufmerksamkeit widmete, sondern konzentriert aus dem Seitenfenster in den Wald sah. Ich glaubte, mir würde schlecht werden, wenn ich so aus dem Seitenfenster und dann auch noch zwischen so viele Bäume gucken müßte. Er sah natürlich gut aus, ihm blieb auch nicht viel anderes übrig. Ich liebte ihn noch immer, und auch ich hatte keine Wahl. Ich sagte mir: Eifersucht ist schlecht. Schlecht, schlecht, einfach schlecht. Ich versuchte, mir nicht nur zu glauben, sondern auch mein Gefühl augenblicklich zu ändern. Liebe war gut. Ich wollte vergessen, was ich gedacht hatte, wollte Wind durch mein krankes Gehirn blasen und öffnete das Fenster neben mir. Zum Zeichen guten Willens drückte ich Monk in seinen Schlitz zurück. Albert spielte selbst meist Klassik und Jazz, aber er hörte ausschließlich Jazz, weil er die wichtigen Klassikaufnahmen längst gehört hatte, daher auch nicht vergessen würde, selten gute neue Einspielungen hinzukamen und er das mehrmalige Hören unwichtig fand, wie er mir vor kurzem gesagt hatte.

»Hast du dir überlegt, wo wir halten könnten?« fragte ich und bemühte mich, dabei besonders entspannt und freundlich zu klingen. Ein Schild wies rechts nach Himmelpfort. Himmelpfort bei Ravensbrück.

»Wie wäre es mit dem Luziner See?« fragte Albert. Er war nicht nachtragend, das schätzte ich sehr an ihm.

»Kennst du den schon?«

»Ja, ich war mal dort. Ist sehr schön da, Haussee, Breiter Luzin.« Albert kurbelte sein Fenster weiter runter.

»Schmaler Luzin.«

Albert erklärte mir, wie ich fahren mußte, es ging von Lychen Richtung Feldberg.

Ein bißchen schämte ich mich, ich hatte Ravensbrück mißbraucht (gebraucht?), um mir die Lächerlichkeit meines Verdachts gegen Albert deutlich zu machen.

Von Feldberg aus führte ein Schottersandweg zum Schmalen Luzin. Wir hielten auf dem Parkplatz unter den Buchen. Wir nahmen Alberts kleinen Rucksack und die Tasche von der Rückbank und liefen die Holzstufen hinunter zum See. Das Wasser leuchtete wie ein Smaragd. Albert ging schon mal voraus zum Bootsverleih, während ich mich auf einen Baumstamm setzte, der ins Wasser gefallen war, meine Schuhe auszog, das Kleid über die Knie schob und die nackten Füße in den Smaragd hielt. Der Smaragd war weich und angenehm kühl. Ich überlegte, ob ich mein Königsblaues ausziehen könnte, aber ich hatte Wäsche darunter an, die der gemeine Spaziergänger kaum für Badekleidung gehalten hätte, und ohnehin könnte sich Albert wundern. Albert winkte mich zu sich. Ich stand auf, nahm die Schuhe in die Hand und lief barfuß über den dunklen Sandweg zum Steg des Bootsverleihs. Albert hatte uns ein Zweierkajak ausgewählt. Er meinte, man könne sich dann zwar nicht ansehen und auch nicht so ohne weiteres vom Boot aus ins Wasser, aber er wollte gerne Kajak fahren und traute mir nicht zu, daß ich mit einem Einer allein zurechtkäme. Ich sagte ihm nicht, daß ich schon manchmal alleine Kajak gefahren war. Seine Sorge um meine Sicherheit schmeichelte mir.

Auf dem Wasser war es nahezu windstill. Albert saß hinter mir. Ich hörte das regelmäßige Eintauchen unserer Paddel. In der Ruhe, in der die Paddel wie ein Metronom Zeit anzeigten und in der nur von fern eine Melodie aus Motorboot mit Wasserski und Auto auf Brücke und Kinder mit Gummidelphin und Papa planscht hörbar war, wartete ich darauf, daß Albert mir jetzt von seiner Bekanntschaft mit Charlotte erzählte. Freilich, er konnte nicht wissen, daß ich jetzt soweit war. Ich fand, das wäre der geeignete Zeitpunkt, wir kannten uns nun mehrere Monate lang, wir waren glücklich, und ich stellte mich zahm und geduldig, hatte mir angewöhnt, zu zögern, wenn ich Fragen hatte, und ich hatte inzwischen auch schon eine ordentliche Zeit gewartet. Eine Zeit, die ihm Vertrauen geben könnte. Allerdings bedachte ich nicht, daß Albert von meinem Warten keine Ahnung hatte und daß er vielleicht noch nie daran gedacht hatte, mir etwas von Charlotte zu erzählen, oder aber daran gedacht, es aber keineswegs vorgehabt hatte.

An den Ufern ringsum wuchsen Buchen. Wir paddelten über den Breiten Luzin und von dort zum Haussee. Die Mittagssonne verzog die Luft über dem Wasserspiegel. Mit Albert ließ es sich gut schweigen, ich vergaß seine mutmaßliche Bekanntschaft mit Charlotte und hörte nur noch sein Paddeln in meinem Rücken, ich versuchte, mit meinen Paddeln zu seinen zu sprechen, ich weiß nicht, ob er es wußte oder wollte, aber es gelang, wir paddelten gemeinsam ein Lied, ein sehr gleichmäßiges, seinerseits, ein begehrendes meinerseits, ich spürte seine Augen auf meinem Rücken, die sich nicht mehr so ganz von der Sonne unterscheiden ließen, und hatte Lust auf ihn.

Albert sagte, er würde gerne eine Pause machen, er zeigte auf eine kleine Bucht. Sie war durch eine ins Wasser gefallene Buche entstanden. Wir paddelten hinüber und machten das Kajak an einem Ast des Stammes fest und stiegen aus. Albert ging ins Gebüsch pinkeln. Ich nahm seinen Rucksack aus dem Boot heraus und setzte mich auf den Baumstamm. In dem Rucksack vermutete ich die Weintrauben und den Cidre. Der Baumstamm war höher als der vorhin, und meine Füße reichten nicht ins Wasser. Ich beobachtete Schnaken, die auf dem Wasser liefen, wobei sich die Wasseroberfläche unter ihren Füßen bog.

Ich schnürte Alberts Rucksack auf und holte die Weintrauben und eine Flasche Cola heraus. Gestern abend, als er mich einlud, hatte er mir noch Cidre versprochen, offenbar hatte er den vergessen. Am Boden des Rucksacks lag sein Portemonnaie. Es war aufgegangen. Ich nahm es heraus und steckte die Münzen und Zettel, die ich am Stoffboden fand, in die Fächer zurück. Unter den Zetteln war ein Parkschein, auf dem groß das heutige Datum stand. Ich wunderte mich. Hinter mir im Gebüsch raschelte es. Schnell ließ ich den Parkschein in meinem Ausschnitt verschwinden. Albert kam zurück. Ich mochte seine Lippen, sie waren weich. Albert fragte, ob wir uns ausziehen wollten. Wir wollten. Er lachte. Mir gefiel sein Lachen, manchmal lachte er so, wenn wir uns liebten. Unter uns brachen kleine Äste. Ich paßte auf, daß mir der Parkschein nicht aus dem BH rutschte, nahm den Parkschein heraus und hielt ihn in einer Hand fest, die ganze Zeit, während wir uns liebten und das Holz knackte, hielt ich ihn neben Albert und hinter Albert und über Albert und vor Albert fest. Auch unter Albert. Der Parkschein war bis heute morgen um 8.30 Uhr gültig gewesen, und ausgestellt war er in der Grolmanstraße, ich knüllte ihn zusammen, während wir uns liebten, und während wir uns liebten, warf ich den Parkschein weg.

Wir hatten in Rosenhof eine kleine Pension gefunden. Es war die einzige Pension in Rosenhof, und sie war erst zu Beginn dieses Sommers eröffnet worden. Die Eingangstür war nach westlichem Vorbild von einer Mauer aus Glasbausteinen eingefaßt. Unser Zimmer war sauber, und man sah, daß die Auslegware und das Wandschrankcouchensemble nagelneu waren. Das Bett war erst eine Saison belegen worden, und beim ersten Draufsetzen gab es nur wenig nach. Vor dem Fenster hing eine links und rechts gebündelte, weiße, durchsichtige Gardine. Albert ging zum Fenster, öffnete es und zog den links an der Wand hängenden violetten Vorhang vor. Ich warf meine Tasche auf das Bett, machte sie auf und holte nach und nach den ganzen Inhalt heraus, um ihn im Zimmer zu verteilen. Albert ging ins Bad, er wollte duschen. Wenn ich in ein Hotelzimmer komme, was sonst nur bei Gastauftritten der Fall ist, überkommt mich zuallererst das starke Bedürfnis, Unordnung zu schaffen. Noch nie habe ich einen der Kleiderschränke oder Nachtschränke benutzt.

Die Unpersönlichkeit von Hotelzimmern ist mir widerlich, weil ich sie nicht glauben kann, weil ich ihr ansehe, daß sie eine Fata Morgana ist, die vertuschen möchte, daß hier jede Nacht oder jede Woche ein anderer Mensch haust. Vielleicht war gestern noch ein großer Blonder mit seiner großen Blonden hier gewesen, die beiden sind tagsüber Wasserski auf dem Haussee gefahren, haben abends mit ihren Sportsfreunden in einer Schenke von Feldberg Berliner Weiße getrunken oder Grillwürstchen mit Kartoffelsalat gegessen und haben sich nachts nach Rosenhof in unser Zimmer verzogen, um sich in dem ordentlichen Bett prächtig zu amüsieren, dem Bett, auf das ich soeben meine Tasche geschmissen hatte. Das Bett war glattgestrichen, zumindest auf Alberts Seite, beziehungsweise der, die seine sein würde, wahrscheinlich roch das Bettzeug nach Weißer Riese oder Spee, das könnte ich nicht auseinanderhalten. Ich hatte keine Lust, den Fernseher anzumachen, auf dessen Bildschirm die zwei Blonden letzte Nacht noch einen Softporno oder die Talkshow mit ihrer Lieblingsmoderatorin verfolgt haben und auf dem sich jetzt ähnlich wichtige Ereignisse von Weltgehalt und Weltbedeutung abspielen würden. Ich setzte mich auf das Bett, begutachtete das Zimmer (das Verwüsten war mir gelungen) und wartete auf Albert. Aus dem Bad hörte ich das Aufschlagen des Wassers, unter dem Albert nackt stehen mußte. Mir fiel der Parkschein ein, den ich über den Nachmittag erfolgreich vergessen hatte. Was machte Albert so früh am Morgen in der Grolmanstraße? Nachts mußte man dort für das Parken nicht bezahlen. Es war durchaus möglich, daß er dort die ganze Nacht verbracht und nur morgens einen Parkschein gezogen hatte, um länger in dem Bett zu bleiben und die Haut einer Frau zu reiben, oder noch mit der Person zu frühstücken, bei der er geschlafen und Haut gerieben hatte. Den Gedanken, wie Albert Sex mit anderen hatte, versuchte ich zu vermeiden (ich hoffte, ich sei erwachsen und gruselte mich nicht mehr gern), ich versuchte es nur, ihn zu vermeiden, aber mein Körper erinnerte sich seiner Augen, unweigerlich, die meist an mir vorbei, mich stets zu flüchtig sahen, und ich konnte nicht anders denken, als daß seine Augen eine andere mehr lieben mußten, vielleicht noch getränkt von deren Anblick waren. Überhaupt ärgerte ich mich über meine voreiligen und mißtrauischen Gedanken. Vielleicht hatte er den Parkschein auch in dem Wagen gefunden, als er ihn heute morgen vom Verleih geholt hatte. Aber hatte er nicht erwähnt, daß er das Auto schon gestern abholen konnte? Wie war das mit der Kassette, die er angeblich heute morgen aufgenommen haben wollte? Albert drehte das Wasser im Bad aus, ich hörte, wie er das Handtuch vom Haken nahm. Diese modernen Hotelkabinen sind sehr hellhörig. Ich ließ mich rückwärts auf das Bett fallen, während meine Füße noch auf dem Bettvorleger standen. Ich überlegte, ob ich mich schnell ausziehen und nackt unter die Decke legen sollte, bevor Albert aus dem Badezimmer käme. Der Wasserhahn wurde an- und sofort wieder ausgedreht. Albert putzte seine Zähne. Auf dem Tisch vor dem Fenster lag das Diaphragma. Ich überlegte, ob ich es einsetzen oder besser ganz verstecken sollte.

Albert kam aus dem Badezimmer, er meinte, er sei sehr erschöpft von dem Tag, es sei sehr schön mit mir vorhin gewesen. Albert beugte sich über mich und gab mir einen sehr freundlichen Kuß auf die Stirn, dann ging er zu dem Tisch, und ich hörte, wie der Fernseher anging. Ich hob den Kopf etwas an und schaute zu Albert. Der starrte auf den Bildschirm und drückte mit der Fernbedienung ins nächste Programm. Ich wollte ihm meine schlechte Laune nicht zeigen, deshalb sagte ich nichts, nahm meine Waschsachen und ging ins Bad.

Als ich wieder zurückkam, hatte sich Albert ins Bett gelegt, ein Kissen im Nacken, die Hand mit der Fernbedienung über der Decke, die andere Hand unter der Decke. Ich fragte mich nur kurz, wo seine andere Hand unter der Decke läge und was sie dort machte, dann legte ich mich auf meine Seite, drehte mich von Albert weg und drückte beide Augen fest zu. Im Fernsehen wurde über die bevorstehenden Wahlen gesprochen und darüber, ob die Grünen mit den Christdemokraten eine Koalition bilden würden. Albert stand auf, und ich hörte die Kühlschranktür. Mit einem Auge blinzelte ich und sah, daß er sich eine kleine Flasche Schaumwein und ein Päckchen geröstete Erdnüsse geholt hatte, dann roch und hörte ich beides. Ich fragte mich, warum der Mensch sich mit den wichtigen Erfindungen soviel Zeit ließ und warum er sich noch keine Technik einbaute, mit deren Hilfe er die Ohren schließen könnte. Zumindest über genetische Veränderungen mußte es doch möglich sein, Ohrschließmuskel einzusetzen.

»Schlaf gut«, hörte ich Albert sagen, er strich mir über die nassen Haare, die mein Kopfkissen völlig aufgeweicht hatten. Zuviel nasse Haare, dachte ich, Albert mußte satt davon sein. Ich drehte mich nicht zu ihm um, sondern strengte mich an, möglichst schnell einzuschlafen. Charlotte weinte, ich wollte sie trösten, aber sie schlug meinen Arm weg, und ihr Gesicht war rot und vor Wut verzerrt, sie schrie mich an, daß ich jetzt alles von ihr hätte, ihre Wohnung, ihre Sachen, Albert und das Kind. Was für ein Kind? fragte ich sie, sah dann aber an mir herunter und entdeckte den Bauch, der so groß war, daß ich meine Füße nicht sehen konnte. Ich rannte weg. Ich war glücklich über das Kind, das ich erwartete, ich rannte über den Potsdamer Platz, zumindest gab es dort Baugerüste und Kräne und den Lichtschein hinter den Kränen, aber dann erkannte ich, daß es eine Werft war, und dort stand auch der Schuppen, in dem Albert mit der Cousine seines besten Freundes den ersten Sex hatte, und ich klingelte an dem Schuppen, ich ging zu Albert, um es ihm zu sagen. Ich klingelte, aber er öffnete nicht, und nun stand ich vor seiner Wohnungstür in unserem Haus, und weil er nicht öffnete, setzte ich mich auf die Stufen des dunklen Treppenhauses und wartete, und es wurde Tag und es wurde Nacht und es wurde Tag. Das war ein einziges Hell und

Dunkel in diesem Treppenhaus. Ich hörte, daß Albert im Innern seiner Wohnung telefonierte. Er sprach mit Charlotte. Die Wehen setzten ein, und dann spreizte ich meine Beine, damit das Kind Platz hätte, herauszukommen. Es tat weh. Ein blutiges Etwas krümmte sich aus mir in die Welt. Ein Kind? Ein Tier? Ein Weichtier mit rudimentären Gliedmaßen, ohne Kopf, es kroch, es robbte, es ratterte, es richtete sich wackelig auf, dann sah ich, daß es Räder hatte. Ein Auto. Ich hatte ein Auto geboren. Das Auto trat unsicher mit allen vier Rädern auf und purzelte Hals über Kopf in eine der Baugruben des Potsdamer Platzes. Platsch. Es landete auf einem Berg von rotem Streusand. Mir fiel ein, daß ich doch in Wirklichkeit vor Alberts Wohnungstür saß, und jetzt riß sich das Auto, das ich geboren hatte, ein bißchen zusammen. Es war rot und nagelneu, wie hätte es auch anders sein sollen, schließlich kam es aus mir heraus, es fuhr die Treppen herunter und rollte geduldig vor Alberts Wohnungstür vor und zurück, es wartete auf Albert, der aus der Wohnung hervorkommen und einsteigen sollte. Charlotte mußte überfahren werden. Das Auto wurde ungeduldig, es hupte. Alberts Wohnungstür ging auf, Albert schaute auf das kleine Auto vor seiner Tür, das die Größe eines Matchboxautos hatte, er nahm das Auto und warf es die Treppe hinunter, ich hörte, wie es aufschlug, unser Baby, dann hörte ich nur noch, wie Albert die Tür zumachte, ohne mich beachtet oder auch nur bemerkt zu haben, und dann hörte ich nichts mehr. Das Kind mußte tot sein.

Schweißüberströmt wachte ich auf. Draußen dämmerte es, ich konnte es an der Decke erkennen, wo zwischen dem violetten Vorhang und der Gardinenleiste Licht hereinfiel. Albert atmete ruhig und gleichmäßig neben mir. Ich stand auf, weil ich ein leichtes Ziehen im Unterleib spürte und wahrscheinlich mal wieder pünktlich anfing zu bluten. Auf dem Weg zur Toilette schob ich den Vorhang beiseite und schaute hinunter. Vor der Tür wartete ein Taxi mit laufendem Motor. Das Licht war schon aquamarin. Als ich wieder zurückkam, war das Taxi weggefahren. Bestimmt hatte es Gäste aus dem Hotel abgeholt. Das Aggregat des Kühlschranks sprang an.

Ich mußte von den Wehen geträumt haben, weil ich das Ziehen im Unterleib gespürt hatte, ich mußte von dem Auto geträumt haben, weil ich auch im Schlaf die Ohren nicht ganz verschließen konnte und das Taxi gehört hatte. Ich versuchte mich zurechtzufinden und mir alles zu erklären. Das konnte ich bestens. Nur einschlafen konnte ich nicht mehr. Durch den Vorhang fiel jetzt mehr Licht, ich konnte die Kommode erkennen, auf der aufrecht die Preistafel mit den Getränken und Snacks stand. Der Kühlschrank summte. Ich lauschte Alberts Atem. Von draußen hörte ich eine Lerche. Ich drehte mich zu Albert und betrachtete ihn. Er lag auf dem Rücken, seine Augenlider zuckten ein wenig. Vermutlich träumte er, aber sicher von etwas anderem. Ich legte mich ganz dicht neben ihn, drückte meine Nase in seine Haare und an sein Ohr (er duftete nach der Sonne von gestern) und schob meine Hand unter seine Decke. In Alberts Atem fühlte ich mich zu Hause. Nicht mehr in irgendeinem alten Geruch, und auch nicht an einem Ort, sondern in dem Geräusch seines Atems. Unter Alberts Decke war es warm. Auf der Brust fühlte ich seine weichen Haare, ich spürte sein Herz unter meiner flachen Hand, auch in dessen Schlag war ich jetzt zu Hause, und darunter, am Bauch, da hatte Albert ganz zarte Haut, er war warm, und weil er auf dem Rücken lag, konnte ich seinen Schwanz berühren.

Am Vormittag war das Wasser spiegelglatt. Wir gingen noch einmal paddeln. Über uns surrte ein Segelflugzeug. Ich konnte es auf der Wasseroberfläche sehen. Wie hoch ist der Himmel? Ich fragte Albert, ob er mir etwas erzählen würde. Ich dachte an meinen Traum und die Cousine von Alberts bestem Freund und daran, daß Albert mit ihr vielleicht Boot gefahren ist. Und Albert erzählte mir eine Geschichte. Die Paddel gingen rechts und links ins Wasser.

»Ein Mann und eine Frau. Den ersten Satz kennst du schon, Beyla? Eine Telefongeschichte. Eine Frau und ein Mann befinden sich in der Wohnung der Frau. Sie sitzt auf einem Stuhl und ruft ihren Freund in Tokio an. Der Liebhaber, der bei ihr in der Wohnung ist, streichelt sie. Die Frau empfindet Lust, daß sie mit ihrem Freund in Tokio telefoniert, der nichts von dem Liebhaber weiß, der sie streichelt. Sie kichert. Sie hält den Hörer etwas von ihrem Ohr entfernt, so daß der Liebhaber, der vor ihr auf dem Boden kniet und sie streichelt, hören kann, was der Freund in Tokio sagt. Der Freund erzählt, wie es auf der Konferenz war, und die Frau kichert. Der Freund scherzt mit ihr, und er sagt, sie würde immer so lüstern am Telefon lachen und sprechen, daß er Lust bekomme, mit ihr zu schlafen. Die Frau fragt, wann er denn wieder Zeit habe, zu ihr zu kommen. Er sagt, daß es erst im nächsten Monat sein wird. Die Frau kann ihr Seufzen nicht unterdrücken, der Liebhaber hat ihre Hose geöffnet und versucht, mit seiner Hand in ihre Hose zu gelangen. Was ist, fragt der Freund am anderen Ende, weinst du? Nein, nein, sagt die Frau, sie bemüht sich um Konzentration, damit ihr die Stimme nicht ausweicht. Das klingt aber gar nicht so sicher, stellt der Freund in Tokio fest. Die Frau stöhnt und hält dabei die Muschel des Hörers zu. Du weinst doch, sagt der Freund in Tokio. Magst du lieber herkommen? fragt er sie. Die Frau kann nicht antworten. Hallo? Bist du noch dran? Die Frau setzt sich auf den Stuhl zurück, nachdem sie fast vom Polster gerutscht wäre. Ja, bitte? Was ist, magst du kommen oder nicht? Ja, sagt die Frau und sieht ihren Liebhaber an, der jetzt ihre Brüste knetet. Sie hat eine kleinere und eine größere Brust. Aber er hört auch nicht auf, sie zwischen den Beinen zu streicheln. Bist du sicher, wirklich? fragt der Mann, und die Frau sagt: Ja, ja, ich bin sicher. Hör zu, sagt der Freund, ich weiß noch nicht, ob Sally kommen wird, aber wenn sie nicht kommt, erfahre ich es morgen, und wir buchen dir einen Flug. Ja. Die Frau schlägt zufrieden die Beine übereinander.«

»Und wer ist Sally?« fragte ich. Ich war froh, daß Albert mein Gesicht nicht sehen konnte. Wahrscheinlich war es leichenblaß.

»Keine Ahnung, ist doch nur eine ausgedachte Geschichte. Vielleicht ist sie die Frau des Freundes oder die Schwester oder die Tochter.«

Wir legten am Bootssteg an. Albert forderte mich auf, ich solle aussteigen. Ich sagte ihm, ich könne nicht, meine ganze Hose würde sonst vollbluten, ich müsse einen Moment warten. Albert kannte sich in solchen Dingen nicht aus. Er stieg als erster aus und vertäute das Boot. Er ging schon mal in die kleine Blockhütte, um zu bezahlen. Ich sah eine Familie ankommen. Von wegen Blut. Die Kinder schielten nach meinem Boot. Ihr Vater verschwand in der Blockhütte, die Mutter versicherte sich ihres Proviants, und die Kinder schielten. Ich stieg aus dem Boot aus.

Albert und ich machten uns auf den Rückweg nach Berlin. Wolken zogen uns schnell entgegen, nach Nordosten wurden sie geschoben, stauten sich schon über uns, im Rückspiegel war der Himmel fast schwarz, beim Fahren spürte ich den Wind, der aufkam und das Auto immer wieder von der Fahrbahn drücken wollte. Albert hatte vorhin selbstverständlich auf der Fahrerseite einsteigen und fahren wollen, aber wieder hatte ich ihn nicht gelassen. Wir hörten eine Kassette von ihm, auf der er ältere Jazzmusik aufgenommen hatte, etwas mit Bläsern. Bei einer Kreuzung berührte ich seinen Arm, er erwiderte die Berührung nicht. Es war mir schon aufgefallen, daß er häufig vergaß, auf Gesten oder auf Fragen zu antworten. Ich konnte mich nur schlecht zusammenreißen und meine Fragen unterdrücken. Jeder Mensch geht mit Angst, und Mißtrauen ist ein Verbündeter der Angst, verschieden um. Manche fallen in eisernes Schweigen, in eine Beklemmung, der sie nur durch Ablenkung entrinnen können. Ich will sie nicht feige nennen. Vielleicht sind sie schwach, nur vielleicht. Oft versuche ich sogar, es ihnen nachzumachen, weil ich weiß, wie verletzend Fragen sein können. Aber oft, wie bei jener Rückfahrt mit Albert nach Berlin, fühle ich mich mutig, wenn ich den Mund aufmache, dann denke ich, wenn ich es erst ausspreche, bereit, der Wahrheit ins Gesicht zu sehen, dann ist alles nur noch halb so schlimm, dann begegne ich meiner Angst – die ja übrigens eine Voraussetzung für den Mut ist, in dem ich mich in diesen Momenten stark fühle. Aber Albert wollte mich nicht ganz mutig sein lassen.

»Was ist mit Feiertagen, verbringst du die in Berlin oder bei deiner Familie?« fragte ich unvermittelt. Albert hatte mir erzählt, daß sich seine Eltern, die nach wie vor in Rostock leben würden, noch immer liebten und nett zueinander seien. Er hatte einen Bruder, den er zwar selten sah, aber mit dem er sich gut verstand.

»Was meinst du?«

»Weihnachten, Ostern, solche Tage«, ich gab Gas, weil die Straße vor uns jetzt frei war.

»Denkst du schon an Weihnachten?«

»Nein, aber ich frage mich, was du Ostern gemacht hast.«

Albert sah vor uns auf die Straße, er schien zu überlegen.

»Weißt du es nicht mehr?« fragte ich nach.

»Doch, ich glaube, ich war bei einem Freund. Weißt du, Ostern ist für mich nicht wichtig. Wann war Ostern?«

»Im April, Mitte April.«

»Doch, mir fällt ein, ich bin zu einem Freund nach Frankfurt gefahren, genau, da waren ja mehrere Feiertage, und mein Freund, mit dem ich früher studiert habe, unterrichtet an einer Schule für hochbegabte Kinder.«

»Bist du mit dem Zug gefahren?«

»Ich nehme an, ja, nein, ich bin mit dem Auto gefahren, ich habe mir eins geliehen. Warum fragst du?«

Warum fragte ich? Um meine Angst zu spüren. Um meine Angst zu schüren. Weil ich wissen wollte, was ich nun noch immer nicht wußte, ob er derjenige war, der Charlottes Sprung vor die Straßenbahn verursacht hatte. Ich wollte wissen, ob er es wußte, ob er Schuld empfand, ich wollte nicht klären, wer schuld hatte, nicht richten, auch nicht entscheiden, nur erfahren, ob er welche empfand, ob er vielleicht so verschlossen und schweigsam mir gegenüber war, weil es ihn quälte. Aber ich konnte nicht fragen. Ich sagte mir, ich müsse warten, ob er es mir erzählte, trotz der Möglichkeit, daß ich umsonst wartete, weil es nichts zu erzählen gab. Ich wünschte mir sein Vertrauen. Ich versuchte, es zu erpressen, ihm Bekenntnisse abzuschmeicheln, ich führte ihn vor mein Gericht, erschrak über mich, über meine Begierde, alles von ihm zu wissen, als könnte ich erst dann entscheiden, ob er meiner Liebe wert wäre oder ob ich ihn verstoßen oder verdammen müßte. Wer war ich denn, daß ich solche Methoden anwendete, Fallen stellte? Ein schlechtes Gewissen packte mich. Ich würde ihn nicht nach der Marke des Mietwagens fragen können, erst recht nicht nach der Uhrzeit, zu der er losgefahren sein wollte. Genaugenommen wußte ich selbst beides nicht – ich könnte seine Antwort nur mit meinem Gefühl vergleichen – aber mit keinem Wissen. Ich sah ihn an. Er beugte sich zu mir und gab mir einen Kuß auf die Wange.

»Möchtest du Weihnachten mit mir verbringen?« fragte er.

»Ich habe noch nicht über Weihnachten nachgedacht. Vertraust du mir?«

»Wie meinst du das? Beyla, du bist ziemlich anstrengend mit deinen ständigen Fragen, man fühlt sich wie in einem Verhör. Warum sollte ich dir nicht vertrauen?«

»Weil du so wenig von dir aus erzählst«, ich biß mir auf die Zunge, spürte den Zwang, ihn zu befragen, haßte mich im selben Augenblick dafür.

»Es gibt doch nicht ständig etwas zu erzählen. Möchtest du über Probleme sprechen? Ist es das? Oder willst du welche erfinden, damit wir etwas zu reden haben?«

Ich mußte lachen. Er hatte es ganz gut raus, mir meine Fragen auszutreiben und mein Mißtrauen für ungültig zu erklären.

Albert sagte nicht zu mir: Ich liebe dich. Und hatte ich ein Anrecht darauf? Mußte ich danach fragen, durfte ich es? *Liebst* du mich? Liebst du *mich*? Würde er nein sagen, wenn er nein meinte, oder schweigen, weil es ein Geheimnis war?

Ich lief mit meiner Reisetasche, in der die unbenutzten Badesachen den größten Platz einnahmen, die Treppe hinauf zu meiner Wohnung, schloß im Vorbeigehen eins der schmalen Fenster im Hausflur, das der Wind auf- und zuschlug, es sollte nicht zerbrechen. Albert hatte mich vor dem Haus abgesetzt, er mußte noch etwas besorgen, hatte etwas von »kurz« und »essen« gemurmelt, ich ging davon aus, er wollte uns etwas zu essen einkaufen, etwas Gutes, damit wir heute abend kochen könnten, und dann sagte er »bis gleich«, und ich dachte, in zehn Minuten, ungefähr.

Während ich Unterwäsche in die Waschmaschine stopfte, mußte ich an den Abend mit Ted denken, die Nacht, in der wir das Lachen einer Frau gehört hatten und ich sofort dachte, das Lachen gelte Albert, ich hatte daran gezweifelt, hatte es aber dennoch als ein Lachen gehört, das eine Frau für Albert übrig haben mußte, ein Lachen mit Leichtigkeit, als habe sie nichts zu verlieren. Was sollte sie auch verlieren, die Fremde? Ich sagte mir, dieser Frau gehöre ein anderer Mann, vielleicht war es gar das Lachen der Mutter des Nachbarsmädchens, ein Lachen, das ihren juristischen Alltag fortdrückte, sie noch eine andere Frau sein ließ als die alleinerziehende Mutter und Anwältin, ein

Lachen, das einer Frau gehörte, die sich nicht anstrengen mußte, nicht zusammenreißen und nicht mehr verstellen, das Lachen einer Geliebten. Einen Augenblick reichte meine Vorstellung so weit, daß ich etwas wie Gunst für diese Frau empfand, Freude für sie und ihr Liebesleben, das ihrer äußeren Erscheinung nicht anzusehen war. Ihr gehörte jetzt das Lachen aus der Nacht, in der ich neben Ted wachgelegen hatte, und nicht mehr einer Frau, die es Albert schenkte. Ich bückte mich unter das Waschbecken, um zu gucken, ob es unter Charlottes Reinigungsmitteln auch Calgon gab. Aus dem Ausguß hörte ich die Stimme einer Frau, die im Stakkato etwas schrie, dazwischen vermutete ich eine männliche Stimme, man konnte sie nicht verstehen, weil die Bässe zu weit unten blieben und die Höhen zu wenig trugen, die männliche Stimme versuchte, die weibliche zu unterbrechen. Ich fand kein Calgon. Feinwaschprogramm.

Albert mußte jeden Augenblick kommen. Vielleicht wollte er auch den Mietwagen zurückbringen, konnte es aber nicht, weil ich noch den zweiten Schlüssel hatte. Ich sah auf die Uhr. Sein Einkauf dauert aber ganz schön lange, ich überlegte, was wir am Abend machen könnten. Einen Nachtspaziergang vielleicht. Den hätten wir schon am Schmalen Luzin machen sollen, hatten es aber vergessen (so was kann einem entfallen). Heute nacht würde fast Vollmond sein, und mit etwas Glück würden wir ihn trotz der Wolken sehen. Albert könnte dann den Arm um meine Schultern legen und eine Geschichte erzählen, möglichst eine, die wahr war und die ich noch nicht kannte, was nicht schwer sein würde, denn ich kannte noch kaum eine wahre Geschichte aus seinem Mund, so schien es mir. Und ich spürte eine Vorfreude auf den gemeinsamen Abend, obwohl ich doch gerade erst mehr als dreißig Stunden mit Albert hinter mir hatte, eine Vorfreude, die mich ganz ungeduldig werden ließ und mich zwang, irgend etwas zu tun, um nicht ständig auf die Uhr zu sehen. Ganz kurz nur streifte mich der Gedanke, daß es Albert anders gehen konnte als mir. Vielleicht hatte ich etwas falsch verstanden, und er wollte gar nicht für ein Abendessen einkaufen. Ich beschloß, rauszugehen und noch schnell vorne in der Senefelder Straße einen Wein zu kaufen, bevor die Läden schließen würden.

Vor dem Haus stand unser roter Ford. Ich wunderte mich, daß Albert zwar den Wagen abgestellt hatte, aber noch nicht zu mir gekommen war. Dabei mußte er vielleicht bloß zur Toilette, oder er hatte eine kleine Überraschung für mich, die er vorbereiten wollte, schließlich wollte er vielleicht nur sein Reisegepäck in seine Wohnung bringen. Ich näherte mich dem Auto, als könnte Albert noch darin sitzen und mich erschrecken wollen. Vorsichtig sah ich durch die Fenster hinein, aber es deutete kein Gegenstand im Innern darauf hin, daß es unser Mietwagen war, genausogut könnte es der Wagen eines anderen sein. Die Motorhaube war noch warm. Um sicher zu sein, steckte ich den Schlüssel ins Schloß der Fahrertür. Der Knopf sprang nach oben, ich öffnete und ließ mich auf den Sitz fallen. Es roch nach Rauch. Albert würde doch nicht heimlich rauchen? Das machte doch keinen Sinn, er war kein kleiner Junge mehr. Der Sitz unter mir war noch warm, Albert mußte eben erst ausgestiegen sein. Bevor ich darüber nachdenken konnte, es tun zu wollen oder warum ich es tat, legte ich meine Hand auf den Beifahrersitz.

Ich erschrak nicht darüber, daß auch er warm war, ich hatte es erwartet.

Nur nicht den Blick zur Seite wenden, nicht auf das Polster heften und ganz bestimmt nicht nach Haaren suchen, fremden Haaren, blonden oder krausen, das wäre gefährlich, zu viele Menschen sitzen in Mietwagen und lassen dort unbedacht ihre Haare zurück, es wäre zu leicht zu erschrecken.

Ich steckte den Schlüssel ins Zündschloß und ließ den Wagen anspringen. Ich dachte mir, mein Einstieg müßte einen Sinn haben, deshalb würde ich nicht zu dem Weinladen in der Senefelder Straße gehen, sondern zu dem in der Prenzlauer Allee fahren, dort gab es guten Barolo. Unterwegs wollte ich das Radio anmachen. Weil dort ganz gräßlicher Pop gespielt wurde, versuchte ich, den Sender zu wechseln. Dabei merkte ich, daß ich nicht das Radio, sondern eine Kassette angemacht hatte. Ich drückte auf den Knopf, und die Kassette sprang heraus. Albert mochte Pop nicht, zumindest hatte er das immer wieder betont. Ich fragte mich, wer in der letzten Stunde mit ihm im Auto gesessen hatte.

Vor dem Weinladen angekommen, stellte ich den Motor aus und steckte die Nase in den Beifahrersitz. Es roch nur ungenau nach Polsterschaum. Ich zupfte ein langes schwarzes Haar heraus, es könnte mein eigenes gewesen sein, wenn ich auf dem Beifahrersitz gesessen hätte. Ich fand auch zwei kürzere rotblonde Haare. Wieder spürte ich diesen Entdeckerzwang in mir, es war weniger Freude oder Lust, Zwang traf das Gefühl meines Antriebs am ehesten. Ich schnüffelte wie ein Spürhund und ekelte mich vor dem Geräusch meines Schnüffelns. Ein Mietwagen mußte Menschen mit verschiedensten Haaren Platz gewähren, soviel stand fest. Ich kaufte zwei Flaschen Barolo und fuhr zurück nach Hause. Bevor ich ausstieg, drückte ich die Kassette wieder ins Fach. Alles sollte an seinem Platz sein, als hätte ich es nicht berührt.

Auf dem Weg nach oben klingelte ich bei Albert. Ich forderte ihn auf, mit in meine Wohnung zu kommen. Er roch wie immer, als ich mein Gesicht gegen seinen Pullover preßte, und ich mochte seinen Geruch, ich wollte ihn weder durch neue Fragen noch durch meine Gedanken zerstäuben. Ich beschloß, ihm zu vertrauen. Dabei drückte ich Albert gegen die Wand im Flur, nahm seinen Kopf zwischen meine Hände und küßte ihn. Er wich aus.

Albert spürte, daß ich alles von ihm wollte, und dagegen wehrte er sich. Allein, das alles zu spüren, mein Wollen, die Unbedingtheit, mit der ich ihn anlächelte, verführen und mit ihm teilen wollte, mußte ihn erschreckt haben. Aber ich konnte nicht wissen, wie sehr, und auch nicht warum, und erst recht konnte ich nichts dagegen tun, ihn zu lieben, denn ich hatte mich schon längst entschieden und dachte gar nicht daran, diese Entscheidung in Frage zu stellen. Vielleicht gibt es Menschen, die meinen, ich sei pragmatisch, entscheide mich für Albert wie für ein blaues Kleid oder einen neuen Job, aber gerade das ist es nicht. Wäre ich pragmatisch, hätte ich einen anderen wählen müssen, von Anfang an wußte ich, es würde nicht einfach sein, Albert nahezukommen. Ich küßte sein Ohr und bildete mir ein, dort andere Zungen zu treffen, nicht genau und jetzt, sondern die von vorhin, von vorgestern, von den letzten Monaten, viele andere Zungen, ein Heer weiblicher Zungen, eine ganze Welt lutschte sich in seinen Kopf, er roch nicht nach einer, sondern nach Hunderten, und dieser Geruch von Hunderten, der war mir vertraut, ich hielt ihn für Albert und nannte ihn auch so. Meine Zunge hatte ich zurückgezogen, schmecken mußte ich sie nicht, ich ließ von ihm ab, als hätten ihn meine Gedanken verändert.

Wir gingen in die Küche. Albert setzte sich an den Tisch und stützte das Kinn zwischen beide Hände. Er sah nachdenklich aus. Ich öffnete eine der beiden Weinflaschen und stellte uns Gläser hin.

»Wollen wir etwas reden?«

Überrascht sah mich Albert an: »Was denn?« fragte er

zurück, und nun war ich überrascht, aber ich wollte es nicht zeigen.

»Hast du vor etwas Angst?«

»Du stellst seltsame Fragen. Wovor, meinst du, sollte ich Angst haben?«

»Vor mir zum Beispiel, oder davor, zu lieben?«

»Wie kommst du darauf?« Albert sah jetzt genervt aus, und ich mochte es, eine Regung bei ihm zu verursachen, es erzeugte Lust in mir, also machte ich weiter.

»Weil du Geheimnisse hast (das merkte ich doch) und von keiner Zukunft sprichst (nicht mit mir) und weil du mit anderen Frauen schläfst (mit wem nicht alles!) und mich belügst.« Ich wurde zum Ende des Satzes lauter, denn ich bemerkte, wie sich Alberts Gesicht versteinerte. Ich mußte fürchten, von ihm nicht mehr gehört zu werden.

Albert stand vom Tisch auf, sah von der Brust erdwärts verächtlich an mir herab, während er sich an mir vorbei drückte und zur Wohnungstür ging. Vergeblich hatte ich auf den Augenblick gewartet, in dem er mir noch einmal ins Gesicht sehen würde und ich ihm Erschrecken oder meinetwegen Mißverständnis oder von mir aus Entschuldigung oder auch nur irgendeins der Dinge zeigen könnte, die ihn zum Bleiben bewegt hätten.

Ich hörte ihn die Tür öffnen, sprang in den Flur und schrie: »Du gehst nicht!«

Albert aber zeigte sich unbeirrt und schritt zur Tür hinaus. Ich setzte ihm in Sprüngen nach, versuchte, ihn an der Schulter zu packen, er schlug meinen Arm fort und fuhr mich an, ich solle ihn nicht anfassen. Ich lachte ihm hinterher, in der Hoffnung, er würde sich umdrehen und die Gelegenheit wahrnehmen und das eben Geschehene für einen schlechten Scherz halten, aber er drehte sich nicht um, sondern verschwand auf dem unteren Treppenabsatz.

Kurz darauf saß ich vor dem Telefon und wollte ihn anrufen. Ich wählte die Nummer bis auf die letzte Ziffer und legte wieder auf. Es schien mir plötzlich wahrscheinlich, daß er nicht abheben würde. Ich dachte: Ich will nicht, daß er mich betrügt, ich will nicht, daß er ein Leben neben mir hat – zumindest kein paralleles, keines, das mich ausschließt, das mich nirgends berührt, kein Gott, kein Mensch, nichts durfte neben mir, also zwischen uns sein. Mir kam der Gedanke, ich wäre etwas anderes für ihn als er für mich. Selbstverständlich, trotzdem schwer erträglich. Und ich wäre keineswegs seine Liebe, die, der alles gilt, die alles bewegt und alles neu ordnet, die ihn verrückt, wie er mich verrückt hat, weil nur das Uns und das Wir und das Hier uns lieben, schlafen, zeugen läßt – etwas ganz altes Neues entsteht, soweit wollte ich es doch nur treiben, wollte, daß wir es – er mir – ich ihm zuleibe steche, zu Glück werde. Ein Kind. Natürlich wollte ich ein Kind mit ihm. Aber jetzt hatte er einstweilen alles falsch verstanden, ich mich in einer Verzerrung entblößt, für die ich mich nun schämte. Er wollte, daß ich ihm glaubte, nicht zweifelte, so wie auch er nicht an mir zweifelte. Vielleicht war es gut, was er wollte, und schnellte vor und war dem Lieben nah. Aber ich zweifelte, ob er noch etwas anderes von mir wollte, etwas anderes, als daß ich ihm glaubte und ihn liebte, wie ich es tat. Ohne Unterlaß. Ich hatte meine Jacke angezogen, obwohl es im Treppenhaus kaum schneien würde, es ohnehin noch nicht die Jahreszeit für Schnee war, aber der Kragen war Kunstpelz und blau, und damit stand ich vor seiner Tür und kratzte, weil ich noch zögerte, noch zweifelte, und schabte lauter, und hörte meinen Atem, den ich sogleich anhielt, um seinen hinter der Tür zu hören. Aber ich hörte nur Schritte, zwischen Küche und Zimmer, sie wendeten sich nicht zu mir und öffneten, diese Schritte nahmen keine Notiz vom Schaben, von mir.

Ich lief die Treppe wieder hinauf in meine Wohnung, nahm mir nicht mehr die Zeit, die Jacke auszuziehen, und stellte mich mit dem Telefon ans offene Fenster, diesmal wählte ich zu Ende, pustete die blauen Federn von meinen Lippen und hörte das Klingeln unter mir, ganz leise nur, bis er abhob.

»Ich bin's«, wider Willen klang meine Stimme reumütig, verlassen und klagend, ich wünschte, ich hätte nicht angerufen, nicht so.

»Was ist?« Das war er. Und er war wütend. Er mochte keine Fragen noch Flehen oder Schaben. An der Tür, unter dem Fuß, das knackte nur leis und krisp, so eine Schabe. Ich legte auf.

Eines Tages verrät man den Menschen, den man liebt. Früher oder später, aber der Moment kommt gewiß. Sosehr man sich vorgenommen hat, ihm zu entrinnen, sich zu warnen, das Gefühl zu schärfen – man steuert darauf zu. Mit Albert habe ich es gemacht, indem ich etwas verriet, das er mir noch gar nicht anvertraut hatte – trotzdem ahnte ich (wußte ich, sprach ich, bevor ich wußte), und gerade deshalb erschien es uns beiden tief.

Mein Kratzen und Schaben hing mir in den Ohren, ich wurde das Geräusch nicht los und noch weniger das Schweigen, mit dem Albert es umzingelt und eingesperrt hatte. Erst Tage später traf ich Albert. Ich lauerte ihm im Treppenhaus auf und drängte mich vor seine Wohnungstür. Er konnte den Schlüssel nicht ins Schloß stecken, ohne mich anzufassen und zur Seite zu schieben. Also sah er auf meinen Haaransatz und fragte: »Was willst du?«

»Mit dir einen Kaffee trinken gehen, kommst du mit?« Ich lächelte (hoffte: süß) und wollte seine Hand greifen. Er zog die Hand fort.

»Was willst du?«

»Wir haben uns mißverstanden, am Donnerstag. Ich wollte nur ...«

»Was willst du?« herrschte er mich an und fletschte die Zähne. Ich war sicher, er hätte es mir nicht geglaubt, wenn ich ihn darauf hingewiesen hätte. Ich zögerte einen Moment, ob ich in Weinen ausbrechen sollte. Aber ich wußte, das würde ihn noch zorniger machen. Und ich wollte nun etwas anderes, ich wollte ihn mir wohlgesonnen machen, ihn überhaupt zu einer Besonnenheit verleiten, eine, die ihm klar machte, wie stark und schön ich war, und daß man eine wie mich nicht im Treppenhaus abfertigen konnte. Was willst du? klang in mir wider, ein Echo, dem ich antworten mußte, und zwar richtig, richtig, damit er kein weiteres Mal fragen oder ganz in Schweigen fallen müßte. Nur, wie lautete die Antwort?

»Ein Kind.« Ich weiß nicht, warum ich das gesagt hatte. Ich hätte mich schlagen können dafür. Aber das hätte nichts mehr genützt. Vielleicht hielt ich es einen Moment lang – zu lang – für einen Zauber, einen, der eine Formel für Uns ist und für Liebe, was ich wiederum nicht sagen konnte, weil es mir im Gegensatz zum Kind pathetisch geklungen hätte. Aber das sind falsche Versuche, etwas zu erklären, das schneller war als ich und deshalb ohne meine Erlaubnis in die Welt gelangt war. Denken – Sagen. Das wollte ich nicht erklären. Albert sah mir zum ersten Mal seit dem Ausflug in die Augen und antwortete: »Dann such dir eins.«

Das klang endgültig. Ich war es nicht gewohnt, so aufzugeben. Es machte mich wütend, daß er das Große und die Liebe nicht sehen wollte. Ich streckte meine Arme nach ihm aus (naiv oder frech?) und hoffte, ihn zu entwaffnen. Aber er wich zurück, schüttelte den Kopf, während er meine Schuhe betrachtete, auf die auch ich jetzt einen flüchtigen Blick werfen mußte, schließlich konnte etwas an ihnen seltsam sein (war es aber nicht), und als ich wieder zu ihm sah, hatte er sich schon von mir und seiner Wohnungstür abgewendet und lief die Treppe hinunter. Ich hatte ihn gehindert, seine Wohnung zu betreten. Ich war erstaunt.

Auf der Straße sah ich ihn etwa fünfzehn Meter entfernt, er mußte gerannt sein, er wartete auf die vorüberfahrende Straßenbahn und wollte auf die andere Seite. Ich rannte hinter ihm her, und beim Vorüberrennen sah ich eine Frau, die gerade den Mund wie nach einem Gruß schloß, einen Gruß an Albert, aber ich hatte nicht zugehört, was sie gesagt hatte, sah nur noch das Schließen ihrer Lippen, zu sehr rannte ich hinter Albert her, damit er mich hören konnte, sah nur, wie die Frau sich nach ihm umdrehte, bemerkte ihr feines Lächeln, wie sie die dunklen Locken aus dem Nacken strich, als seien sie Reizwäsche, die rote Lacktasche über der Schulter zurechtrückte, ihr feines Lächeln, das Glück einer Geliebten, die er im Vorübergehen beglückt hatte, im Weggehen von mir, die ich ihm nachrannte, damit er mich hören könnte, wie ich schrie.

»Feigling! Es ist dir egal, ob ich, Charlotte oder wie wir alle heißen dich lieben (es mußten ja nicht gleich Tote sein). Hauptsache, du wirst geliebt, ganz gleich von wem und wie. Und gleichzeitig dienst du dich an, spielst den Liebhaber, damit wir dich schön weiter halten.« Ich spürte, wie Tränen über mein Gesicht liefen, aber da ich mein Gesicht schon vor den Passanten verloren hatte, schien mir nichts schlecht genug, um es ihm vor aller Welt hinterher zu rufen: »Jede faßt du mal an, je nachdem, wo sie es mag – wenn es ihre Titten sind, die dir dick entgegenschlagen, bitte, dann knetest du mal dort hinein, wenn es ihre Eitelkeit oder ihre Einsamkeit sind, die gestreichelt werden wollen, auch dafür weißt du die rechte Behandlung, du meinst, du machst uns alle glücklich, was? Jede darf mal zufassen, aber nur außen, nur kurz – bloß nicht innen, bloß nicht tief!« Mir fiel nichts mehr ein. Ich machte kehrt, ich wollte ihn nicht mehr sehen, er hatte die Straße längst überquert, ich wollte weg von den Menschen, die mich gehört und gesehen hatten. Peinlich, würden die Menschen denken, eine wütende Frau, wie peinlich, schreit auf der Straße, peinlich. Sollten sie nur denken.

Nach der Aufregung konnte ich schlecht nach Hause,

ich lief durch den Park am Weinberg und an dem Café vorbei, in dem sich sonntags Frauen über sechzig mit Männern über sechzig beim Kaffee ihrer Rente freuten und das den Rest der Woche leer und unbelebt war und ständig auf den Sonntagnachmittag wartete, ich ließ auch den Spielplatz hinter mir, auf dem bei dem Wind niemand war, und lief in Richtung Naturkundemuseum. Mir fiel ein, daß Albert mal gesagt hatte, im Naturkundemuseum sei alles gut, weil alles einen Platz habe und den nicht mehr verteidigen müsse, dort still auf Sockeln und in Vitrinen liege, bis man es eines Tages in eine andere Vitrine legen oder einem anderen Museum schenken würde. Der Kartenverkäufer sagte freundlich, sie würden in zwanzig Minuten schließen, aber das machte mir nichts aus. Ich kaufte mir eine Karte und ging am großen Saurier vorbei, als sei er ein alter Bekannter, den man nicht mehr ansehen mußte, weil es galt, neue Bekannte zu finden. Albert hatte mir von einem Grizzlybären erzählt, den er hier als Kind bewundert hatte. Ich stellte mich zu den zwei Wächtern, die miteinander redeten. Ungeduldig biß ich mir auf die Unterlippe, weil sie nicht sofort ihr Gespräch unterbrachen und mir die ganze Aufmerksamkeit schenkten. »Entschuldigung«, unterbrach ich die beiden, meine Stimme klang gereizt, aber ich war nicht in der Laune, herzlich zu sein, »wo bitte ist der Grizzlybär?«

Der jüngere Wächter sah mich belustigt an. »Der Grizzlybär? Es gibt hier keinen Grizzlybär.«

»Natürlich gibt es einen, ich habe ihn selbst als Kind hier gesehen«, log ich.

Der jüngere schüttelte freundlich den Kopf und sah den älteren Wächter an. Der ältere Wächter hatte einen Schmatztick. Während sie sich unterhielten und ich auf Gehör hoffte, und auch als ich nach dem Grizzly fragte und der jüngere antwortete, schmatzte der ältere Wächter unaufhörlich vor sich hin. Das Schmatzen machte ihn sympathisch. Man konnte nicht wissen, ob er sein ganzes Leben schon schmatzte und ob er merkte, daß er schmatzte. Im Zweifel merkte er es nicht, aber das Schmatzen stand wie Taktstriche in seinem Leben und Denken und Sagen. Takt, der Albert übrigens, wie mir gleich einfiel, fehlte, weshalb er wohl auch so gerne Satie spielte. Der ältere Wächter schmatzte und sah abwechselnd auf mich und neben mich, auf mich und neben mich, schien von einem Fuß auf den anderen zu treten, um mit Takt zu warten, bis der jüngere sein Wissen erläutert hatte, ein Wissen, das er ihm nicht streitig machen wollte, aber mußte. Erst als ich weitergehen wollte, sagte er, weder zu mir noch zu dem jüngeren Wächter: »Wir hatten mal einen Grizzly. Aber dem hatte man das Geräusch nicht gründlich entnommen, nicht sauber gearbeitet, seinerzeit, der wurde schwach, und wir haben es zu spät gemerkt. Jetzt ist er oben bei Herrn Stanecki, unserem Präparator, der ihn schon seit Jahren da in seinem Zimmer hat und noch immer hofft, er selbst würde eines Tages soweit sein, ihm helfen zu können. So lange muß der Grizzly warten, und Sie auch, junge Frau.«

Ich dankte und er nickte.

Im Weggehen schmatzte ich mehrmals, das wollte ich mal ausprobieren, wie es ist. Das Schmatzen machte mich fröhlich. Und das Fröhliche machte mich traurig, weil es doch bloß durch das Schmatzen kam, und ich konnte ja nicht mein Leben lang schmatzen (oder?). Draußen war es dunkel. Ich hatte wenig Lust auf meine Wohnung, aber ich sagte mir, ich müßte auch keine haben, um dorthin zurückzukehren. Daß die Lust sowieso ein Laster sei, von dem man froh sein könne, wenn man es endlich verlor, das dachte ich auch, aber so recht glauben konnte ich daran nicht.

Zuerst spürte ich den Verrat, sobald ich auf dem Nachhauseweg das Schmatzen und die dazu passenden Gefühle vergessen hatte, ich spürte den Verrat, den ich begangen hatte, aber ich rätselte noch, ob es der Inhalt war, der Albert anging und abstieß, oder meine Art, ihm laut und deutlich vor aller Ohren auf offener Straße Worte zuzubrüllen, die nur für ihn bestimmt waren. (Ich schmatzte.) Das mußte er für unerzogen halten, was es zweifellos war.

Zu Hause angekommen, hatte ich beschlossen, Albert von nun an in Ruhe zu lassen. Ich spürte, daß er meine Liebe nicht mochte und nicht wollte, und dachte mir, es wäre also besser, sie für mich zu behalten – und wollte ihm nur noch eines zeigen: Respekt.

Um mir die Zeit ohne Albert zu vertreiben, von der ich noch dachte, es handele sich um eine vorübergehende, entwickelte ich eine neue Clownschoreographie – ich dachte an etwas für Erwachsene, eine Pantomime: Charlottes Unfall sollte herhalten – zuerst. Vor dem Spiegel im Bad schminkte ich mein Gesicht weiß. Gab es neue Mitbewohner im Haus, solche, die mit Vorliebe mittägliche Badeorgien feierten? Durch den Abfluß hörte ich es kichern und planschen. Zuerst hielt ich mir zwei Scheinwerfer vor die Brüste und spielte Straßenbahn, dann Rad, dann die schützenden Arme von Charlotte und schließlich Charlotte tot. Ob das lustig wäre, müßte sich an einem der nächsten Tage zeigen, wenn ich im Zirkus versuchte, die anderen zu überzeugen und für eine Aufführung zu gewinnen, für die sich noch kein Publikum interessieren konnte und würde, weil es diese Vorstellung noch nicht gab und das Publikum nicht wissen konnte, was ihm gefallen und fehlen konnte. Ich rechnete mir aus, daß die Lachlust (die erst quälend spürbar wird, wenn sie im Kehlkopf festhängt, dort gefangen bleibt) um so größer sein würde, je verrenkter und entgliederter ich die letzte Charlotte in Bewegungsschritten zum Einfrieren brachte. Ich könnte ihr eine Gegenfigur, den Tod, an die Seite stellen, einen Tod, der in die Köpfe der Zuschauer eindringt, einer, der ihre Finger wärmt. Ein tattriger Tod, vielleicht einer mit einem Schmatztick, der jedoch alles Bedrohliche verliert, indem er kurz vor Charlottes Tod selbst ausrutscht und der Länge nach über sie herfällt, ein Tod, der Gefallen an Charlotte findet? Was ich nicht leisten konnte, und darüber dachte ich deshalb nicht nach, wäre, die Konstellation mit dem roten Auto und einem Mann darin nachzustellen. Was ich nicht darstellen konnte, waren Zufall und Abstand zwischen dem Auto und Charlotte selbst – ein Abstand, den ihr Schreck füllte. Ich wollte es nicht darstellen.

Ich arbeitete drei freie Tage hintereinander an dem Tod. Von der Straße hatte ich roten Sand eingekehrt, auf dem ich proben konnte, der Unfall wurde von einem Quietschen, dann einem Knirschen, einem Rollen, Bremsen, Knacken begleitet. Ich nahm alle Geräusche auf eine Kassette auf und spielte die Kassette beim Proben ab. Zwischendurch wurde ich von Alberts Klavierspiel unterbrochen. Der Augenblick, der ihren Tod kennzeichnen sollte, müßte Stille sein. Nur die Stille dringt in die Köpfe der Zuschauer. Nur die Stille macht Grauen. Selbst die Passanten, die sich über die sterbende Charlotte beugen würden, der Kinderarzt, der ihre Innereien durchforsten würde, sie alle müßten sich lautlos bewegen – oder in eine Stille gleiten, in der nur noch die schmatzenden Geräusche des Ausweidens zu hören wären. Ab dem Augenblick, in dem der Kinderarzt ihr das Geräusch entnommen hat, dürfte nichts mehr hörbar sein. Die Zuschauer und der Kinderarzt müßten sich auf gepolsterten Sprungfederschuhen mit Siebenmeilenschritten davonmachen. Und auf der Flucht würde der Kinderarzt ihr Geräusch verlieren, das er vorher so eifrig und kopflos entnommen hatte – es würde ihm schlicht aus der Tasche fallen, und der Zuschauer würde nur noch auf dieses Geräusch starren, lauschen, eine Regung davon erwarten, weil es das Innere, das Tote und zugleich das letzte Lebende, das Fingerwärmende von Charlotte wäre, der Zuschauer würde Wunder erwarten, daß sich das Geräusch aufbäume, daß ihm Flügel wüchsen und es zurückfände.

Einmal hatte mir Albert eine Geschichte erzählt, die ich für wahr hielt. Als kleiner Junge mußte Albert häufig seine Tante in Berlin besuchen. Die Tante nahm ihn mit zu einem Schattenspiel, das in der Freilichtbühne Wuhlheide gezeigt wurde. Auf der erleuchteten Leinwand sah man den Schatten eines Mannes, der einen Kittel anhatte und sich mit einem Stethoskop über einen Tisch beugte. Auf dem Tisch lag etwas Großes mit Schuhen, ein Mensch, ein toter Mensch.

Der Arzt konnte offenbar keinen Atem mehr feststellen. Er stellte das Stethoskop beiseite und begann, den Schattenleib zu schälen. Kaum hatte er die auch im Schatten durchsichtige Haut entfernt, nahm er ein größeres Messer zur Hand, holte aus und fuhr mit aller Kraft in den Brustkorb der Leiche. Er zersägte die Rippen und entnahm das Herz. Albert rief zu seiner Tante: Ein Luftballon! Das ist ein Luftballon! Es war dem Arzt ein leichtes, eine Nadel, ein Messer oder gar einen Dolch in das Herz zu stechen. Flüssig und heftig (wie es nur aus einem Luftballon möglich wäre) spritzte das Innere vom Lichtkegel weg und gegen die Leinwand, und die Leinwand wurde vom Herzblut schwarz getränkt. Warm würden die Finger vom Ausweiden, sie wärmten sich an den Gedärmen des noch nicht lange toten Menschen. Und erst nachdem auch Lunge, Leber, Nieren, kurz, das ganze Geräusch entnommen war, dabei allerhand sonderbare Gegenstände gezeigt wurden, die Albert zu denken gaben, weil er sie in einem Menschen nicht vermutete, und als er durch lautes Raten versuchte, seiner Aufregung beizukommen, und als der Lichtkegel erlosch und das Publikum sich müde die Augen rieb, die schlafenden Kinder auf die Arme nahm, um sie zur letzten S-Bahn zu tragen und mit ihnen die Nacht bis nach Hause zu durchqueren, erst da sah Albert, der über der Schulter der Tante hing und von dem man glaubte, er sei eingeschlafen, den roten Fleck auf der Leinwand, und er wußte nicht, ob auch andere ihn noch sahen und wußten, daß alles wahr gewesen war. Zumindest er habe es gewußt, Albert.

Ich hatte meine Einfälle satt. Ich dachte mir, es wäre an der Zeit, nun könnte Albert doch wieder an meiner Tür klingeln.

Keiner klingelte.

Um mir die Zeit bis zum Nachmittag zu vertreiben, an dem ich arbeiten mußte, erst Probe, dann Vorstellung haben würde, räumte ich den Inhalt von Charlottes Regal in Pappkartons. Das Regal hatte ich mir bis zuletzt aufgehoben, ich mußte vermuten, darin auf persönliche Dinge zu stoßen, von denen man nicht alles unbesehen wegwerfen sollte. Es war ein flaches, zweigeschossiges Regal, auf dem ihre Musikanlage gestanden hatte. Ich zog ein paar Bücher hervor, »Trennkostdiät«, »Tantra«, »Tao«, »Kosmische Partnerfindung« und »So bringe ich mich an den Mann« – ich mußte lachen und ließ die Bücher in den Karton fallen. Auf dem unteren Regalbrett standen zwei Fotoalben, die ich mir ansah, in denen Charlotte und ihre Familie zu sehen war. Charlotte hatte jedes Foto mit sauberer Schönschrift untertitelt. »Mama, Baba und ich«, »Mein Baba« – aber dieses kleine Mädchen und ihre Eltern in

Schlaghosen, die sagten mir nichts, also packte ich auch die Fotoalben in den Karton. Als nächstes fand ich einen Ordner mit Klarsichthüllen, in denen ganz offensichtlich Fotos von Freunden aufgehoben waren, solche, von denen man nicht wußte, ob man sie noch in zehn Jahren kannte und ob man sie dann mit Schönschrift untertitelt im Familienalbum den eigenen Kindern zeigen wollte. Die ersten Fotos mußten, dem Alter der Abgebildeten nach, aus Charlottes Schulzeit stammen. Jungen in Levisjeans mit einem Joint am Lagerfeuer, dann zwei Mädchen, die links und rechts über einem Spiegel knieten, synchron machten sie das für das Foto, in den Nasen zusammengerollte Hundertmarkscheine, mit denen sie dem Spiegel etwas abrüsselten, die eine grinste dabei mit jugendlichem Doppelkinn in die Kamera, ihre Augen waren rot von dem Blitz. Ich blätterte den Ordner im Schnellgang durch. In der letzten Klarsichthülle steckte ganz außen das Foto eines halbnackten Mannes, das ich mir mal genauer ansah. Der Mann war nicht wirklich halbnackt, er hatte nur ein kurzärmliges T-Shirt an, das offenbar aus fleischfarbenem Gummi oder einem ähnlichen Material bestand und das er sich etwas über den Bauch geschoben hatte, so daß man den Nabel sehen konnte. Die andere Hand hatte die Knopfleiste seiner schwarzen Jeans zu packen gekriegt. Ich zog das Foto heraus, Charlotte hatte sich hinten mit bekannter Schönschrift, die rund und leicht nach vorn geneigt war wie die vieler Frauen, Namen, Alter und Schwanzlänge notiert. Das Foto, das nun zuoberst lag, zeigte nur noch den unbekleideten Unterkörper eines Mannes. Ich nahm den ganzen Stapel aus der Klarsichthülle und blätterte die Fotos durch. Es waren auch angezogene Männer darunter. Manche hatten auf die Rückseite der Fotos ihr Kennwort geschrieben. Die Chiffrenummer mußte Charlotte jeweils selbst notiert haben. Ich fand das

Foto eines Pärchens auf einer Waldlichtung, das Bild wirkte wie »Erinnerung an meinen schönsten Spaziergang mit Schatzi«, die zwei sahen nach Naturliebhabern aus, sie trugen englische Ölparker und Wollschals im Partnerlook. Auf der Rückseite stand in einer weiblichen Schrift: »Wir sind ein tolles Paar und mögen die Natur und alles, was natürlich ist. Immer auf der Suche nach neuen Abenteuern und viel Spaß würden wir gerne Dich treffen. Wenn Du magst, ruf uns doch einfach an: Sylvia und Ronny.« Bei zwei anderen Fotos klebten Aufkleber mit den Daten hinten drauf, die von einer gewissen Professionalität des Absenders zeugten. Gerade las ich »großer Kai 1,89 m, kleiner Kai 0,21 m«, als mein Blick auf das nächste Foto und mitten in Alberts Gesicht fiel. Albert sah in Schwarzweiß sehr würdig aus, fast wie ein Geschäftsmann. Ich drehte die Fotografie um und las auf der Rückseite, die ein Aufkleber vom ganzen Format bedeckte:

»Meine kräftigen Hände wollen Dich verwöhnen
Spiel und Ernst
jetzt und gleich
ruf mich an
Du und ich«

Darunter stand erst die Telefonnummer, dann sein voller Name und schließlich das Honorar: 120 Mark pro halbe Stunde, eine Nacht von sechs Stunden nur 1000 Mark.

Ich drehte das Foto wieder um, Albert war noch immer da.

Unter den restlichen Fotos fand ich etwa zwanzig Rechnungen, auf denen sich Charlotte Alberts Dienste hatte quittieren lassen. Ich fragte mich, ob sie die von der Steuer absetzen wollte oder nur als Andenken sammelte oder aber aufbewahrte, um sich klarzumachen, wieviel sie sich Alberts Liebe kosten ließ. Ich überlegte, woher Charlotte soviel Geld hatte. Hatte sie ihr Erbe verpraßt? Schließlich hatte sie nach außen hin ein sehr dürftiges Leben als Aushilfskellnerin und ehemalige Hausbesetzerin geführt. Das Foto in der Hand, trat ich zum Fenster, öffnete es und schaute hinunter in den Hof. Ich sah das Nachbarsmädchen, das gerade eine Mülltüte wegbrachte. Von Albert hatte ich seit drei Tagen nichts mehr gesehen, nur gehört, wie er seinen Satie spielte. Ich wußte nicht, ob ich Alberts Formulierungen schlecht finden sollte, ich fand sie blöd. Seine Preise auch. Es lag nahe, daß er seinen Kundinnen zum Champagner und zur Erwärmung auch sein Klavierspiel anbot. Ähnlich wie mir. Er konnte gut lieben, das hatte Charlotte ihrem Ted vorgehalten, wenn sie Eifersucht bei Ted entfachen wollte. Ich könnte Ted anrufen und ihn fragen, ob er von Alberts Broterwerb wußte, ich könnte Ted auch fragen, ob Sally seine Frau oder seine Schwester war. Statt dessen wählte ich Alberts Nummer. Albert nahm ab.

»Ich bin's.«

»Ich dachte schon, du meldest dich nicht mehr«, sagte Albert, er lachte erleichtert und fügte hinzu: »Das mit letztens tut mir leid.«

»Mir auch. Wollen wir uns sehen?«

»Gerne. Arbeitest du heute nicht?«

»Doch, in einer halben Stunde muß ich los. Woher weißt du das?«

»Das merk ich mir doch meistens. Danach dann?«

»Ich komme zu dir, so gegen halb zehn.«

Wir verabschiedeten uns und legten auf. Es war gut, daß ich mich fertigmachen und arbeiten mußte, so hatte ich weniger Zeit, mich auf den Abend zu freuen.

Schon drei Stunden später saß ich vor Alberts Wohnungstür und wartete auf ihn. Im Zirkus hatten wir geprobt, und noch während der Probe riefen drei Leute an, daß sie krank seien, und so hatte meine Chefin beschlossen, die Aufführung heute abend abzusagen. Meine neue Choreographie erschien mir jetzt blaß, und ich beschloß, nicht mehr an sie zu denken.

Lieber dachte ich an die Frau mit den aufgebundenen Brüsten, die wir einmal im Alcaparra getroffen hatten. Gewiß war sie keine alte Bekannte, eher eine junge, reiche Frau, die außer Push-up-Büstenhaltern und orange lackierten Fingernägeln noch Alberts Liebe schätzte. Die Nummer damals auf dem Hundertmarkschein, mit dem er zahlen wollte und nicht gezahlt hatte, das war die einer Kundin, die gern Stammkundin werden wollte, die bezahlte in Hundertern. Albert kam die Treppe heraufgeschnauft. Er gab mir einen Kuß auf die linke Wange und schloß seine Tür auf.

»Schulde ich dir viel?« fragte ich und hielt ihm das Foto unter die Nase. Albert sah das Foto.

»Was denkst du?« fragte er, als er sich von mir abwandte. Mir war nicht klar, ob er es als Vorwurf äußerte oder ob er sich nach meinen Gedanken erkundigte oder mich zurückfragte, welche Summe ich glaubte, ihm zu schulden. Er schloß die Wohnungstür hinter uns. Ich wartete ab.

Albert drehte sich zu mir, er mied meine Augen. Albert schwitzte. Er sah nicht mehr entschlossen aus und auch gar nicht so traurig. Nur verwundert. Vielleicht erschrocken. Albert sah aus wie ein Schwitzer. Er war blaß, und die Blässe ließ seine Augenringe sehen. Seine Augen zuckten, und der Schweiß glänzte auf seiner Stirn und auf der glattrasierten Oberlippe. Angst hatte er auch, aber er sagte es nicht. Die Nasenflügel schimmerten. Er wiederholte seine Frage: »Was denkst du?«

»Jetzt soll ich auch noch für dich denken? Erst liebe ich für dich und jetzt auch noch denken? Tut mir leid, das ist mir etwas zuviel. Wie wär's, wenn du mal etwas denkst?«

»Ich liebe dich.«

Albert mußte wissen, daß es keinen falscheren Zeitpunkt gab, das zu sagen. Aber er sagte es so unvermittelt, wie ich ihm noch vor wenigen Tagen das Kind vorgeschlagen hatte.

»Tja ja, ich bin schon was Besonderes. Warum liebst du nicht eine von denen, die dich bezahlen?«

Albert stotterte: »Ich kann das nicht erklären. Liebe ist nicht zum Erklären«, und leise fügte er hinzu: »Was heißt, du hast für mich geliebt?«

»Warum machst du das?«

»Weil ich Geld brauche, wie jeder Mensch.«

»Und?«

»Ich muß doch von was leben. Und man verdient damit leicht.«

»Mit wie vielen hast du geschlafen?«

»Was würde dir die Zahl sagen?«

Ich sah ihn ungläubig an. »Du hast mit welchen geschlafen?«

»Für einige gehört das dazu.«

»Für welche?«

»Das kann man nicht so pauschal sagen. Für einige eben. Es gibt auch Frauen, die gar nicht reden wollen, nur anfassen. Manche bezahlen eine Nacht dafür, daß du sie im Arm hältst und ihnen Geschichten erzählst oder Lieder singst.«

»Und das machst du?« Ich mußte an die Tote denken, auf deren Bauch er beim Beischlaf die lebendige Cousine gebettet hatte.

»Das auch. Andere Frauen möchten, daß du ihnen zuhörst, stundenlang. Sie wollen einfach Bestätigung, sie wollen, daß du ihnen Begehren und Zärtlichkeit und echte Gefühle vorgaukelst. Sie wissen, daß sie diese Gefühle nur für die bezahlte Zeit bekommen, aber das ist besser als gar nichts.«

»Kommst du dir da nicht manchmal blöd vor?«

»Warum sollte ich mir blöd vorkommen?«

»Wie alt sind die Frauen?«

»Ganz unterschiedlich, es gibt auch junge, besonders solche, die eine harte Karriere haben oder als Mutter sehr eingespannt sind – die haben nicht viel Zeit, um natürliche Freundschaften zu pflegen, geschweige denn nachts tanzen zu gehen. Das sind abgearbeitete Frauen, solche, die von ihren Männern nicht mehr angefaßt werden. Es gibt sogar Männer, die mich für ihre Frau bestellen, manche wollen, daß ich nicht zu erkennen gebe, daß ich Geld bekomme. Ihre Frauen sollen glauben, daß sie begehrt werden, sie sollen sich dann begehrenswert und gut fühlen. Ich spiele einen Geschäftsmann, bin nur für eine Woche in der Stadt, aber die Liebe ist groß, die Frau fühlt sich gut, sie blüht wieder auf, und der Mann hat seine Freude mit ihr. Aber man stumpft dabei gefühlsmäßig ab, wie Krankenschwestern oder Pathologen, da könnte einem ja jede leid tun, dann würde ich nichts mehr damit verdienen, das wäre schlecht.«

»Aber Sex verkaufst du ihnen auch? Wie denn zum Beispiel?«

»Gestern hat eine gewollt, daß ich sie zur Bank begleite. Ihr Mann ist da Direktor. Ich mußte sie erst in das Geschäftszimmer ihres Mannes begleiten, dann mit ihr rausgehen, den Flur runter und in der Bürotoilette verschwinden. Da hat sie sich den Rock von ihrem Kostüm hochgeschoben und wollte, daß ich mal so richtig zufasse und daß ihr Stöhnen möglichst so laut ist, daß die Sekretärin von ihrem Mann nicht mehr in Ruhe ihr Formular ausfüllen kann. Dabei kann die Sekretärin gar nichts für die Scheidung.« Albert hatte offenbar nicht vor, mich zu schonen. Er war ein Schwätzer. Er wußte, mit welchen Geschichten er sich den letzten Rest meines Vertrauens sichern konnte. Der Parkschein. Den hatte ich aus Liebe am Luziner See zusammengeknüllt und weggeworfen.

»Und dir macht das Spaß?«

»Wer sagt denn, daß es immer Spaß machen muß?«

»Aber meistens? Es macht dir meistens Spaß?«

»Sonst könnte ich den Job wohl nicht so gut machen.«

Ich überlegte, ob ihn unser Gespräch erregte.

»Den meisten reicht es übrigens am Telefon. Sie rufen dich nachts an, um nicht allein zu sein. Manchmal sind sie behindert und kommen nicht aus ihren Wohnungen raus. Oder sie sitzen in ihren Büros und wollen, daß du um zwei anrufst, damit ihre Kolleginnen denken, sie hätten wieder einen neuen Verehrer, dann plaudern sie und lachen hoch und aufgeregt, und du erzählst ihnen lustige Sachen. Oder sie arbeiten als Lehrerin und wollen, daß du sie in der Pause im Lehrerzimmer anrufst. Es sind auffallend viele Lehrerinnen unter ihnen, wenn ich es mir so recht überlege.«

»Und wer bezahlt dich für mich?«

»Niemand.«

»Woher soll ich das wissen?«

»Du mußt es glauben, es geht nicht anders.«

»Ach, glauben, wie glauben?«

»Einfach so. Wem sollte es das Geld schon wert sein? Wer meint es so gut mit dir?« Albert lächelte mich freundlich an, seine Augenlider zuckten noch immer, aber er lachte freundlich, dabei war das, was er da sagte, vielleicht sehr traurig, ich begriff es noch nicht.

Als ich ging und es so aussah, als würde ich nun für immer gehen, weinte Albert. Mein Vater hatte geweint, wenn er nach einem Anfall von Jähzorn vor mir auf den

Knien rutschte und mich aus Augen, die sehr von sich gerührt waren, die vor Rührung anfingen zu tränen, um Verzeihung für seinen Zorn bat. Damals hatte ich beschlossen, daß das keine Liebe war. Ich ekelte mich vor Alberts Tränen.

Zwei Tage hörte ich Albert die ›Gnossienne No. 1‹ spielen. Ohne Unterlaß. Er schien nicht zu arbeiten (vielleicht war er gerade nicht so gefragt). Albert fing an, mir leid zu tun. Das würde ich Würmchen nennen (*das* Albert), und nicht ein Werden in meinem schwangeren Bauch. Ich sorgte mich um Albert. Ich dachte mir aus, ich hätte ihm viel bedeutet. Ich glaubte, ich hätte ihm viel bedeutet. Er schämt sich, dachte ich, er haßt sich, dachte ich, er liebt mich, dachte ich. Im nächsten Augenblick dachte ich an Charlotte. Ein Albert bringt keinen Menschen um, dachte ich. Vielleicht war er derjenige im roten Auto, vielleicht peinigte ihn sein Gewissen, vielleicht trauerte er um sich. Er hat Angst, dachte ich, er erträgt das Alleinsein nicht, dachte ich, er liebt Charlotte, dachte ich. Ich sah ihn vor mir, wie er selbstgefällig über den Tasten seines Klaviers Headbanging übte. Mit Tränen in den Augen, die auf die Tasten plumpsten. Ich hörte den Regen auf die Fensterbretter und im Hof auf Steine und Erde tropfen. Ich hatte weder Musik noch Fernseher an. In der Küche brummte der Kühlschrank. Ich öffnete das Fenster im Zimmer und beugte mich vor. Kühle Luft. Regenträge. Unten brannte Licht, der Schein fiel auf die nassen Fensterbretter. Ich ging zum Telefon und wählte Alberts Nummer, ich konnte das Klingeln in der Wohnung unter mir hören, aber er nahm nicht ab. Er spielte die ›Gnossienne‹. Er hatte den Anrufbeantworter ausgestellt. Ich überlegte, ob ich nach unten gehen sollte, aber ich wußte, daß er nicht öffnen würde.

Ich löschte das Licht in meiner Wohnung. Ich zog mich nicht aus. Möglich, daß ich mich zu wenig zu Hause fühlte. Ich öffnete das Fenster über dem Bett. Der Regen wurde langsamer, bis er nur noch von den Blättern tropfte. Die Kälte war still. Kein Rauschen im Ahorn, der sich vorbereitete, seine Blätter abzustoßen, keine Stimmen aus anderen Wohnungen, die meisten hielten ihre Fenster in Erwartung der Kälte geschlossen. Von Jahr zu Jahr roch es weniger nach Winter. Der Geruch von Winter war der von Schnee, hatte ich mir als Kind eingebildet. Ich hatte auch mit anderen Kindern darüber gesprochen, morgens, wenn ich im Dunkeln den Weg zur Schule ging und vor dem Haus das Mädchen aus dem dritten Stock traf, das nicht nur einen roten Schneeanzug, sondern auch passende rote Schneestiefel besaß, dann fragte ich es, ob es ihn röche, den Winter, aber es schüttelte den Kopf. Es trug Ohrenschützer aus rotem Kunstfell. Das Mädchen hatte mich verwundert angesehen. Trotzdem war ich mir sicher, auch wenn ich die einzige war, und es also niemanden sonst gab, der es mir bestätigen konnte, war ich mir sicher, daß ich ihn riechen konnte. Eines Abends, vor wenigen Wochen, es mußte Ende August gewesen sein, saßen Albert und ich nach dem Kino vor dem Alcaparra. Kurzärmelig. Die Nacht war frisch. Albert trank etwas mit Kristallrand, da erzählte ich ihm von dem Wintergeruch. Ich vergaß nicht, ihm zu sagen, daß ich einmal in Alaska gewesen war und es dort nicht nach Winter gerochen hatte, obgleich der Winter dort ja ständig zu Hause war. Auch als ich älter wurde und wußte, daß Schnee nicht riechen konnte, im Gegenteil, daß die Kälte, die auch den Schnee mitbrachte, alle Gerüche vernichtete, blieb mir der Wintergeruch ein Geheimnis. Albert sah mich belustigt an und fraß an den Kristallen seines Glases, mit weichen Lippen, zärtlich. Er sagte mir, er sei in seinem ganzen Leben nicht über Deutschlands Norden hinausgekommen, um genau zu sein, sei er nie nördlicher als Rostock gewesen, wo er aufgewachsen war. Aber er ahne, was ich gerochen hätte. Neugierig sah ich ihn an. Noch konnte ich nicht glauben, daß nach so vielen Jahren ausgerechnet ein Albert des Rätsels Lösung wußte. Er sagte, es müsse die Braunkohle sein, die ich gerochen hätte. Ich sah ihn weiter an, versuchte die freudige Neugierde in meinem Blick aufrechtzuerhalten, schnalzte in meiner Bemühung mit der Zunge, nickte vorsichtig und begriff erst später, heute, daß ich in diesem Augenblick sehr traurig war, zumindest traurig ausgesehen haben mußte, denn Albert hatte mich in den Arm genommen und gesagt, ich solle mir nichts daraus machen, er habe nicht gewußt, daß es sich um einen Zauber handele, und er wolle ihn gewiß nicht zerstören. Er hatte mein Ohrläppchen geküßt und ein wenig hineingebissen, um mir die Gelegenheit zu geben, aufzuschreien. Ich lachte dabei.

Unter mir spielte Albert die ›Gnossienne No. 1‹ von vorne. Das Leuchten hatte er vergessen. Es konnte noch nicht nach Winter riechen. Wir hatten erst Ende September. Ich wünschte mir, daß Albert mit dem Spielen aufhören und zum Telefon greifen würde, ich wünschte mir sein Lachen. Gurgelnd. Voll. Es mußte nicht mir gelten, nur hören wollte ich es.

Aber ich habe auch eine Geschichte ohne Erklärung, hatte Albert damals gesagt und mir erneut ins Ohrläppchen gebissen.

Ein Mann trifft eine Frau. Sie lernen sich kennen und verbringen Zeit miteinander. Sie schlafen miteinander, essen, trinken, amüsieren sich – ohne daß einer von beiden das Wort Liebe oder ähnliches in den Mund nimmt – was zuerst beide erleichtert –, bis sie es vermissen und keiner von beiden davon anfangen mag. Er mag es nicht, weil er nicht weiß, wie sie darüber denken wird und ob sie bei der Erwähnung des Wortes Liebe noch ebenso zurückschrecken würde, wie er selbst es noch vor wenigen Wochen getan hätte. Er denkt: Ich liebe dich, während er sie ansieht, und er denkt, daß sie genau weiß, wie sich seine Haut öffnet, die Lungen sich weiten und das Ichliebedich nur ausatmen, daß sie aber weiß, wie er solche und andere Worte rufen könnte, daß sie es weiß, weil sie doch zusammen sind und ihr Blick sich trifft. Und sie sieht ihn auch so an, als wisse und erwidere sie. Er muß nicht sprechen. Sie auch nicht. Er mag ihre Locken. Wenn sie gemeinsam im Bett liegen, kitzelt und streichelt sie ihn mit ihren Locken. Er liegt gerne auf seinem Bauch und spürt dann, wie sich ihr Kopf mit den Haaren im Schlepptau über seinen ganzen Körper bewegt. Manchmal fühlt er ihren Mund oder eine Wange. Häufig eine Brust. Er liegt auch gerne mit seinem Kopf auf ihrem Bauch, dort riecht es gut und liegt sich weich, und wenn er nach oben zu ihrem Gesicht schaut, dann kann er ihren Hals nicht sehen, nur das Kinn, das auf ihrer Brust liegt und die schmalen Augen, die zu ihm blinzeln, sich fast schließen müssen, um an ihren Brüsten vorbeisehen zu können. Das Gluckern in ihrem Bauch ist ihm vertraut. Und wenn sie sich vorbeugt, hängt um ihrer beider Gesichter ihr Haar wie ein Mantel, ein leichter Mantel, ein Sommermäntelchen, als seien sie beide in einer Höhle, nur sie und er, und ein bißchen das Licht, das durch ihre Haare fällt. Sie lachen sich zu. Trotzdem werden sie nicht glücklich. Kannst du mir das erklären? hatte Albert mich gefragt, und ich hatte damals gedacht, vielleicht meint er uns, sich und mich. Das hatte ich gedacht und seine Geschichte um so aufmerksamer verfolgt. Woher willst du das wissen? hatte ich noch gefragt. Ich weiß es eben, es ist doch meine Geschichte, wie sollte ich nicht wissen, wie meine Geschichte ausgeht. Also, der Mann genießt es, mit der Frau zu schlafen. Manchmal vögeln sie schnell, bevor sie zur Arbeit muß. Besonders macht es ihn an, die Lust seiner Geliebten zu spüren, wenn sie ihn aufhält und ihn so ansieht und ihn so anfaßt und er sich so fühlt, wie er sich noch nie bei einer Frau gefühlt hat, nur bei ihr. So. Eines Tages, sie liegen beide auf ihrem großen Teppich und lassen den Schweiß auf ihrer Haut trocknen, sind seine Bedenken verflogen, und ehe er sich vor ihrer Antwort ängstigen kann, fragt er sie, ob er immer bei ihr bleiben kann. Ob sie das auch möchte, nur ihn und sich. Nachdem er gefragt hat, merkt er, daß er einen Fehler gemacht hat. Nicht, daß er nicht hätte fragen sollen, aber vielleicht später oder früher oder anders. Die Geliebte zumindest steht auf und sagt, sie wolle jetzt duschen. Sie nimmt ihre Locken mit, die hängen jetzt nur noch über ihrer Haut. Und er fragt, ob sie seine Frage nicht beantworten wolle. Sie sagt nein, und kurz darauf sagt sie, doch. Sie nimmt die Locken zusammen und dreht sie so fest, daß sie sich zu einem Knoten krümmen, dem sie den obersten Platz auf ihrem Kopf gibt. Ein goldenes Nest. Die Haare sollen beim Duschen nicht naß werden. Natürlich wolle sie alle Zeit mit ihm verbringen. Aber ein bißchen Zeit brauche sie auch für andere. Sie könne ja nicht nur einen lieben, und sie lacht freundlich, und er muß ihren Kuß erwidern, damit sie nicht merkt, daß ihre Antwort ihn schlägt. Er möchte nicht fragen, wen sie noch lieben muß. Im Grunde weiß er es, und mehr als das möchte er gar nicht wissen. Ihm fällt ein, daß er noch vor wenigen Tagen eine weit ältere Frau geliebt hat. Aber nicht lange. Trotzdem war er danach und noch jetzt bei dem Gedanken daran erschöpft. Die ältere Frau hatte verlangt, daß er sie mit einer Peitsche bearbeitet. Solche Bitten kannte er. Sie erstaunten ihn nicht. Er hatte es abgelehnt. Schmerzen beglücken ihn nicht, sie stoßen ihn ab. Die ältere Frau war enttäuscht. Sie sagte dem Mann, er solle sich nicht so anstellen. Als das nichts half, schickte sie ihn weg. Also hatte er die Frau auch nicht geliebt, nur gefickt. Stimmt's? hatte Albert nachgefragt, und ich nickte dazu. Albert fuhr fort, daß der Mann seine neue Geliebte dabei beobachtet, wie sie nackt durch die Wohnung läuft und sich Kleider zusammensucht, die sie nach dem Duschen anziehen wird. Albert erzählte: Die meisten ihrer Kleider sind abgetragen oder ausgeliehen. Er mag es, wie sie sich bewegt. Er will nicht länger darüber nachdenken, wen er noch lieben muß und wen sie noch liebt. Es war ja nur ein Vorschlag, daß sie beide allein sein könnten. Nur ein Vorschlag, beruhigt er sich. Die Geliebte lächelt ihn wieder an, diesmal hat ihr Lächeln etwas Aufmunterndes, und auch ihre Stimme hat etwas, das ihm Lust machen soll. Es macht ihm keine Lust. Sie sagt ihm: es sei denn, er würde ihr beibringen zu fliegen. Dann würde sie gewiß nur noch ihn lieben, gewiß. Er müsse dann mit ihr über den Atlantik bis nach Grand Isle fliegen, über alle Häuser hinweg, Häuser, die dort aus Holz und auf Pfählen gebaut entlang dem Arm des Mississippi stehen, hinweg auch über den Himmel, der sich im Wasser zwischen den Sumpfgräsern spiegelt, alle Menschen unter und hinter sich lassen und dort am Ufer landen. Auf dem Sand würden sie liegen und sich nachts zum Geräusch der Brandung lieben. Mit Sand im Mund. Da falle es einfach, selbst ihr, glücklich zu sein und nur einen zu lieben. Er zuckt mit den Schultern, ihre Aussicht kommt ihm kitschig, weil völlig unerreichbar, vor. Er wünscht sich, daß sie aufhört, so zu reden. Daß sie eine Unmöglichkeit schafft, um ihn allein zu lieben, empfindet er als Verspottung. Kurz darauf ist sie auf und davon. Sie ist so weit weg, daß sie ihn nicht mehr sehen könnte, wenn er flöge, selbst wenn (und vielleicht hat er sie das Fliegen gelehrt), selbst wenn er fliegen könnte (und sie ist abgestürzt), sie würde es nicht mehr sehen. Das erleichtert ihn, auch wenn es ihn traurig macht. Die Unmöglichkeiten wurden vertauscht.

Nachdem Albert mir diese Geschichte zu Ende erzählt hatte, war mir klar gewesen, daß sie nicht uns betraf. Er hatte mich aufgefordert, die Geschichte für mich zu behalten, er habe sie noch keinem erzählt, und vielleicht würde ich die einzige bleiben, die sie jemals höre. Heute dachte ich statt meiner an Charlotte. Geknickte Flügel, gebrochene (geschmolzene?). Ich sah nicht die Räder der Straßenbahn vor mir, von denen ihre blonden Locken im Wind flatterten. Aber ich sah deutlich ihre Haarbürste, in der viele dieser Haare geklebt hatten, die ich (unschuldig, wie sonst?) an dem Abend weggeworfen hatte, als ich Albert zum ersten Mal besuchte. Wenn Albert sie geliebt hatte, dann war sie gestorben, bevor er es ihr mitteilen konnte. Jetzt fehlte ihm diejenige, mit der er teilen wollte.

Die ›Gnossienne‹ unter mir wurde lästig und darin bedrohlich, sie bekam etwas beständig Heranrollendes, wie das Meer, an dem Charlotte Albert geliebt hätte. Aber dieses Meer war ganz ohne Leuchten und ohne Fragen, wie es der Gnossienne geziemt hätte, es war aufdringlich, wiederholend, grollend.

Und ich erinnerte mich an eine andere Geschichte, eine, die ich völlig vergessen hatte, weil sie mir unwichtig erschienen war. Es war eine der wenigen Geschichten, in denen Albert ausdrücklich von sich selbst sprach, eine Erinnerung an seine Kindheit, ein Geheimnis, das mir eher *süß* erschien, als ich es hörte. Er müsse gestehen, er habe seit seiner Kindheit mit niemandem darüber gesprochen, weil er das Gefühl gehabt habe, etwas Verbotenes gesehen zu haben, etwas, das nicht für Kinderohren und Kinderaugen bestimmt gewesen sei und deshalb auch nachts stattgefunden habe.

Es war während der Ferien, und Albert war bei seiner Tante in Berlin zu Besuch. Es mußte Mitte der siebziger Jahre gewesen sein. Albert war ungefähr zehn Jahre alt. Später erinnerte er sich nur noch an das orangefarbene Licht, das zu den Fenstern der hohen Altbauwohnung hereinfiel. Er sollte in einem Bett schlafen, das sich in einem Zimmer mit Fenstern zur Straße befand, zum Adlergestell, dort hatte seine Tante gewohnt, und das orange Licht wurde von den Schatten der vorbeifahrenden Autos gebrochen, an der Decke kreuzte ein Licht das andere. Von den hochliegenden Gleisen auf der anderen Straßenseite hörte Albert die S-Bahnen, die ankamen, hielten und weiterfuhren, denn die Wohnung seiner Tante lag gegenüber von einem Bahnhof. Albert zählte die Lichter der Autos wie Schäfchen, bis keins mehr kam, von einem Licht zum nächsten war der Fluß abgerissen, und es kamen keine mehr, so daß er zuerst glaubte, nun seien auch die Autos angekommen und ihre Fahrer, die Fabrikarbeiter der Republik, die von der Nachtschicht gekommen waren, ins Bett gegangen. Aber dann hörte Albert ein sehr viel tieferes Geräusch als das der S-Bahnen, ein Grollen, wie er es nie zuvor gehört hatte und das er auch nicht einordnen konnte (erst später: heute, in der ›Gnossienne‹, wiederfand). Sosehr Albert sich auch spannte, das Grollen ließ sein Zwerchfell zittern. Das Grollen war bedrohlich. Das Geräusch rollte heran, wie sich vielleicht eine Flutwelle anhören mußte, die auf eine Küste zutreibt, um Land und Menschen zu verspeisen, aber damals hatte Albert noch nichts von so hohen Flutwellen gehört, sonst hätte er vielleicht sogar geglaubt, eine solche Flutwelle rolle auf Berlin zu. Unter dem Grollen begann das Haus zu vibrieren, und mit ihm das Bett, in dem Albert lag. Albert preßte seine Augen zu und versuchte sich vorzustellen, daß er schon längst schlief, das hatte er oft als Kind getan, meistens, wenn er Gedanken hatte, die er nicht mochte, dann versuchte er sich vorzustellen, er träume und müsse nur aufwachen, um an etwas anderes zu denken. Albert stieg auf Zehenspitzen aus dem Bett, als hätte ihn die Tante bei dem Lärm hören können, und schlich zum Fenster, vor dem keine Vorhänge angebracht waren, und Albert traute seinen Augen nicht: eine nicht abreißende Kolonne von Panzern rollte über die nächtliche Straße. Menschen konnte er keine sehen.

(Die ›Gnossienne‹ quälte mich. Nur zu hören, was Alberts Finger taten, nur zu hören, wie er ihnen das Denken befahl, und ihn nicht zu sehen. Sollte ich mit den Füßen stampfen?)

Als Albert mir im August die Geschichte erzählt hatte, lächelte ich friedlich und dachte an meine Mitschülerin in Châlons und die alte Concierge und daran, daß ich einmal überraschend zu Besuch gekommen war, die Gnossienne und ihre leisen Stimmen schon von draußen gehört hatte, die Tür zu der Kammer meiner Mitschülerin öffnete und die beiden Frauen vor mir mit nackten Oberkörpern und in inniger Umarmung standen, aber ich verließ den Raum, ohne je zu erfahren, ob sie mich bemerkt hatten, und auch bei meinen folgenden Besuchen hatte ich mir nichts anmerken lassen, nur ihre Blicke bemerkt, ihren Singsang verfolgt und vor allem den Platten von Satie gelauscht. Mich ging diese Umarmung nichts an, sie war nicht für meine Augen bestimmt, also bemühte ich mich um das Vergessen. Ich fand es nicht nötig, Albert davon zu erzählen. Erst heute, als ich seine Gnossienne und das Grollen darin hörte und mich an Alberts Panzergeschichte erinnerte, bedauerte ich mein Schweigen.

Er war danach zu der Schlafzimmertür seiner Tante gegangen, die allein lebte und es gerne hatte, wenn er in ihr Bett gekrochen kam. (Als Albert mir von seiner Tante erzählte, mußte ich zwangsläufig an Charlottes Tante denken, weil ich sonst keine Tanten kannte.) Albert hatte die steife Decke zurückgeschlagen und sich neben die Tante gerollt. Sie habe ihm über die Stirn gestreichelt. Er hatte sich nicht getraut, mit der Tante über das Grollen zu sprechen, das noch immer zu hören war und ihr Bett zittern ließ. Er genoß es, ihre Hand auf seiner Stirn zu spüren. Nach einer Weile fragte er sie, warum es Panzer gebe. Die Tante hatte geantwortet, weil sie den Menschen angst machen. Das konnte Albert verstehen. Er rückte näher an die Tante. Er fragte sie: Wer sind unsere Feinde? Die Tante habe darauf nicht antworten wollen. Als er sie bedrängte, habe sie gesagt: Manche Leute glauben, das Geld ist unser Feind. Albert sei noch näher an die Tante gerückt und habe ihr mitgeteilt: Das glaube ich nicht. Er habe das vor allem gesagt, weil er in ihrer Stimme einen Zweifel gehört hatte, und er wollte der Tante darin wie in allem anderen recht geben. Er liebte die Tante und wollte von ihr geliebt werden.

Von wegen, dachte ich mir, Albert dem Ostler sei es peinlich, über Geld zu reden. Er wollte mich nur nicht verletzen. Er hatte eine sehr gesunde Vorstellung davon, wie er besser zu Geld kam als mit seiner Gnossienne.

Als Kind hatte sich Albert nicht getraut, über seine Beobachtung zu sprechen, auch hätte man so getan, als glaube man ihm nicht, als habe er nur geträumt, da war er sicher. Albert spielte mit dem Gehörten und Gesehenen, er bildete sich bei seinen Spielen ein, er sei Zeuge einer Geheimunternehmung geworden. Manchmal stellte er sich auch vor, wie er große Frauen lieben würde. Und als er Jahre später den einen oder anderen nach den Panzern auf dem Adlergestell fragte, wollte sich niemand an die Nacht erinnern.

Ich stellte mir vor, wie gespenstisch die Panzer ausgesehen haben müssen, und ich unterdrückte Albert gegenüber ein Achselzucken, es sollte nicht so aussehen, als mache mich seine Geschichte sehr viel ratloser, als ihn meine Schneegeschichte gemacht hatte, denn meine hatte ihn nur amüsiert, seine hingegen stand im Raum und machte uns beide schweigen.

Ich fragte mich, ob ich für Albert diesem Geheimnis auf den Grund gehen sollte. Ich könnte andere Menschen fragen, die im Osten aufgewachsen waren, die älter waren und wissen konnten, ob es diese Nacht mit Panzern gegeben hatte oder nicht. Und in dem Augenblick erschien es mir wie ein letzter Liebesdienst, den ich Albert erweisen könnte, im nächsten allerdings wie ein Verrat, denn es war sein Erlebnis und Geheimnis, nicht meines, und ich hatte kein Recht, seine Gedanken auszuschlachten. Außerdem wollte ich Albert nicht mehr lieben. Ich wollte nicht mehr an ihn denken.

Ich lag in meinem Bett und belauschte die Gnossienne unter mir und die Stille im Hof. Ich roch einen Hauch von Winter. Es stimmte, was Albert gesagt hatte, es war verbrannte Kohle, die ich für Winter gehalten hatte. Und es war kein Wunder, daß es von Jahr zu Jahr weniger danach roch, nicht nur, weil die Winter weniger hart waren. Aber noch konnte es nicht nach Winter riechen, denn es war erst Ende September, und Albert spielte noch die ›Gnossienne‹. Ich drehte mich auf die andere Seite, hörte mein Herz schlagen, wie in der Nacht mit Ted, nur daß es jetzt kein Lachen einer Fremden unter mir gab, keinen Zigarettenrauch, der mir in der Nase kitzelte. Albert wurde langsamer. Langsam war ja gut, aber Albert schleppte sich jetzt über die Tasten, als hinge in jedem Ton Abschied.

Auch mein Vater wurde damals langsamer, er sprach langsamer, sang langsamer, fluchte langsamer. Aufgrund seiner Liebelei mit Glenfarclas hatte die Deutsche Oper meinen Vater vorzeitig pensioniert. Ich weiß nicht, warum man uns Kinder so lange bei ihm wohnen ließ. Sicher bemühten wir uns darum, keine Verwahrlosung nach außen erkennen zu lassen. Wir klauten, um in der Schule die entsprechenden Utensilien auf den Tisch legen zu können – Schulhefte, Stifte, drei Mark für einen Wandertag oder eine für eine Spendenaktion. Und wir taten es, weil wir uns daran gewöhnt hatten, meinen Vater und seine Unfähigkeit, für uns zu sorgen, zu verbergen und zu schützen. Ja, auch den Vater verbargen wir. Der Vater trank langsamer. Nicht weniger. Wir beantworteten das Telefon und gingen zur Tür. Manchmal hatte er einen großzügigen Tag und spendierte uns Pizza, die von der Pizzeria um die Ecke gebracht wurde. Anrufen und die Pizza in Empfang nehmen mußten wir. Ich rief an, und mein ältester Bruder nahm die Pizza in Empfang. Ich glaube, nach außen führte sich mein Vater gut und schien ständig auf dem Weg der Besserung.

Albert war ein fauler Mensch, das hörte man an seinem Klavierspiel. (Ich mochte faule Menschen.) Albert regte seine Finger ungern, mit dem linken Mittelfinger hatte er ein offensichtliches Problem. Albert verdiente sich sein Geld mit der Liebe, weil das Geld so schneller war als er.

Erst als mein ältester Bruder beim Klauen erwischt wurde, besuchten uns zwei Frauen vom Jugendamt Wedding in Friedensparkern und Palästinensertüchern. Sie kamen unvorbereitet und abends zu uns in die Kellerwohnung in der Müllerstraße. Die zwei stellten uns Fragen, und da wir die Situation erkannten und Gefallen daran fanden, unsere Macht zu spüren und auszuspielen, sagte mein ältester Bruder ihnen, daß mein Vater unsere

Wäsche nicht wasche. Wir würden sie ihm immer hinlegen, aber er würde es vergessen, deshalb würden wir stinken. Mein mittlerer Bruder zeigte auf mich und behauptete, die da sei schon mehrmals weggelaufen, weil sie es nicht aushalte, und der jüngste von den drei Brüdern zeigte ebenfalls auf mich und behauptete, die da hätte ernsthafte Schwierigkeiten mit dem Vater, weil sie halt ein Mädchen sei. Dazu grinste er eindeutig zweideutig. Die beiden Frauen in ihren Palästinensertüchern sahen mich erschrocken an. Ihre Mienen schwankten zwischen Fassung und Mitgefühl. Ich hatte noch nichts gesagt. Sie fragten mich, ob es stimme, was die Brüder sagten. Ich hielt meinen Kopf still, sah ausdruckslos auf die Ohrringe der einen Frau, an denen Yin- und Yang-Symbole hingen. Die wollte ich auch haben. Bitte, versuchte es jetzt die andere, du mußt es uns sagen. Ich senkte den Kopf und wurde rot. Die Frau mit den Yin- und Yang-Ohrringen sprang von ihrem Stuhl auf, stürzte zu mir und hielt meinen Kopf fest umklammert. Ich fing an zu weinen. Jetzt kam die andere Frau zu mir, hielt meine Schultern fest und redete beruhigende Worte. Meine Brüder drehten Däumchen. Mein Vater war zum Spätkauf am Fehrbelliner Platz gefahren. Die Frauen hockten vor mir und formten aus wulstigen Mündern Beschwörungen. Er hat dich mißbraucht? wimmerten die Frauen. Ich sagte nichts, ich schluchzte. Die Frau mit den Ohrringen sagte, sie würden sich jetzt um uns kümmern, die andere griff zum Telefon, um beim Kindernotdienst anzurufen. Unser Telefon war abgestellt, weil mein Vater die Rechnung zu langsam bezahlte. Ich haßte seine Langsamkeit. Ich wußte trotzdem nicht, was in so einem Augenblick richtig war, einstweilen schneuzte ich meine Nase. Ein Wort gab das andere. Die beiden Frauen wurden mutig, sie trugen nicht nur Palästinensertücher, sie waren auch im tiefsten Kern ihrer Herzen Kämpferinnen. Ich schluchzte weiter. Die Frauen packten unsere Kleider, zogen uns Jacken an und forderten uns auf, jetzt ganz schnell zu machen. Wir verschwanden, noch ehe mein Vater vom Spätkauf zurückkam. Eine der beiden Frauen nahm uns mit in ihre Familie, von wo aus wir am nächsten Tag in ein Kinderheim gebracht wurden. Dort war alles gut, auch wenn es nicht mehr nach Schimmel und Zuhause roch. Ich war damals zwölf, so alt wie das Nachbarsmädchen heute, meine Brüder waren vierzehn, fünfzehn und sechzehn. Wir vier hatten ihn verraten. Zumindest mein jüngster Bruder hatte gelogen. Mein Schweigen reichte auch dazu. Ich hatte ihn weniger verraten als verleumdet. Die Brüder brachen, sobald sie konnten, jeden Kontakt zu unserem Vater ab (ich sagte, sie ließen ihn einschlafen, denn es interessierte diesen Vater nicht mehr). Als mich das Ehepaar anrief und mir mitteilte, daß mein Vater in der Frühe zwei Tage zuvor gestorben war, hatte ich ihn gute drei Jahre nicht gesehen. Ich hatte ihn aus meinem Leben entfernt.

Die ›Gnossienne‹ unter mir verstummte. Ein Telefon klingelte, wurde aber nicht abgehoben. Ich hörte ein dumpfes Aufschlagen. Albert ist vom Hocker geplumpst, dachte ich mir. Ich sah ihn vor mir liegen, wie er wimmerte und auf Knien gerutscht käme, das Gesicht verzerrt, die Augenbrauen erstaunt hochgezogen, die Ohren zurückgesprungen, das Schwitzen am ganzen Körper. Sein Geruch, der mir soviel bedeutet hatte, sein Atem, den ich nie mehr hören wollte. Diese elendigen Kaugeräusche, die er beim Apfelessen machte, und das Schlürfen, wenn er den zuckerschweren Espresso trank. Igittigitt. Albert wird sich umbringen aus Gram und Selbstgefälligkeit. Ja, so gefällig wird er zu sich noch sein. Ich lauschte auf die Geräusche aus der Wohnung unter mir. Kein Regentropfen mehr, kein Kühlschrank mehr. Keine ›Gnossienne‹, nur Stille, pur, nichts sonst. Die Stille machte mir angst. Ich legte mich auf den Bauch und spürte, wie mein Herz die Brüste gegen die Matratze drückte. Ich schob meine Hand zwischen Bauch und Matratze, legte sie unter das Zwerchfell und spürte das Pochen. Ich weinte nicht. Man konnte den Schmerz verkleinern, indem man ihn vergrößerte. Später drehte ich mich auf den Rücken und staunte über die Leichtigkeit und Geschwindigkeit, mit der mein Herz mich von innen in Bewegung hielt. Nach außen wurde ich immer ruhiger. Stille unter mir. Ich dachte: Albert hat sich umgebracht. Nicht mehr Kommen, nicht mehr Gehen.

Nie.

Nie mehr. Ich wollte dieses Wort nicht verstehen, vielleicht konnte ich es nicht. Ich konnte Albert nichts mehr fragen, jedes Wort klebte in meinem Hals fest, kam nicht vor und nicht zurück, versperrte mir den Weg zum Atmen. Wundern aber, darüber, daß alles weiterging, die Straßenbahn weiterfuhr, Sonne und Mond auf- und untergehen würden, die Wolken ziehen würden, der Himmel noch oben bleiben würde (wie hoch?), die Geschäfte ihre Dinge verkauften, Menschen, die etwas von sich verkauften, die Leute auf der Straße und die Kinder in meinem Zirkus, die lachten – tat es in den Ohren weh? Selten, es versickerte, wurde nicht mehr gehört. Liebespaare, die sich an den Händen faßten, kleine Kinder, die in Wagen thronten. Ich sah weg. Das Licht spottete meiner, es ließ mich nicht aus, die Sonne brannte in mein Gesicht. Ersticken dann, ersticken an der Vielfalt und dadurch, daß der Hals enger geworden war. Ich sah weg, immer nur weg, wußte bald gar nicht mehr, wohin. Ach, da war ja Ted. Mal hören, was der sagen würde. Daß ich froh sein könne, daß wir kein ganzes Leben beieinander gewesen seien, würde Ted sagen, froh auch, daß ich kein Kind mit Albert hätte, froh, daß er nicht mein Kind sei, denn Kinder, die könne man nicht ersetzen. Und in New York würde es noch kälter im Winter als in Berlin, das würde Ted sagen. Und ich hörte, daß man den Liebsten sehr wohl ersetzen konnte, daß ich den Liebsten ersetzen mußte. Daß das mein Glück sein sollte, daß ich darüber zufrieden sein konnte. Ach, ich giggelte in mich hinein, mir fehlte nur ein Sahnetörtchen, um mich satt nach hinten fallen zu lassen. Ich mußte es nur richtig sehen, richtig, und auch verstehen, richtig, alles richtig. Was ich jetzt erst für Möglichkeiten hatte.

Sein Tod hatte mir doch erst alle Möglichkeiten eröffnet, war es nicht so?

Ja, ich wollte, ja, ich wollte es, ja, ich wollte es versuchen, ja, wollte lieben, ja, wo ich konnte, ja, ja – ja doch.

Meine Ohren waren wund, wund wie mein Zahnfleisch, wund wie mein Hirn und meine Gedanken, die eingedrungen waren, sich nicht verscheuchen ließen, und wund auch die Haut, wund die Brüste, aber ich konnte sie nicht hören, so wenig wie die Gedanken und alles sonst, weil meine Ohren wund waren. Sie waren wund von dem Wunsch, Albert zu hören, wund von der Stille, in die sich nur Erinnerungen schlichen, ein Schweigen, das sich mit Alberts Worten füllte, Worten, die nur als Echo in meinem Kopf ein Zuhause fanden. Jedes andere Geräusch war Qual.

Ich überlegte, wen ich anrufen könnte, um mich abzulenken. Meine Brüder wußten nichts von Albert, ich hätte es ihnen jetzt nicht erklären können, ich wollte es auch nicht. Ich dachte an Albert, zwischen meine Tränen zwängte sich ein Lachen, meine Erinnerungen an uns waren in dem Lachen, seine waren mit ihm gestorben, er hatte sie mitgenommen, mit in den Unraum, in dem es weder Schweigen noch Stille gab, weil es auch keine Geräusche gab, die Schweigen oder Stille hätten fassen können, sie hörbar und sein machten. Unraum, den er sich gewählt hatte. (Von wegen Moleküle. Wo sollten die hin ohne Raum und Zeit?) Ich spürte einen Anflug von Wut. Wieder dachte ich für ihn.

Albert störte es nicht, meine Wundheit nicht, und auch meine Fragen nicht, denn er wußte von meinen Fragen nicht, er wußte von gar nichts, er war nicht mehr, er, den gab es nicht mehr, nur noch Teile von Albert, Teile in mir, Teile, die mit Charlotte gestorben waren, Teile in jeder der Frauen, die er gekannt hatte, aber in keiner der ganze Albert, und auch die Summe von uns machte ihn nicht ganz, nichts mehr machte ihn, nichts mehr ihn, nichts ihn, nichts, das Nichts blieb länger als Albert, das Nichts hielt seinen Anspruch auf den Unraum, den keiner denken kann, für den das Nichts ein Name ist, wie Albert auch, ein Name, nichts sonst, eine Bedeutung, für wen? Eine Bedeutung, die nur das blieb, was sie in mir blieb, die nur dort war, wo noch Erinnerung war, die mich zwang zu erinnern, die mich erschöpfte und wund machte, Erschöpfung, von der ich im Schlaf Erholung suchte und im Schlaf nur zu Hause war, und Zuhause, das war mit Albert und in seinem Atem, Zuhause war mein Traum, in dem ich Albert von hinten sah, ihn an die Schulter tippte, er sich umdrehte und ich glücklich war, weil ich gedacht hatte, er sei tot, und mich geirrt hatte und ihn umarmte und mein Gesicht in seinen Körper drückte und ihn ansah und sagen konnte, unter Lachen sagen, daß alle dächten, er habe sich umgebracht, und wo ein Blick nur übrigblieb (traurig?) und ein Lächeln und die Entschlossenheit, und ich aufwachte, mich im Bett umdrehte, die Bezüge hell im Sonnenlicht mein Glück erstachen, leere Bezüge, in denen vielleicht noch Decken steckten, aber kein Mensch mehr, und nicht nur das Bett leer war, auch die Wohnung und die Straße und die Stadt: Ich war ohnmächtig.

Dableiben. Können. Müssen. Wollen. Nur so blieb auch ein Teil von Albert, mein Teil, nur in mir, nur, wenn ich blieb. Ich zitterte, hatte drei Pullover an (zugegeben, ein vierter lag noch in der Kommode), ich ging ins Bad, drückte den Stöpsel hinein und drehte heißes Wasser auf. Ich fing an zu singen. Ich liebe, liebe Albert. Solange ich lebe, muß ich nicht aufhören damit. Ja, ich kann schlafen mit anderen, ich kann auch andere lieben – aber ich muß niemals aufhören, Albert zu lieben. Das beruhigte mich. Einstweilen.

Hierbleiben. Ich konnte die Wohnung aufgeben, ich mußte nicht diese Räume um mich haben, Charlottes Räume, zwischen deren Wänden, auf deren Boden, unter deren Decke Albert saß, in deren Innern Albert und ich sprachen, Albert und Charlotte, Albert. Hier war, wo Albert war, die Erinnerung an ihn, wo ich war – also konnte ich mich frei bewegen.

Nachts wachte ich von einem Weinen auf, erst nach einer Weile wurde mir klar, daß ich es war, die weinte, deren Haare naß und verklebt waren. Nicht um ihn weinte ich, einzig um meine guten Gedanken und guten Wünsche, so selbstsüchtig waren meine Tränen. Ich haßte mich, ich verriet meine Liebe. Schluß mit traurig. Welchen Tag hatten wir heute? Ich suchte das Datum. Es war doch noch September? Ich erinnerte mich an den Traum, den ich in Rosenhof gehabt hatte, in dem ich es war, die das Auto gebar – es war meine Idee, nicht seine, auch wenn ich nach wie vor versucht war, diese zwei Dinge zu verwechseln oder den Unterschied zu verwischen, zumindest vor mir selbst. Wer hätte das gedacht. Es war meine Idee, Albert zu entfernen.

Nur weil ich glaubte: Es war nicht mehr Albert, der unter mir kein Geräusch machte. Es war der Tod.

»Albert?«

Es klingelte. Ich wälzte mich aus dem Bett und ging zur Tür.

»Wer ist da?« Ich hörte Papier rascheln. Blumen? Ich öffnete. Vor meiner Tür stand Charlottes Tante. Sie kramte in einer Tüte.

»Ich war gerade in der Gegend. Dachte, ich schau mal bei Ihnen rein. Geht es Ihnen gut, Beyla?«

»Danke, ich hab noch geschlafen.«

»Sie sehen krank aus.« Die Tante drückte mich an sich, es fühlte sich seltsam an. Sie stellte ihre Tüten ab, streckte ihre Hand nach meinem Gesicht aus und klopfte mir auf die Wange. »Ist der junge Mann, Albert, ist der nett zu Ihnen?«

Ich zuckte unschlüssig mit den Schultern. Von unten konnte man nichts hören. Ich beobachtete sie aus den Augenwinkeln. Was wußte sie über Albert? Was über Albert und Charlotte?

»Ich dachte mir, vielleicht haben sich ja noch persönliche Sachen von Charlotte angefunden – wenn es Ihnen nichts ausmacht.« Sie sah fröhlich und kräftig aus. Vielleicht hatte nur der Tod ihrer Nichte sie im Frühling blaß wirken lassen. Ich brachte der Tante den Ordner mit den Fotos. Ich gab ihr Charlottes silberne Nylontasche dazu, damit die Fotos auf der Straße nicht herauswehten.